馬踏天下

卷5 帝國崛起

槍手一號 著

目錄
CONTENTS

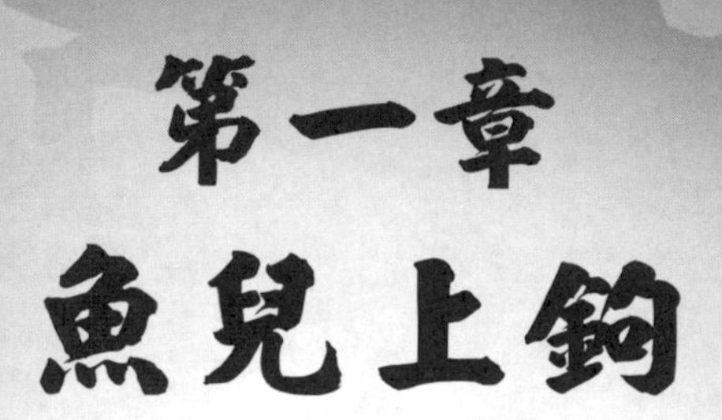

第一章 魚兒上鉤

王啟年各伏下兩個營的兵力，在戰鬥打響後，側擊蠻子腰部，定遠、威遠守軍將封閉蠻子的退路，而完成戰術欺騙的親衛營和旋風營，則在戰鬥打響後進駐沙河，防止草原上有援軍出現。圈套已經設好，就等著魚兒上鉤了。

城下，過山風笑顧身邊的鍾子期道：「鍾先生，你恐怕萬萬沒有想到今天要扮演這麼一個角色吧？我雖然不是你們這行當中的人，但青狼之名也有所耳聞，那可是鼎鼎大名的啊，想不到在我們清風司長面前不堪一擊，居然被生擒活捉了，哈哈哈！」

笑聲中透露出掩飾不住的得意，周圍的親兵們都是哄然大笑。

許思宇大怒，正待反脣相譏，鍾子期卻擺擺手道：「思宇，我以前就對你說過，做我們這一行的，要**吃得起苦，遭得起罪，忍得住氣，受得起辱，狠得下心**，你入行這麼久，卻還是受不得辱，忍不住氣，所以你總是不能獨當一面。」

「精彩！」過山風拍手道，「鍾先生果然不是平常人，如此情形之下，仍然能談笑自若，換作是過某的話，寧可拼了性命，也不可能做到這一點。」

鍾子期淡然一笑，眼下，他和許思宇雖然沒有被捆住，也沒有戴上鐐銬，但兩人的身周卻有數十把利弩正瞄準他們，只要他們稍有異動，便是萬箭穿心的下場，許思宇武功再高，也不可能在這種情形下有所作為。

「過將軍，清風司長固然高明，但我萬萬沒有想到在向顯鶴的高級謀士中，居然被你們埋下釘子，可嘆那向顯鶴死到臨頭還將李大帥當作好朋友呢！我只是奇怪你為什麼不馬上揮兵攻城？有姜參將作內應，一旦你攻城，一鼓而下，不費吹灰之力，你還在等什麼？難道只是為了這個所謂的**反間計**，讓我家主人與向氏一族產生嫌隙？」

過山風狡黠的一笑，「鍾先生才具驚人，何不來猜上一猜?!我不妨給你透點消息，免得你毫無頭緒。這淮安府嘛，我肯定是要拿下的，不過是幾天，那可說不準，說不定十天半月也是要的。」

鍾子期一愣，李清處心積慮就是為了謀奪復州，眼下已是**萬事俱備，只欠東風**，過山風揮軍攻城，破城之後將向顯鶴一刀做了，而後李清大軍突來，平定匪患，名正言順地將復州收入囊中，到那時，事實上已掌控復州的李清不費吹灰之力便可以讓朝廷默認這一事實，哪怕他們再不情願也只能如此，但**過山風在此拖延是什麼意思？居然還要十天半月？**

許思宇一臉的茫然。

城上，向顯鶴看到半天雲的大旗下，鍾子期與那半天雲正相談甚歡，一副知交好友的模樣，不由氣得發瘋，一拳狠狠地擊在城牆上，直痛得倒抽涼氣。

王八蛋！原來你與這流匪才是一夥的，虛言誆我出城，帶走所有部隊，讓淮安成了一座空城！你們毫不費吹灰之力抄了我的老窩，幸虧定州軍擋住了你們，才讓你這個混帳計謀無法得逞。

想到這裡，看到身邊姜黑牛沾滿血跡的盔甲，不由心生歉意，這事鬧得讓自己的友軍損兵折將，以後碰到李清，還真是不好意思啊，想必又要付給大筆的銀子方能平息此事。

「鍾子期這個王八蛋，若是抓住你，老子要把你抽筋扒皮，砍成肉醬，方能一洩我心頭之恨。」向顯鶴狠狠地罵道。

「大帥放心吧，只要我們堅持到李大帥的援兵到來，定能將這個可惡的傢伙抓到，到時讓您一刀一刀地砍著出氣！」姜黑牛笑道：「看樣子匪賊要攻城了，向帥還是回府休息，這守城之事便交給我們這些武人吧！」

看到城下的流賊開始向城下逼近，向顯鶴也有些緊張起來，他還從來沒有經歷過這種場面呢，想了想，把向鋒、向輝二人叫到跟前：

「你二人要與姜參將好好配合，一定要守住城池！」交代完畢，已是腳底抹油，跑回府裡去念阿彌陀佛了。

姜黑牛站在城牆上，看著不遠處的過山風，嘴角浮起一絲微笑。

「準備戰鬥！」他大聲吼道。

城下，過山風看著面帶不解的鍾子期和許思宇二人，笑道：「戲演完了，二位，可以謝幕了，來人啊，給我傳令，四面同時進攻！」

定州，大帥府。

統計調查司外情署署長周偉稍稍有些緊張，今天是大帥親自召見，這樣的單獨面見大帥的機會他還是第一次。

「復州流匪進攻淮安，我援復州的姜黑牛健銳營遭遇慘敗，這事你已經知道了吧？」李清看著面前的周偉。

「是的，知道了！」周偉有些不解，復州一事他也參與了操作，流匪也好，健銳營也好，都是定州一家人，大帥今天這麼說是什麼意思？

「今天姜參將發來了十萬火急的求援信，言流匪勢大，要求我們支援，這事你還不知道吧？」李清又問道。

周偉困惑地搖搖頭。

「有辦法在兩三天內將這個消息傳到草原上去嗎？」李清問。

周偉眼睛眨巴了兩下，靈光猛的閃過，一副恍然大悟的模樣，「可以，大帥，我保證在兩到三天內讓草原蠻子知道這一消息。」

李清滿意地點頭，這個周偉腦子很靈活，自己只說了兩句，他就摸到了問題的關鍵所在。

「你去辦吧，不妨讓定州大街小巷都知道我們在復州遭遇慘敗，我雷霆大怒，準備帶兵親赴復州，教訓那個不知天高厚的流匪。」

周偉臉上露出一絲微笑，「是，大帥，今天您就可以聽到這些流言，不，這些來源很可靠的消息。」說完躬身退下。

李清嘴角微微上揚，這一次他**撒下大網**，可不僅僅是為了復州這條唾手可得的魚，他**想網一條更大的**，至於大到什麼程度，就得看草原蠻子了，巴雅爾是不可能的，虎赫這傢伙小心得很，估計也很難上鉤。

最有可能的還是青部的哈寧其，這傢伙想必現在恨自己恨得牙癢癢的，想在渾水摸一把魚大有可能。不過，自己讓他摸的可是一個長滿尖刺的仙人球。

李清咧開嘴笑了。

「大帥！」尚海波走了進來。

「尚先生，我們再來參詳一下這次行動的幾個要點，以確保萬無一失。」李清道。

「兩到三天消息便可以傳到蠻子那裡，蠻子準備進攻到開拔需要一到兩天，真正與我們接戰，可能在五天之後了，這還要蠻子們反應迅速才行。」尚海波推算道：「要是釣到一條大的，我們吞不下去怎麼辦？」

李清哈哈一笑，「如果吞不下去，我們就退守堡砦，反正這一次是不蝕本的買賣，如果巴雅爾和虎赫一齊來了，我求之不得，能讓他們的精銳死在城牆下，我高興還來不及呢！」

「我想巴雅爾不會來，虎赫倒說不定。大帥，如果蠻子來的話，很可能會繞過上林里，從定遠、威遠、震遠這幾個堡砦的中間進來，所以，我們要收拾他們，就得找準他們來的路線。」

「這個問題交給統計調查司來做，相信他們會給我們一個滿意的答案，我準備集結啟年師、旋風營來做這件事，馮國的磐石營和親衛營則配合做出各種假象迷惑對方。」

尚海波聽了道：「我認為還是讓磐石營和親衛營加上旋風營作為主力，王將軍的啟年師只有一個天雷營是老卒，其他的都是新兵，怕到時撐不住場面。」

李清搖搖頭，「這一次我們預設了戰場，打的是**埋伏戰**，正好讓這些新兵上去磨練一番。要是在這種占盡優勢的情況下他們還撐不住場面，那王啟年就該打板子了。不趁著現在讓他們見識一下蠻子的戰力，將來怎麼能指望他們作為主力頂上去！」

尚海波佩服道：「大帥比我想得遠，我只看著眼前的勝利了。」

「哈寧齊雖然急著找我們報仇，但他也不是傻子，所以你的**欺騙戰術一定要逼真**；而且，假如哈寧齊精銳齊出，你還要隨時準備支援我這邊。」李清提醒道。

「我認為哈寧齊精銳齊出可能性不大，最大的可能是集結一些支持他的小部落，再配以本部部分精銳。不過我們要作最壞的打算，**未慮勝先慮敗**，我知道這是大帥的習慣，一定要做到萬無一失。」尚海波心領神會地說。

李清一笑，「戰場上的事瞬息萬變，哪有萬無一失的道理，我們只能盡最大的努力保持優勢，敲打一下哈寧齊或者其他的草原部落，然後回頭吞下復州。這足夠我們消化一段時間了。」

尚海波點頭道：「不錯，巴雅爾整合草原正在緊密鑼鼓地進行，我們不能懈怠啊，要想按照大帥的設想徹底解決草原問題，就必須開闢第二戰場了。對了，聽說清風司長逮住了青狼？」

「不錯，出乎我的意料之外，這個青狼居然就是在洛陽救了我一命的那個神秘箭手，清風正請示我怎麼辦呢，是殺還是放？」

「大帥的意思……？」尚海波問。

「放了吧，現在我們與寧王還沒到翻臉的時候，青狼是他的重要心腹，而且，此人對我有救命之恩，於情於理都不能把事做絕。」

「可是此人才具卓絕，這次能抓住他完全是出其不意，打了他一個措手不及，以後不可能再有這樣的機會了，到時此人一定會給我們添麻煩的。」尚海波不禁猶豫道。

「天要下雨，娘要嫁人，由他去吧！」李清揮揮手，「尚先生，只要我們不做錯，不犯錯，我們就會贏，任誰也不可能阻擋我們。」

三日之後，隨著一聲令下，王啟年的啟年師，五個營兩萬人馬，向著復州方向挺進。

原本保持攻勢的左翼立即收縮戰線，剩餘兵力都回到定遠、威遠、震遠三座堡壘。與此同時，李清的親衛營與旋風營也自定州城開拔。

此時的復州淮安，過山風不緊不慢地攻打了淮安城幾天後，居然好整以暇地開始砍樹伐木，慢悠悠地做起了攻城器具，瞧那些匠師精雕細琢的模樣，鍾子期心中的疑惑更深，李清到底在想些什麼呢？

他與許思宇兩人被軟禁在營裡，倒也沒有受什麼苦頭，只不過許思宇一直被戴著鐐銬，用過山風的話說，這傢伙武功高強，不怕一萬，就怕萬一，這讓許思宇非常氣苦。

「思宇，你怎麼看？李清到底想幹什麼呢？」鍾子期悶悶地道。

躺在幾張木板鋪就的簡易床上，許思宇不假思索地說：「想什麼？自然是想釣一條更大的魚，要不然以過山風如今的兵力，加上姜黑牛那內鬼，淮安早就易主了。」

「我知道淮安是一個誘餌，可是**李清想釣的人是誰呢**？值得他這麼做的人是誰呢？」

許思宇取笑道：「老鍾，我看你被白狐擺了一道後，腦子都有些生銹了，**誰是李清最大的敵人，他釣的就是誰**。」

鍾子期拍案叫道：「對啊，我怎麼沒想到，李清是要利用淮安這個誘餌引誘蠻子！嗯，我明白了，過山風困城，復州求援，健銳營覆沒，依常理而論，李清肯定要起兵報復，抽調大軍入復州，然而李清兵力不足，只能從前線抽兵，如此一來，一線必然兵力空虛，蠻子說不定就會乘虛而入，李清早就布好圈套，等著蠻子自投羅網。好計，李清啊李清，你倒真是一點機會都不放過，**一箭雙鵰**，**想必蠻子大敗之時，便是復州城破之日**。」

帳外響起清脆的掌聲：「鍾先生果然聰明之極，不過鍾先生，聰明之人可都是活不長的哦！」

許思宇猛的翻身坐了起來，咬牙道：「清風這個妖女！」

帳簾掀了起來，清風笑顏如花地走了進來，「許先生，背後罵人，不是君子所為也。」

許思宇虎著臉，「許某一介武夫，不是什麼君子。」

「清風司長，帳內簡陋，既無桌椅可坐，亦無酒茶奉人，怠慢了，恕罪恕罪！」鍾子期仍是一臉的笑容可掬。

清風呀的一聲，「鍾先生這是在怪我們待客不周啊，過將軍，這可就是你的不對了，二位先生都是大楚鼎鼎大名的人物，如此簡慢，的確是我們的錯。」

過山風聞言道：「軍中一向簡陋，過某習慣了，倒是忘了這二位不是我們這種苦哈哈出身，到哪兒都要講究的，來人啊，給二位先生送桌椅過來，再弄點好酒好菜。」

「多謝！」鍾子期道：「清風司長今日怎麼有空來看我們這兩個階下囚啊？」

「鍾先生言重了，兩位在我們這兒可沒有受什麼委屈吧！我們對二位一直是以禮相待的。」清風淡淡地道。

一邊的許思宇立即將戴著鐐銬的手抬了起來，弄得叮噹直響。

「給許先生去了鐐銬。」清風吩咐。

「小姐，這廝功夫很是高明，不可不防啊！」鍾靜湊到清風耳邊小聲道。

清風淡然不懼地道：「這裡是軍營，如果許先生不想自殺的話，是不會妄動的。」

說話間，桌椅已送了過來，酒菜也擺好了，軍中哪有什麼美食，無非是大碗魚肉，許思宇毫不客氣，去了鐐銬便踞坐大嚼。

「清風司長今日大駕光臨，想必是得到李大帥的信兒了，什麼時候放我們走啊？」鍾子期笑問。

「鍾先生這麼篤定？不怕這是斷頭酒、送行菜嗎？」清風故意說道。

正在大嚼的許思宇一驚，一大塊肉卡在喉嚨中，憋得滿臉通紅，連忙灌了幾大口酒下去，這才順過氣來。

鍾子期老神在在地說：「如果李大帥要殺我們，以清風司長的性子，哪裡還耐煩跑來看我們，自是一個口信帶給過將軍，喀嚓兩聲完事；清風司長親自來了，我自然確定是要放我們的了。」

「想不到鍾先生對我還下過如此功夫，不錯，大帥要我放了你，今天我來，便是要告訴你們，這裡不是南方三州，容不得你們在這裡攪風攪雨，再有下次，我直接就砍了你們的頭，再和大帥說去。還請二位在這裡多住幾天，復州城破之日，我們會禮送二位出境。」清風臉色一寒，說完扭頭便走。

待清風離去，過山風在後面又補了句：「二位少安勿躁哦，許先生，我不銙你，你也別亂來，大帥答應要放你們了，但你們要是不守規矩，在這裡被一陣亂箭射死，可怪不得我。」

鍾子期與許思宇臉上微微變色，心裡明白李清或許不會殺自己，但清風絕不會介意找個藉口將二人一陣亂箭射成馬蜂窩。

哈寧其很想復仇，定州軍數次重創青部，讓原本可以與巴雅爾白部較勁的青部實力大損，眼下比紅部也強不了多少了，連自己的親弟弟也做了呂大臨的刀下鬼，頭顱至今還掛在上林里的城頭。

眼見巴雅爾咄咄逼人，意圖已是司馬昭之心路人皆知了，如果還想在白部的威壓中保持青部的地位，則青部再也受不起任何損失；但如此好的機會就此錯過，又著實心有不甘，左思右想，舉棋不定。

正在帳中苦惱之際，紅部酋長代善卻來了。代善的紅部不久前也被呂大臨在落鳳坡踹了營，死傷枕藉，心中惱恨，驟然聽到李清抽調大軍前往復州平叛，一個想要報復的心立馬跳了起來，便來找哈寧其拿主意。

「好機會倒是好機會，可是現在我有不得已的苦衷啊！」哈寧其灌了口酒，大發牢騷道：「代善兄弟，巴雅爾大單于越來越過分，現在幾乎已是撕破臉皮，要強行吞併我們了，嘿嘿，說什麼建立一個統一的草原帝國，以整合力量，擊敗定州，進窺中原，還不是想**讓白部一統天下**！代善兄弟，真要是這樣，那以後草原可就成了他巴雅爾的家天下了，可我們草原以前一直是賢者居長，他巴雅爾此舉是壞了我們草原自古以來的規矩。」

代善也很憂慮，他沒有做老大的心思，但也不願意巴雅爾建立一個政令統一的帝國，這代表著他將失去很多的特權和自主權力，可是巴雅爾的實力強過他太多，他不敢像哈寧其這樣公開反對。

「巴雅爾一直消極避戰，眼看著李清越來越囂張，卻置之不理，一門心思搞窩裡鬥，許多部落都已看不下去了，如果你來領頭，咱們乘這個好機會與李清打上一仗，大大地勝一場，不但揚眉吐氣，也能挺起腰桿來說話。」代善鼓動道：「巴雅爾不是說不整合全草原的力量便無法徹底擊敗李清麼，那咱們趁著這個好機會，好好地幹上一仗，看巴雅爾怎麼說？」

哈寧其看了一眼代善，如果說不動心那是假的，但萬一這仗又輸了怎麼辦？

那青部就真的只能捏著鼻子任由巴雅爾擺佈了。

他心中一動，忽地有了主意：「代善兄弟，我不說你也知道，我一直是大單于的眼中釘，肉中刺，所以我現在的主力的確不能大動，但是如果代善兄弟想去打一打的話，那我給你五千精銳，再下令給附庸我的那些部落，湊一萬騎，這樣加上你紅部本部兵馬，便可以好好地打上一場了。」

「這個……」代善猶豫起來。

「代善兄弟，先說明白了，這次你收穫的戰利品，我一文不要，出戰的五千青部精銳也由我來獎賞，其餘的部落，你看著給一點即可，反正他們也不敢多說什麼。怎麼樣，我出人，你拿錢？」

「好！老子幹了！」代善一拍桌子道：「李清殺了我紅部這麼多人，不報這仇我不甘心。」

哈寧其大喜，道：「代善兄弟，李清肯定不會動上林里的兵，他能抽調的只有王啟年的左翼，如此一來，定遠、威遠那邊必然兵力空虛，你從這兩座堡間進去，便是富庶的定州宜安縣了，不要再深入，大掠一把後，殺光那裡的定州人，然後迅速返回，王啟年的主力一走，那裡幾乎沒什麼騎兵，堡裡的那點兵力根不敢出城野戰，基本上沒什麼危險。」

代善點點頭，「我也有此意，只不過我們要繞這麼遠的路，巴雅爾大單于必有所聞，不知會不會……」

哈寧其冷笑，「他白部不敢去，難道還不許別人去嗎？他還不是我們草原的皇帝呢！」

紅部代善彙集青部五千鐵騎，本部出了一萬騎，再加上兩個附屬的小部落，湊足了三萬騎，自草原上滾滾而來，遠遠繞過上林里，直奔定遠。

接到報告的巴雅爾沉默半晌，問虎赫道：「你怎麼看這件事？」

虎赫深吸一口氣，「李清狡詐多智，豈會露出如此大的破綻給我們，我敢斷言，定州欲蓋彌彰，如果真要大規模抽調兵力，他保密還來不及，又豈會鬧得大街小巷盡人皆知？**此必是一個圈套**！大單于，我去將代善攔下來。」

巴雅爾搖搖頭，「他們會聽你的嗎？」

「曉以利害，讓他們知道這是一個圈套，我相信他們不會明知是圈套還要往裡面跳。」虎赫道。

「我們一統草原迫在眉睫，動作越來越大，他們所受到的壓力也越來越大，此時，他們對於我的戒備更甚於對李清，你真去了，他們只會認為是我們怕他們對定州取得勝利，從而阻礙白部一統草原，所以他們不會信你。」

「大單于，難道他們不知道，大單于一統草原是為了整個草原的利益著想嗎？不整合草原力量，如何擊敗李清，如何窺視中原花花世界，難道他們便只能看到眼前的那一點點微不足道的利益麼？」虎赫憤憤然地道。

巴雅爾大笑，「**世人多愚，絕大多數人看到的都是眼前三尺之地，有幾人能看得到未來，並事先布局?!**代善、哈寧其是草原人傑，只可惜，胸襟不夠寬，抱負不夠大，被局限於草原這一隅之地，只滿足於現在的安逸，卻不想為子孫謀，看不到李清對草原的野心，如果放任他，不久的將來，李清的戰馬就會踐踏在我們賴以生存的這片土地上，我們將成為他們的奴隸，所以，無論有多大的阻力，我都要完成這一偉業。」

「只可惜他們不能夠理解大單于的苦心。」虎赫嘆道：「代善此去，必然損兵折將，都是我草原兒郎啊，大單于，我們真的眼睜睜地看著他們去送死嗎？」

巴雅爾冷笑：「這些人如果活著，也只會成為我們一統草原的障礙，虎赫，你帶著狼奔軍接收他們的敗兵吧，能活下來多少，就看他們的運氣了，你要小心你的側翼，如果李清知道你也出現的話，他一定會從側翼威脅你的。」

「是，大單于，我會小心。」虎赫施禮退下。

宜安。

王啟年的啟年師已設好陷阱，在紅部主力前進的道路上，是定州步卒戰力最強的天雷營。

王啟年出任啟年師主將後，天雷營已成為他的親兵營，他們將成為阻截紅部的主力軍，而在左右兩翼，王啟年各伏下兩個營的兵力，在戰鬥打響後，側擊蠻子腰部，定遠、威遠守軍將封閉蠻子的退路，而完成戰術欺騙的親衛營和旋風營，則在戰鬥打響後進駐沙河，防止草原上有援軍出現。

圈套已經設好，就等著魚兒上鉤了。

李清不放心啟年師的戰力，畢竟這個師新兵占了大多數，面對數萬蠻族騎兵的衝擊能不能頂住，還真有些難說。

隨著李清一同前來的，還有匠作營的一批匠師，他們帶來了最新打製的連弩櫃百餘臺，以前連弩已經出現，但頂多能連射二到三支弩箭，現在這種能一次射擊百支的弩箭第一次出現在戰場上，李清也想檢閱一下這東西的威力。

笨重的連弩櫃被匠師們小心地安置好，惹來周圍士兵一陣好奇的目光，誰也沒見過這奇怪的東西。任如雲很是激動，這是他第一次踏上戰場，第一次親眼見識自己發明的武器在戰場上的威力。

李清已得了情報，來的不是青部的主力，而是紅部，對於是誰來，李清並不在乎，反正能打擊一下蠻子就行，管他是誰，都是定州的敵人。

尚海波道：「可惜宜安這一次又要遭劫了。」

為了達到欺騙對手的目的，這次的行動並未通知宜安地方撤退，所以宜安將會承受不小的損失。

「戰後宜安免稅，並對在此戰中死難的百姓給予優厚的撫恤。」李清吩咐道。心中卻是波瀾不驚，**他發現自己變得有些鐵石心腸了**，他能想到蠻族鐵騎突入宜安後，毫無準備的宜安百姓將遭受多大的苦難，但相對於即將取得的戰果，李清覺得是值得的。

慈不掌兵。此刻，李清深深地體會到這句話的含義，為子孫謀，讓現在的百姓多受一點苦吧。他在心裡如是安慰自己。

尚海波欣慰地看著大帥，現在的大帥與當初相比已是大大不同，在尚海波看來，經過這麼多的歷練之後，**李清正在向一代梟雄邁進**，而這，正是他願意看到的，亂世人命賤如狗，想要慈悲，等天下太平之後吧！

遠處狼煙燃起，濃黑的狼煙直沖雲霄，一，二，三，李清看到三道狼煙，便

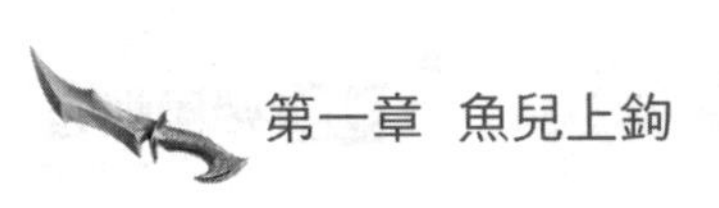

知蠻族此次來襲的共有三萬人馬。

回顧天雷營，整齊的迎戰陣形，如山的槍林豎起，戰士臉上露出狂熱的神色，這讓李清很是滿意。弓手將長箭一支支插在身前，最後一次檢查弓弦。

代善也很滿意，定州果然抽走了大部主力，當洪水一般的鐵騎衝過定遠堡壘時，堡裡的守軍臉上露出驚惶的神色，龜縮在堡內，任由他們自堡前一掠而過，長驅直入。

宜安的富庶讓這些草原野人們狂喜不已，一路衝鋒，一路搶掠，毫無防備的宜安百姓損失慘重，四處濃煙滾滾，死傷狼藉。

代善狂笑不已：「李清萬萬想不到我們會來，哈哈哈，兒郎們，衝上去，打破宜安城，搶到的東西一半歸你們。」

蠻族騎士大喜，按草原過往的規矩，搶掠來的戰利品，他們只能擁有其中的三成，其餘的都要上交給部落，今天大首領居然讓他們分到五成，豈不是搶得越多，得的越多？一時間，士氣更加高昂，而定遠、威遠的定州駐軍龜縮不出，讓他們搶掠起來更加肆無忌憚。

「首領，前方發現定州軍！」一名前哨士兵狂奔而來，向代善稟報。

代善吃了一驚，「多少人，是誰的部隊，看清了麼？」

「首領，對方沒有立起將旗，不過只有五千餘人。而且都是步卒。」前哨回道。

「憑他幾千步卒也想擋我去路？吹號，集結軍隊，打垮這支部隊，衝進宜安城。」代善一聲下令。

看到突然出現的騎兵洪流，李清的眼睛瞇了起來，「王啟年，看你的了。」

王啟年點點頭，「大帥放心，今天讓他來得去不得！弓手，舉弓，上弦！五輪自由拋射！」

令旗舞動，如雨長箭射向天空，飛至最高點後，雨點般地落下來。湧來的騎兵群頓時人仰馬翻，沒有配備鐵甲的士兵根本擋不住拋射的箭支，中箭後翻身落馬，旋即被後面湧來的騎兵踩面肉泥。

「衝鋒！衝進步卒中去！」代善不理會損失，只要衝進步兵群，那步兵就是待宰的羔羊。

王啟年的天雷營步卒陣形如山，如同沒有看到正狂奔而來的騎兵，在軍官們尖厲的哨聲中，戰車突前，身後的士兵蹲步，下槍，雪亮的矛尖如林般向前探出。

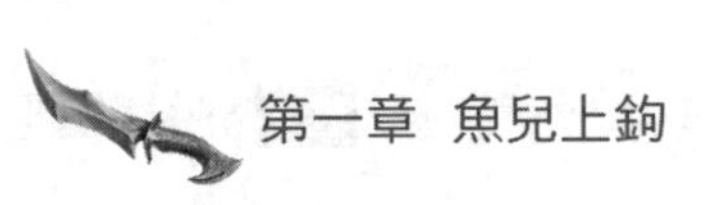

「連弩，準備！」王啟年再次高呼。

「射擊！」

匠師們用力扳動機關，一百多臺連弩機同時發射。這一瞬間，便是李清的視線也被箭雨所阻隔，連綿不斷的箭雨似乎連天空也擋住，步兵身後的長弓手在這一瞬間也失了神，忘了再次拉弓開箭，而是呆呆地看著那密密麻麻如雨點般落下的箭支。

連弩配備的強力彈簧再加上破甲箭，在百多步的距離上平射，所造成的打擊效果是驚人的，如同割韭菜一般，衝在前面的蠻族騎士一排排地倒下來，而那箭雨似乎仍無止歇。

「長弓手，拋射！」王啟年大呼，怒視發呆的長弓手。

「蠍子炮，發射！」

「豎我將旗！」

代善驚呆了，他第一次看到箭支居然能以如此密度，如此力度射擊出來，而當他看到對面突然豎起的王啟年將旗時，一個念頭立即浮上心頭：「**上當了！**」

當連弩射畢，密集衝鋒的蠻族騎兵前鋒已變得稀疏，王啟年再次下令，「戰車前導，變陣，突擊，發信號，命令左右兩翼出擊！」

天雷營旋即變陣，在一輛輛戰車的引導下，整個隊形裂成無數個以百人為單位的小陣，滾滾殺出，一頭扎進騎兵隊伍中；與此同時，在戰場的左右兩翼，號角聲聲響起，如雷的馬蹄震盪著眾人的神經，煙塵當中，無數騎兵正從遠處突擊而來。

當代善意識到自己上了大當，中了埋伏時，為時已晚，前部騎兵已被王啟年的天雷營切割成無數小塊。

看到自家兒郎被一片片地刺下馬來，亂刀砍死，代善的心在滴血。

「撤退，撤退！」代善瘋狂地喊道。

但此時想退也沒有那麼容易了，左右兩脅被啟年師埋伏在兩翼的四個營橫向切入，連代善的本陣也受到了衝擊，雙方糾纏在一起，草原鐵騎失去了機動的優勢。

「大局已定！」尚海波微笑道：「就看我們能收穫多少果實了！」

草原騎兵們不得不忍痛拋下馬匹上搶奪來的財物，**此時性命才是最重要的**，一邊跟著代善向外突擊。

將旗下，李清微微搖頭。

三萬騎兵對二萬步卒，草原人其實在人數上占有優勢，即便在開始時遭受了重大損失，但與定州軍仍有一戰之力，可惜當代善意識到中計之後，方寸大亂，第一反應竟不是組織軍隊進攻，而是下令撤退，這對軍隊的士氣是一個重大打擊，如果是虎赫，他一定會率先衝上來。

王啟年躍躍欲試，眼光卻瞄著李清，他知道，李清一向反對高級將領上陣搏命，但此時兩軍糾纏在一起，待在這裡其實起不了多大作用。

看到王啟年的模樣，李清知道了他的心思，點點頭，「去吧！」

王啟年大喜，一聲吆喝，風馳電掣般地殺向戰場，所過之處，蠻軍紛紛落馬，有了這員悍將的加入，啟年師士兵更是如虎添翼。

自定州方向，一隊騎兵飛奔而來，為首的騎士打馬奔到李清身邊，報告道：「大帥，發現虎赫狼奔軍蹤跡。」

看來巴雅爾還是派虎赫來了，李清回身對尚海波道：「尚先生，這裡已沒什麼事了，我去盯住虎赫！」

此戰，定州大勝，但對宜安來說，卻是一場災難。

代善的一路撤退，就是一路潰敗，兵找不著將，將不見兵，好在他還有幾千精銳跟著，一路向回狂奔。

跑到定遠時，早已等在這兒的定遠威遠兩堡守軍又給了代善迎頭一擊，好不容易突出重圍，衝回草原時，來時的三萬意氣風發的騎兵已只剩下不到萬騎，身後追兵還在窮追不捨。

代善只覺得自己快要窮途末路了，馬兒跑得口吐白沫，不知道還能支持多長時間，但此時，除了逃，還能做什麼呢？

「大首領，快看！」一名親兵又驚又喜，指著前方突然出現的大隊騎兵，大叫起來：「是虎赫大人，是白部的虎赫，我們有救了！」

虎赫料到代善會失敗，但沒有想到敗得這麼慘，三萬騎居然去了一多半，看到垂頭喪氣的代善，虎赫真想一刀將這個混帳劈成兩半。

「虎帥，請給我們報仇啊！」代善哭喪著臉，看到虎赫帶來的兩萬狼奔軍，心裡陡地生起復仇之念，雙方這時都已成疲兵，如果虎赫帶領他們返身衝殺，定能將定州軍殺得落花流水。

王啟年也發現了虎赫的狼奔軍，停下腳步，迅速地集結。

虎赫看了眼代善，冷冷地道：「反擊？你可知道此時李清的旋風營與親衛營上萬騎正在側翼向我們迅速接近，為了接應你們，我冒了多大的風險，你知道嗎？此時發動反擊，一個被糾纏住，我狼奔軍就要落得和你們一樣的下場，我只能掩護你們撤退。」

草原騎兵緩緩後退，王啟年的啟年師冷眼看著這群草原騎兵逐漸遠去。

一天後，復州。

無精打采的過山風部忽地龍精虎猛起來，這幾天一直在打造的攻城器具被推了上來，一隊隊精銳士兵開始向城下集結。

營內被軟禁的鍾子期看了道：「李清一定又在與蠻子的大戰中取得了大勝，向顯鶴的死期到了。」

許思宇冷笑，「這個死胖子死了一點也不可惜，看來我們也要重獲自由了。雖然我不喜歡李清，但也不得不佩服他，這個人雖然陰險狡詐，但還算是個有信有義的漢子。他得了復州，王爺以後會很麻煩，但現在最麻煩的卻是巴雅爾這個渾身膻臭氣的傢伙。」

鍾子期微笑不語，李清得了復州，勢力大漲，看來**自己要及早著手，給這個傢伙布下一道鎖鏈，將他困在這兩地**，至少在王爺取得大位之前，不能讓他馬踏中原。

他將目光投向了定州和復州，心裡暗道：「是時候去這幾個州走一走了！」

過山風的進攻是猛烈而卓有成效的，復州城的防守在姜黑牛的指揮下處處漏洞，過山風有如神人相助，每當姜黑牛露出一個破綻，他總是能馬上抓住，擦黑時分，復州城破。

向顯鶴正在大帥府中焚香叩頭，祈求神佛保佑的時候，姜黑牛和向鋒、向輝衝了進來，急忙喊道：「大帥，復州城破了，快走！」

向顯鶴有些茫然地回過頭，道：「定州李帥的援兵還沒有到麼？」

姜黑牛道：「我剛剛得到消息，李帥的兵馬走到半路，接到蠻子突然進攻的消息，便返身去迎戰蠻子，短時間是不可能趕到了。大帥，現在復州已不保，到處都是流匪，我們馬上出海去海陵暫避一時，等李帥兵馬一到，咱們再殺回來。」

已是渾然沒了主意的向顯鶴被向鋒、向輝一人一邊，架著便向外跑。快出府門的時候，向顯鶴忽地驚道：「慢著，我的銀子銀票還在府裡沒帶出來呢！」

向鋒氣苦道：「大帥，銀子沒了可以再賺，命沒了便什麼都沒了，快跑吧！」將向顯鶴扶上馬，在姜黑牛千餘士兵的護送下，沒命地向海陵奔去。此時過山風的旗幟已插上了復州城。

看到一彪人馬護著向胖子離開西城，一直觀察著戰場的許思宇咦了聲，道：

「怪了，怎麼姜黑牛沒有做了向胖子，反而護著他衝出來？」

鍾子期腦筋一轉，轉眼便想通了其中的關竅，驚嘆道：「李清布局周密，想必復州最後的一點兵力復州水師早已暗中投靠了他！李清真是面子裡子都想要啊！為了保護向胖子，他的一營兵馬損失殆盡，最後還護著向胖子衝了出來，不可謂不出力了，以後到那裡說去，都會說一聲李帥有情有義。嘿嘿，向胖子出了海，這海上風大浪高，海匪橫行，有個什麼三長兩短，難不成還能怪到他李清頭上？佩服，佩服。」

許思宇不可思議地道：「殺了人還賺得無數讚揚，人不能無恥到這個地步吧！」

鍾子期冷笑一聲，「你今天算是見識了**一代梟雄的真面目**了吧，也罷，就算給你上了一課。」

清風不知什麼時候來到兩人身邊，聞聽此言，道：「鍾先生，我跟你說過了，人不要太聰明，太聰明是活不長的。」

鍾子期大笑，「論起聰明，我可不敢當，清風司長才是聰明至極，否則我怎麼會落到你的手上呢！如果聰明人真是活不長，我相信清風司長一定會死在我前頭的。」

清風哼了聲，「你們可以走了，鍾先生，希望你下次不要再落到我手中，大帥放過你一次，但決不會再有第二次了。」

第二章

猛虎出柙

向顯鶴是皇后宗親，天啟顯然認為李清沒有將他放在眼裡，這才直接取了向顯鶴的性命。

「陛下，李清是一頭猛虎，現在已出得柙來，西域邊陲無人可制，陛下，要儘快給這頭猛虎戴上籠頭啊！」陳西言語重心長地道。

復州大亂，海陵卻還算平靜，當看到港口裡的水師艦船時，向顯鶴終於放下心來，渾然沒有注意到前來迎接他的水師統領鄧鵬眼中飄過的那一絲憐憫。

驚魂未定的向顯鶴沒有發現，鄧鵬的座艦已不是原先的那艘舊樓船，而是一艘嶄新的五千料大船，一看就知道才下水不久，而船上那些原本衣甲破爛的水兵，現在清一色的穿著半身鐵甲。

向鋒、向輝扶著向顯鶴爬上樓船後，水兵立刻抽掉跳板，將那些親衛們隔在了船下，在親衛們驚愕的目光中拔錨起航。

甲板上的向顯鶴喘息半晌，才讓自己平靜下來，旋即發現上船的只有自己與向鋒、向輝三人，其餘親衛們正呆呆地站在碼頭上，張大嘴看著正離開港口的船隻。

「幹什麼？我的衛兵們還沒有上船呢！」向顯鶴訝異地問身旁一身戎裝的鄧鵬。

鄧鵬面無表情地手一擺，道：「向大帥，到了我的船上，你已經不需要這些廢物了，請進艙休息吧！」

向顯鶴疑惑地看著鄧鵬，沒有從對方板著的臉上看出任何端倪，心裡不由有些發虛，這名水師老將自己從來沒有給過好臉色看，只有多方刁難，想不到落難之際卻要靠他救命，不敢再多說什麼。

「好，好，鄧將軍費心了。」向顯鶴說完，一滾一滾地進了船艙。向鋒、向輝二人想跟著進去，卻被鄧鵬攔道：「二位將軍留步，鄧某有事與二位將軍商量！」

向顯鶴跨進船艙，驚訝地發現船艙內已站著一人，正背對著自己，在窗邊向外張望著什麼，看那背影極為熟悉。這是誰？鄧鵬讓自己進來，難道不知道艙內已有人了麼？

他向前走了兩步，背對著的那人轉過身來，微笑地看著他。

向顯鶴猛的呆住，竟是定州大帥李清，心裡隱隱覺得不妙，**應當在定州與蠻子打仗的李清為什麼會出現在這裡？又為什麼會在鄧鵬的旗艦上，而鄧鵬卻不向自己報告？**冷汗一下子從背後冒了出來。

「向帥，請坐！」李清大馬金刀地坐下，伸手一請向顯鶴。

向顯鶴回頭看了眼艙門，那裡有一個獨眼龍大漢正抱著膀子靠在艙門，冷冷地瞧著他。

向顯鶴兩腿發軟，勉強挪到桌邊坐下，強笑道：「李帥，久違了，咱們又見面了，你不是在與蠻子開仗嗎？」

「打完了，蠻寇三萬鐵騎，死傷兩萬餘人，其餘狼狽逃竄而去。」李清笑道，替向顯鶴倒了碗茶。

「那李帥為什麼沒有及時趕到淮安呢，以致讓淮安被流賊攻破？」向顯鶴不解地問。

李清呵呵地笑了起來，指指窗外道：「誰說我們沒來，向大帥請看！」

透過窗戶，向顯鶴看到大群的士兵從碼頭各處湧進來，刀槍如林，而自己的親衛已被繳械，正一個挨著一個地被綁起來。

「這是什麼意思？」向顯鶴站了起來，指著李清，嘴脣顫抖，猛的想到一個可能，頓時臉色蒼白。

「我特地從定州趕來，就是為了**送大帥最後一程**！」李清淡淡地道。

嘩啦一聲，向顯鶴腿一軟，一屁股坐倒在地，撞得桌子一陣搖晃，茶水濺了一地。

唐虎鄙夷地看了眼癱倒在地的向胖子，一把將他從地上提溜起來，按在椅子上，不屑地道：「還一州大帥呢，就這點膽量！」

向顯鶴呆了半晌，縱聲大叫：「向鋒，向輝！」

李清搖頭，「不用叫了，他們已先行一步為大帥打前哨去了。」

「鄧鵬，鄧將軍！鄧大人！」向顯鶴聲嘶力竭地吼叫著。

「向帥以為鄧將軍如果還是你的屬下的話，我能在這艘船上麼？」李清端起茶碗抿了一口。

「李清，你敢殺我？」向顯鶴似乎想起了什麼，顫巍巍地指著李清，大聲道：「向皇后是我族姐，陛下是我姐夫，你殺了我，陛下會誅你九族，會將你李氏一門殺得一乾二淨。」

李清放聲大笑，「向大帥，你可真是會說笑，誰說是我殺了你？復州匪徒作亂，攻破淮安，向大帥逃往海陵，登船逃生，不意在一個夜黑風高之夜，海上忽起風浪，浪打船翻，船毀人亡，嗚呼哀哉！誰都知道向大帥的水師那幾條破船已是年久失修，不堪風浪一擊了，這可真是天作孽猶可活，自做孽不可活啊！」

李清俯身到向顯鶴面前，道：

「我定州為了助你平匪，五千健兒英勇作戰，葬身復州，此等義舉，試問全大楚，有幾位統帥能做到?!你死之後，我自會發大軍踏平復州匪亂，為你向大帥，也為我五千健兒復仇，大軍到處，頃刻間，流匪灰飛煙滅，復州風平浪靜，一切踏上正軌，那時，我會上表請皇上追封你，甚至賜你謚號都不是不可能的，所以，你的身後事必定是極盡哀榮，你的妻兒子女我會恭送回京，讓他們享受你的餘蔭，一輩子榮華富貴，如此安排，你覺得可好？」

聽李清平靜地說出這番殺氣騰騰的話，向顯鶴再一次滑到了地上。他終於知道，自己今天活著的可能性是微乎其微了。

「李帥，李帥！」他順著地板爬過去，抱著李清的大腿哭道：「李帥，你饒了我吧，你要復州我給你，你要錢我給你，你想要什麼，我都給你，只要你能饒我一命啊！」

李清厭惡地掃了他一眼，一腳踢開他，「向顯鶴，你這種人活著，便會有更多的人遭殃受罪。」

唐虎大步走上來，抓住向顯鶴的脖子一提一拖，將他遠遠的拖離李清。

「復州現在已經是我的了，你的錢，哼哼，只怕也已經入了我定州公庫，你還有什麼，這身肥肉麼？復州大好之地，在你這種人手裡，就只肥了你一個人，卻讓無數百姓受苦，向胖子，你死到臨頭還不覺悟麼？你以為我要你復州僅僅是貪婪？是為了和你一樣撈錢？我是……算了，跟你這種人是講不明白的。」

死狗一般癱在地上的向顯鶴恍然大悟，「**那流賊半天雲也是你的人？是你在幕後支持流賊叛亂的，是你為了謀奪我復州策劃了這一切！**」

「你現在才明白？」李清譏笑地看著向顯鶴，說出驚人的一句：「半天雲是我麾下大將過山風。」

不再理會向顯鶴，李清大踏步走出艙門，「唐虎，送向帥一程。」

唐虎獰笑著，伸手抓住向顯鶴那張涕淚交流的臉，兩手一錯，使勁一扳，喀的一聲，向顯鶴的頭顱軟軟垂下。

甲板上，一群水手正在沖洗甲板上的血跡，鄧鵬拿著布擦拭著還在滴血的長刀。

兩人走到船舷邊，並肩而立，海風吹得衣衫獵獵作響。

加上前生今世，李清還是第一次與大海如此親密接觸，看到前方廣闊無垠的大海，心中陡生豪氣，指著濤生濤滅的大海，大聲道：

「鄧鵬，從今天起，這片大海就是你的了，你將率領著無敵的艦隊縱橫海洋，為我們打下另一片天地。」

鄧鵬欠身道：「大海是大帥的，我來替大帥經營！」

李清放聲大笑，「先前答應你的船隊，明年就可給你配齊，水兵則要你自己訓練，對水師，我是一竅不通。」

「定不會讓大帥失望！」

「船隻雖然明年才能配齊，但今年就要開始做事！水師將遠渡重洋，在室韋

人那裡登陸，**我們要準備對草原蠻子的戰鬥了！**」李清大手一揮道。

鄧鵬從來沒有想到，自己一個水師將領，居然也會參與到對蠻子的作戰中去，心中不由熱血沸騰。想起夏天時，自己曾送過一個女子到達室韋人的地盤，想必那個時候李大帥就開始謀劃這一切了，對李清的深謀遠慮佩服地無以復加，也慶幸自己終於遇到了一個雄才大略的英主；更讓他慶幸的是，這個人對水師的重視，讓他這名水師將領也自嘆不如。

大楚的未來，真的在海上麼？

「好，李清果然驍勇！」

洛陽太和殿，天啟皇帝手中拿著李清剛剛呈報上來的奏章，心中大喜，情不自禁地站了起來，大聲叫好。

「數月之內連接兩個大勝仗，破青部大營，斬殺酋首哈寧壽，大敗紅部代善，斬殺蠻寇兩萬餘人，好，李清果然不負朕望。」天啟喜形於色，如此下去，李清所說三年平定草原當真可期。

激動的天啟在殿內走來走去，渾然沒有發現他的首輔陳西言正自一臉苦笑，手裡還捧著一本奏摺。

「陳卿，你說說看，我要怎麼賞賜李清才好？」天啟道。

陳西言將手裡的奏摺遞了上去，「陛下，你先看看李清的這本奏摺吧。」

看著陳西言的神色，天啟奇怪地接了過來，掃了眼道：「復州關李清什麼事了？為什麼是他上摺子，而不是向顯鶴？」

打開奏摺，臉色已是大變，待得看完，氣得將奏摺摔在桌上，呼呼地喘著粗氣，說不出話來。

「復州匪患，攻城掠地，禍亂百姓，復州軍全軍皆滅，應向帥所請，定州軍進復州助剿，大敗，五千定州健兒身殞，淮安城破，向帥撤離淮安，旋即生死不明，臣正提大軍即日趕赴復州，旬日之內定將滅匪平賊，還陛下一個清平復州。」

「向顯鶴，這頭蠢豬！」天啟恨恨地罵道。

從李清的奏摺中，他似乎看到定州軍正在復州肆意馳騁，繼定州之後，復州也悄聲無息地落入李清手中了。

「陛下息怒！」陳西言小心翼翼地道：「以蕭統領的能力尚不能保定州，更何況向顯鶴？他豈是李清對手？**引狼入室，自是為狼所噬啊！**李清處心積慮，定是謀劃日久，臣怕復州早已落入他手了。」

「向顯鶴是生是死？」

「陛下，覆巢之下焉有完卵，向帥必定已死。向帥若活著，李清如何控制定州？」陳西言肯定地道。

「嘿嘿，李清當日奪定州，好好地將蕭遠山送了回來，如今取復州，卻殺死了向顯鶴，我皇室威嚴居然不如一世家之威，當真可笑之極，李清實乃欺人太甚！」天啟怒道。

陳西言無語，向顯鶴是皇后宗親，天啟顯然認為李清沒有將他放在眼裡，這才直接取了向顯鶴的性命。

「陛下，**李清是一頭猛虎**，**現在已出得柙來**，西域邊陲無人可制，陛下，要儘快給這頭猛虎戴上籠頭啊！」陳西言語重心長地道。

「李清居然還在奏摺中要求我另外委任復州統帥，嘿嘿，哪個敢去？」

「陛下，復州落入李清手中已成定局，這是不改的事實，現在我們只能盡最大可能將不利化為有利了。」陳西言諫道。

天啟目光閃動，「**化不利為有利？**」

陳西言點點頭：「不錯，陛下，儘快讓傾城公主下嫁吧！」

「這怎麼說？傾城下嫁與復州之事有什麼關係？」

「陛下，李清既已握有復州，是不可能從他手中奪回來了，沒有誰敢去虎口拔牙，但陛下，我們也不能讓李清名正言順地擁有復州，傾城公主下嫁，陛下可以讓傾城公主代領復州，作為嫁妝，委託李清代管；如此一來，公主下嫁後，亦可以正大光明地干預復州事務，重組復州軍，那公主就是當然的復州軍統帥。

「以公主多年的領兵經驗，替陛下練出一支強軍來也不是不可能，以此來制衡李清的勢力擴張。同時，公主下嫁後，李清也可以集復州、定州兩州之力，替陛下掃平草原，建不世之功，此乃一舉兩得之事。以後……」

陳西言猶豫了一下，接著道：「掃平草原之後，有傾城公主替陛下看著李清，讓他變成陛下手中的利刃，替陛下清掃宇內鬼魅之輩，此第三利也。」

天啟頻頻點頭，「首輔，此計固然大妙，但當初傾城曾與李清定下三年之約，如今尚不足一年，皇室便迫不及待地下嫁公主，豈不淪人笑柄。」

陳西言勸道：「陛下，三年之後，李清勢力已成，公主那時下嫁，哪裡還能左右復州局勢，只能淪為李清後宅大婦，如何限制李清？傾城公主大才，不會看不到現今局勢，陛下只要開口，臣敢保證傾城公主一定會答應。」

陳西言這話已經說得很露骨了，**皇家體面與社稷安危，皇帝陛下必須選一個**，至於如何選，陳西言相信天啟皇帝還沒有糊塗到那個地步。

齊國公府。

齊國公蕭浩然面色陰沉，李清是蕭家大敵，兩家現在雖然還保持著表面上的和平，但暗地裡已經勢成水火，眼見李清勢力節節上升，坐擁定州驃悍之士，復州富庶之地，他日真讓他掃平草原，其威勢在大楚將不作第二人想，如此安有蕭家安身之餘地？需早做打算，搶得先手。

「遠山，你執掌御林軍已有數月，可有把握在今明兩年內完全控制御林軍為我所用？」

「家主放心，眼下我已開始對御林軍清洗，明年便可以整合完畢，到那時，御林軍便可如臂使指，隨心所欲。」蕭遠山肯定地道。

「嗯，如此我便可放下一大半心來，這對我蕭家今後的大計非常重要。宮衛軍有辦法滲透麼？」

蕭遠山搖搖頭，「宮衛軍鐵板一塊，實在無法可施。」

蕭浩然若有所思，分析道：「眼下情勢，陛下肯定會馬上下嫁傾城公主，以此來制衡李清，復州必會放在傾城公主的名下，我可以想辦法到時讓傾城公主帶走一部分宮衛軍，如此一來，宮衛軍要補充人手，必定優先從御林軍中篩選，到時繼任的宮衛軍統領也不見得有傾城之才能，此事你要早做準備，相應的人員資料一定要準備齊全，不能有誤。」

「家主，遠山明白了。」

一邊的蕭天賜不解地問道：「家主，將復州放在傾城公主的名下，與放在李清的名下有什麼不同，到時他們夫妻一體，還不是一樣？」

蕭浩然不滿地瞪了他一眼，本來他還挺看重蕭家這個第三代的精英，但李清到洛陽後，連接數次羞辱於他，倒是讓他看清了他的本質實是難以託付重任，忍不住喝斥道：「這裡面的差別大了，你下去好好想想！天賜，你近來的表現讓我很失望。」

被蕭浩然一瞪一罵，蕭天賜立時矮了半截，又羞又惱，心中愈發仇恨李清，暗自發誓：哼！李家的賤種，但教你落在我手中，必定讓你生不如死。

「李清殺了向顯鶴，與向家結下死仇，這一點我們可以好好利用，與向家結盟。向家宗室皇親潛勢力極大，更何況，他們還有一個殺手鐧，我們正好以此引誘。」蕭浩然侃侃道。

「太子殿下！」蕭遠山眼睛一亮。

蕭浩然點頭，「時不我待，形勢逼人，我蕭家能不能延續輝煌，便在這一兩年間，所有蕭家兒郎都要為這個目標去努力奮鬥。」

「是，家主！」屋內，所有的蕭家重臣齊聲應道。

洛陽風起雲湧，各種勢力因為復州的巨變，正相應地調整各自的戰略布署，而此時引發這個巨震的復州淮安府，卻是風平浪靜。

「過將軍，辛苦了！」李清笑吟吟地看著過山風，誇獎道。這次謀奪復州，大功告成，過山風當居首功。

「不敢，全是大帥統籌策劃之力，屬下只不過依計而行罷了。」過山風抱拳謙虛地道，心中卻不無得意，復州數月，自己不僅完成了大帥交予的任務，更是在短短的時間內，以帶到復州的千餘骨幹為核心，組建了一支萬餘人的精銳部卒。

「有功當賞，過功則罰，你不用謙虛！」李清道：「得了復州，我們便能大舉組建水師，橫渡重洋，自後方給蠻子重重一擊。過山風，我有意組建定州軍第三師，兵員二萬人，你可有意出任此師長官？」

過山風大喜過望，立即單膝著地，大聲道：「敢為大帥效死！赴湯蹈火在所不惜。」

「好，你師命名**移山師**，你部現有萬餘精銳，我將姜黑牛的健銳營也劃入你的屬下，你在復州再招募新兵組一個騎兵營，然後駐紮復州，與鄧鵬密切配合，加強訓練，只等我一聲令下，便可全軍登船，渡海作戰，你可有信心？」

「末將有信心！」過山風毫不猶豫地道。心中對清風佩服不已，當日她的預言正一步步實現。

姜黑牛是王啟年舊部，李清將之劃歸給自己，也算是對自己的一種制衡吧，想到這裡，過山風道：「大帥，末將有一個請求。」

「講！」李清笑道。

「末將手下大都是鹽工出身，軍事素養極差，屬下軍內基層軍官奇缺，懇請大帥從親衛營中為屬下調撥一批軍官，以便讓我移山師儘快成軍，加強戰力。」

李清詫異地看了眼過山風，看不出過山風心思居然如此細膩啊，笑道：「過將軍，我們當初去崇縣時，手裡還不是新兵一批，怎麼現在過將軍反而沒信心了呢？」

過山風道：「大帥，我師要渡海作戰，屬下心中惴惴不安，能早些形成戰力，屬下便能心安一分，求大帥成全！」

李清大笑，「好吧，如你所願，你自去我親衛營，看上誰就拉走誰，不過呂大兵和唐虎不能動啊！看上了我也不會給你！哈哈！」

又是一年雪來到，書房中的李清看著窗外飄飛的雪花，心生感慨，兩年了，從崇縣算起，整整兩年，自己改變了很多，也將自己所處的定州改變了很多，從一名低級軍官，猶如火箭般竄升而起，如今已是一州統帥，實際上卻控制著兩個州的地盤。

這其中，有**運氣因素**，有**形勢使然**，有**家族幫襯**，但**更多的卻是自己的努力**，一直以來，自己戰戰兢兢，如履薄冰，曾多少次在夢中驚醒，大汗淋漓，多少次徘徊彷徨，幾欲退卻，到如今身居高位，手握重權，回首當初，幾如夢中。

醉臥美人膝，醒掌殺人權，自己醒掌殺人權倒是不假，一聲令下，便可讓千萬人為之拋頭顱灑熱血，但愈是如此，卻讓人更加感到沉重，**一招走錯，滿盤皆輸，現在的他，還輸得起嗎？**

醉臥美人膝？李清苦笑一下，清風愈來愈像一個女強人，正一步步走上能熟練玩弄政治權術好手的地步，而這一切，卻是自己一手促成的，早知如此，當初就讓她做個女夫子也許更好。

自己無權指責她，是自己將她推到統計調查司的位置上，又開始喜歡她，並堅持與她在一起的時候，這一切便已註定。除非清風能拋下這一切，但遭受過苦難且無比敏感的她，**一旦品嘗到權力的滋味，又怎麼能拋得下?!**

只見過一面還未曾過門的妻子傾城？李清搖頭，又是一個女強人！較之清風，只怕更為強悍，想起那天皇城校場上的情景，李清便忍不住打了個寒顫。

這是**一樁赤裸裸的政治聯姻**，京城已傳來消息，天啟皇帝決定在明年就將傾城下嫁，看來自己奪得復州有些嚇壞了這位皇帝。

將復州作為傾城的嫁妝？李清不由笑了，傾城來到定州，便如同**虎落平陽**，她再強悍，能將一個自己已經牢牢控制的復州如何？**玩政治權術，她豈是尚海波等人的對手！**只怕時日一久，她的戰鬥意志就會被磨平磨沒。

自己和她，有可能產生愛情麼？

房門輕響，唐虎捧著一個包裹走了進來。

「大帥，這是前些日子一個女子送來的，收東西的親衛不認識她，東西已檢查過了，全是做好的鞋子，單鞋棉鞋一應俱全，好幾十雙呢！也不知是哪個女子，連大帥腳多大都不知道就巴巴地送來，也不怕大帥根本穿不下。」

「鞋子？什麼時候送來的？」李清奇怪地問道。

「有些日子了，這段時間跟著大帥忙著打蠻子，又跑到復州去，虎子差點忘了這件事，今天在值房中看到這個包裹才想起來，便趕緊給大帥送來。」

打開包裹，李清拿出一雙棉鞋翻來覆去看著，倒是一手好做工，看那鞋底，一排排的針腳密密麻麻，十分整齊，如同拿尺量過一般，可見做鞋的人的確是用了心的，摸在手裡，軟綿綿的極舒服，當下便興致勃勃地脫了腳上的舊鞋，將新鞋往腳上一套，不由張大了嘴巴，不大不小剛好合腳。

「這是誰做的啊？」李清由此斷定這一定是認識自己的熟人，不然不可能對自己腳的大小知道得這麼清楚。

「那個親衛問了，可那姑娘不肯說！哦，對了，親衛看見那姑娘手裡還提著一個行李，看來是要離開定州城的模樣！」唐虎有些懊惱地道。

李清在地上蹦了蹦，「真舒服！既然不知道就算了，也許以後還會碰到這位姑娘，到時再感謝人家吧。真好，這十幾雙鞋，明年一年我都不用愁了，哈哈，整天套著馬靴官靴，真是委屈了我這腳，這布鞋真舒服。」

唐虎好奇地拿起一雙鞋研究，看了一會兒，驚訝道：「大帥，這鞋幫上還繡著字呢！」

「咦？」李清一把搶過，定睛看去，在鞋邊上繡著一行極小的字，「**雲想衣裳花想容**！」

「雲想衣裳花想容？」唐虎道：「這是什麼意思？大帥，我還以為是這位姑娘的名字呢。」

李清心裡也犯了嘀咕，這句話肯定有含義，當下將鞋一雙雙提溜起來，果然，在每雙的右腳上都繡著同一句話。

正沉吟間，呂大兵跨進門來，行禮道：「大帥，尚先生已到了軍帥府，說今天要和大帥一起去崇縣檢閱預備役，讓我問大帥什麼時候出發？」

李清放下鞋子，「現在走吧，今天雪這麼大，能趕到崇縣就不錯了，明天才能去雞鳴澤那裡呢。」

一行人披上斗篷，在百多名親衛的護衛下，向著崇縣出發。

雪仍在下著，出了定州城，一條寬闊的馳道出現在眾人面前。馳道是用三合土築成，上面再壓上一層碎石，如此一來，即便是雨天也不會泥濘難行，而定州所有的馳道都將採用這個標準，不僅僅是為民造福，更是為了軍事上的需要。

有了這樣一條馳道，兵員調動，大型器械，物資糧草的運輸速度效率將會提高不少。而這條通往崇縣的馳道是定州最早開工修建的，不僅因為崇縣是李清發家之地，更是因為它是定州的預備役訓練中心，大量的兵員應招後，首先便會在那裡集訓數月之後才分配到各營中去，是以一條好的道路必不可少。

道路兩側挖了一個個的大坑，預備來年春上栽入大樹，到了夏初，這條道上便會綠樹成蔭，成為定州一道亮麗的風景線了。

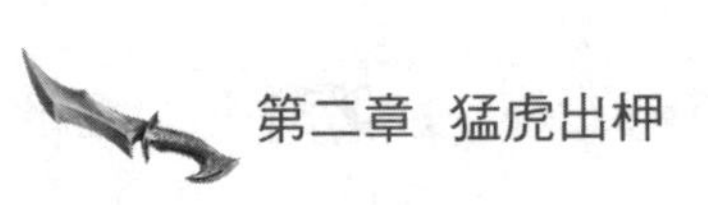

馳道上人來人往，看到李清一行人，都迅速避到路旁，躬身行禮。

傍晚時分，快接近崇縣時，還有一段路沒有修好，便見雪天中還有黑壓壓的人群在冒雪修路，李清看著眉頭不由皺起來。

尚海波道：「大帥，這些修路的人可不是我們定州的子民，而是這幾次打蠻子抓來的俘虜，大帥不許殺這些蠻子，但我們也不能白養著他們啊，自然要讓他們做些事來抵帳，好幾千人呢，這裡只是一小部分，還有更多的在撫遠修建道路，挖溝開渠。」

「哦！」李清恍然大悟。

再走得近些，果然看見一群群戴著腳鐐的蠻族士兵正在定州士兵的監督下，吃力地搬運土石，一路行來，腳銬叮噹作響，不少人臉露痛苦之色，腳踝上被鐵鐐磨破，在這麼冷的天氣中凍得紅腫，動作稍慢些，士兵們便是一鞭子抽下去。

看到李清面露不忍之色，尚海波道：「大帥，這些蠻子武勇，不戴上鐐銬不容易看管，而且，我們雖然讓他們幹活，還是讓他們吃飽了飯的，生病了也有醫生看病，他們被俘這麼長時間，可沒有一個人死，比起被他們掠去的那些我們的子民，待遇可要好上不知多少倍了。」

李清點點頭，想起當初自己攻進安骨的時候，那一群群衣衫襤褸的奴隸，不也是戴著鐐銬，在寒風中瑟瑟發抖的辛苦勞作麼？還有草原上到處棄置的累累白骨，一想起這些，原本不忍的心腸便又硬了起來。

「別讓他們死了，他們都是不錯的勞力！」李清交代道。

看到李清等人過來，士兵們抽打著俘虜，讓他們一排排地跪在道路兩側，刀槍出鞘，全神戒備著，李清的親衛們也都格外提起神來，生怕這些俘虜中有不開眼的人突然跳起來生事。

策馬走過的李清打量著一排排跪倒在地的俘虜，這些人大都低著頭，偶爾有人抬起頭來，眼中也是一片空洞迷茫，了無生機，顯然對自己的前途完全沒作任何指望，過得一日便算一日地苟延殘喘罷了。

李清伸手招過負責的一名果長，吩咐道：「這些人雖然是蠻子，但既然是俘虜了，又替我們做事，你的飯要管飽，有病了要請醫生；還有，每隔幾天要讓他們洗上一個熱水澡，天如此冷，不要死了人。」

「是，大帥！大帥放心，我一定把他們養得胖胖的，讓他們為我們修路，挖渠。」果長很是興奮地回道，大帥親自下令給他，恐怕整個定州軍中也找不出幾個來了。

李清笑笑，對尚海波道：「我們走吧，恐怕揭偉等得有些著急了。」

眾人再走得半個時辰左右，便看見了崇縣縣城。

崇縣舊城被毀之後，李清並沒有重新修建城牆，此時，揭偉正率領著一眾官員在馳道的盡頭等待著李清一行人。

揭偉出任崇縣縣令已一年有餘，早些時候李清見到他時，他還沒有脫去小吏氣息，眼下卻已經有了縣令的威儀，看到李清，深深一揖，「揭偉見過大帥，大帥辛苦了！」

李清翻身下馬，「揭偉，讓你久等了。」

揭偉笑道：「我們等大帥是應該的，大帥，你原先在崇縣的參將府已經收拾好了，驛館這邊也準備了房舍，你要去哪邊休息呢？」

李清想也不想便道：「去參將府，故地重遊更有一番風味，是吧，尚先生？」

在縣衙用過飯，又聽揭偉就崇縣的一應事宜作了相應的匯報，李清走出縣衙時，已是近二更時分。

「揭大人，此去舊參將府不遠，你就不用送了，早點回去休息，明天還有一大堆事等著你呢，我們趕早就去雞鳴澤，你不用管我們了。」李清笑著對揭偉道。

如果換一位大帥，揭偉肯定要堅持送到地頭，明天也要一路相陪才行，但對李清，揭偉知道這些虛務不做為好，要是自己放下縣裡大堆事情跑去陪他，反而會惹他不高興。

攤上這樣一位主子，既幸運又不幸，幸運的是，只要你把事情做好，便不怕沒功勞，不怕沒獎賞；不幸的是，這位主子眼裡可是揉不得沙子的。

「是，大帥！」揭偉站在縣衙大門口，目送著李清、尚海波一行人離去。

李清與尚海波並肩而行，呂大兵和唐虎帶著一眾親衛稍稍落後幾步，前面和四周早就散了人出去，也不怕有什麼危險。

「尚先生，這位揭縣令雖說是小吏出身，倒很能幹，將崇縣治理的井井有條，我還擔心許雲峰走後崇縣會走下坡路，現在看來倒是我多心了。」李清道。

尚海波評論道：「朝廷選官，首先看你書讀得好不好，其實書讀得好不一定會做官，像揭偉，比起他的前任許雲峰來，我認為更勝一籌，許雲峰任縣令時，我們都還在崇縣，大帥耳提面命，他要做的只是依令而行，勝在執行到位，這倒也和他的性子相符。不過論起手段圓潤無聲，倒是揭偉強些，這一年來，我們的大本營離開了崇縣，照理說崇縣應當比不了以前，但觀之倒有愈來愈強之勢，在全州只略遜於撫遠，但崇縣的條件可不能與撫遠相提並論啊！」

李清笑道：「尚先生很看好揭偉啊，我也有同感，看來此人可以提拔，讓他去復州怎麼樣?復州百廢待興,好好的一個州被向胖子糟蹋的不成樣子,我們要從零開始好好經營,如果說定州是我們的兵營的話,那復州以後就是我們的錢罐子啊!」

尚海波腳步一頓,道:「說到文官的選派,揭偉不適合到復州!這是我的個人觀點,僅供大帥參考。」

「為什麼?剛剛尚先生不是還說他是能吏嗎?復州現在正需要能吏啊!」李清詫異地道。

「復州與定州不同,復州是商賈彙集之地,因為有鹽,富豪強紳比比皆是,雖經過山風掃蕩一遍,但並未動其根本。揭偉一直大力奉行的是定州新政,其基礎是建立在讓這些富豪強紳垮臺上的,如果將揭偉派到復州,他強力推行定州新政那一套的話,可能會適得其反,引起這些人的反彈。大帥,復州已是您的,再破而後立的話,於我們大計不利啊!況且,我們也沒有時間啊!」

李清默默點頭,「你說得不錯,與蠻子決戰就在這一兩年,我們實在是沒有時間,讓他去撫遠吧,許雲峰也該提一提了,這樣如何?」

「這個您要同老路商量!」尚海波穩穩守住自己的底線,絕不越權,李清哂然一笑,知道尚海波這是在避嫌。

不過復州該派誰去呢？李清絞盡腦汁地將手下有能力的官員過了一遍，突地眼前一亮，想起一個人來。

「駱道明，信陽縣令！」

「駱道明？」尚海波與此人不熟，只略微知道此人原先是蕭遠山提拔任用的人，大帥主政後，因其政績突出，頗有名聲，便一直沒有動他。

「大帥，此人是蕭遠山提拔起來的，能夠相信麼？」尚海波擔心地道：「這次派去復州的人選至關重要，不僅是當前，而且要想到以後傾城公主來後，如果沒有一個絕對忠心的人替我們看著復州，以後恐怕會很麻煩的！」

「統計調查司對駱道明這一類的官員作過詳細的調查，凡是和蕭遠山有不清不楚關係的，這一年來幾乎都換掉了。駱道明頗有才能，與蕭遠山也僅是上下屬關係，此人在信陽主政，執行我定州政策，不像許雲峰那樣大刀闊斧，更像是一種溫和的改良政策，讓他去，可以無聲無息地推行我定州新政，也不致於引起什麼大的反彈。」李清笑了笑說。

「官員任免，本就是大帥你一言而決，只要大帥覺得合意，那就可以了。」尚海波不置可否。

李清不滿地道：「尚先生，我甚是倚重你，一向以你為我第一謀士，你怎能如此推託！人事任命是最重要的事，如有差池，損害極大啊！你為什麼就不能爽快地說出你心中的人選呢？」

「不然！」尚海波搖頭道：「大帥，**各司其職，各任其事，不在其位，不謀其政**，我為大帥主要分擔的是軍事、外交，如果大帥問的是軍隊將領任免，那我自是暢所欲言，但現在大帥問的是內政民生，這是老路所管，我如多說，必會讓老路反感；同理，如果老路插手軍中事宜，我也不會給他絲毫面子。」

李清默然，知道尚海波此話另有所指，「我明白了！」

兩人邊走邊談，不知不覺中已到了舊時的參將府，拾階而上，早有親衛先期到達，點亮了燈火，燒好火炕，哨樓上也站好了警戒的衛士。

看著廳內仍是昔日的擺設，分毫未動，李清不由笑道：「揭偉倒是用心，只是可惜了這麼大一幢房子，如果以後縣裡要用，便讓他們拿去用吧，不用專門為我保留。虎子，還記得在這大廳裡，你和一刀被尚先生痛打板子的事麼？」

唐虎老臉一紅，哀叫道：「大帥，留一點面子啊！」

李清與尚海波不由大笑起來。

第三章
雲想衣裳花想容

細密的針腳，讓李清的目光不由轉向自己腳下正穿著的那雙棉鞋，驚詫地看了眼霽月，將手中拿的鞋翻轉過來，果然在右邊的地方看到了同樣的一句話。
「雲想衣裳花想容！」
「霽月，那些鞋原來是你給我送去的！」李清驚道。

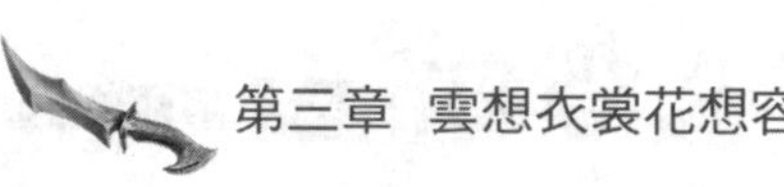

眾人說笑一會兒，便分頭去休息，回到以前的臥室，唐虎早已替備好熱水，李清脫下被雪水浸濕有些沉重的馬靴，將腳泡進熱騰騰的水中，舒服地呻吟了一聲，享受著腳底傳來的那一陣陣的暖意。

唐虎從隨身的包裡翻出一雙棉鞋，李清看著眼熟，不由道：「虎子，這不是……」

唐虎咧嘴笑道：「大帥說穿著舒服，我便帶了一雙在身上。」

李清看著唐虎這個跟了自己最久的衛士，忍不住道：「虎子，一刀現在已是一營主將，主政一方，你一直跟著我，雖然官至參將，卻做的是服侍我的事，你心中有什麼想法沒有？」

唐虎爽朗地道：「大帥，我虎子有幾斤幾兩，您還不清楚嘛？真要我去帶兵打仗，那會害死人的，我啊，只能做一個衝鋒在前的猛將，而不是統領千軍萬馬的將軍，現在我很滿意，能每天待在大帥的身邊，保護大帥的安全，這叫什麼，哦，對了，尚先生說過，叫物盡其用。」

李清不由大笑起來，「你小子，當真沒有雄心壯志，真是個做小兵的命！」

「大帥身邊優秀的將領很多，所以唐虎願意做個小兵，一輩子服侍大帥！」唐虎很認真地說。

李清的笑聲戛然而止，看著唐虎，「你呀，虎子，找個婆娘吧，你年紀也不小了，娶個老婆，生一堆娃娃，回家後也有個人暖床啊！」

唐虎咧嘴一笑：「大帥大婚後，虎子便也找個婆娘，早早地生個兒子，好讓他來陪大帥的公子。」

聽到唐虎這句話，李清不由又是感動又有些黯然，擦了腳，穿上棉鞋，站起來道：「虎子，咱們出去走走吧！」

唐虎吃了一驚，道：「大帥，不早了，外面又是風又是雪的。」看到李清神態堅決，改口道：「那我去叫幾名親衛來。」

李清搖頭，「就我們兩人，在這附近轉轉而已，莫非在崇縣我還有什麼危險嗎？」抬腳便向外走。

唐虎只得緊緊跟上。看李清所去的方向，唐虎恍然大悟，大帥是想去以前清風司長住的地方。

唐虎雖然不聰明，但對大帥這段時間與清風司長間出現的一些不愉快卻是最清楚不過了，因為這兩人都不大回避他。

有時他也很奇怪，清風司長以前多溫柔啊，為什麼現在變得這麼嚴厲了？一刀大哥還有呂大兵將軍，私下裡說起她來都是面有懼色。

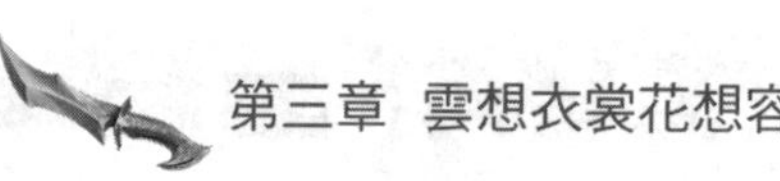

從暖哄哄的屋內一出門，寒風夾著雪粒撲面打來，李清不由打了個冷顫，將大氅緊緊地裹住身子，與唐虎一前一後從角門而出。

清風霽月以前所住的地方離參將府很近，只有不到一里的距離，心中有些煩悶的李清下意識地便想去瞧瞧當初他與姐妹兩人相識的地方。

不得不說，對清風現在的變化，李清是不喜歡的，他心中更希望清風是他當初見面時那個帶著一群娃娃們琅琅念著人之初，性本善，有些羞澀，讓人一見便心生憐愛的女夫子，而不是現在那樣尖銳，宛如一柄出鞘的利刃。

雖然清風在自己面前仍然與先前沒有什麼不同，但她眼中偶爾閃露的鋒芒，卻讓李清知道清風已不復往昔了。

清風的變化，李清自承有極大的責任，讓一個女子執掌如此黑暗的部門，任她是誰，心性都會發生變化；更何況清風曾經受過的傷害，讓她留下永遠難以癒合的傷疤，與自己相愛卻又不能登堂入室，手握大權又遭到自己心腹手下的疑忌，使她迫切地想要保護自己不再受到傷害。

越是這樣，她越是迫切地想要得到更多的權力，在定州掌握更大的發言權，卻也因此更受到尚海波等人的猜忌，從各方面對她進行打壓，形成一個惡性循環。

老天爺似乎要給定州一個更加寒冷的冬天，地上的積雪被凍得發硬，腳踩在上面，發出吱吱咯咯的聲音，李清似無所覺，腦子裡盤旋著怎麼樣才能緩解這一局面，心中苦惱至極。

唐虎當然不知道李清腦子裡想的是什麼，他警戒地跟在李清身後，一隻獨眼四處掃描，手緊緊握著刀把。

清風的舊居就在眼前，李清停下腳步，看著木屋裡透出的燈光，咦了一聲。這幢小木屋是以前清風姐妹倆居住的地方，清風霽月走後，這幢小木屋又住了人麼？李清心裡有些不喜，這個揭偉是怎麼辦事的！

「大帥，屋裡有人，我先去瞧瞧。」唐虎道。

「不用，我只是過來瞧一眼，不要打攪裡面的人了。」

李清走近幾步，隔著窗櫺，依稀可見一個人影正坐在窗邊，看那身影，也是個女子，耳邊傳來一陣極低卻宛轉悠揚的歌聲。

蒹葭蒼蒼，白露爲霜。所謂伊人，在水一方，溯洄從之，道阻且長。溯游從之，宛在水中央。蒹葭萋萋，白露未晞。所謂伊人，在水之湄。溯洄從之，道阻且躋。溯游從之，宛在水中坻。蒹葭采采，白露未已。所謂伊人，在水之涘。溯洄從之，道阻且右。溯游從之，宛在水中沚。

李清聽著這歌聲，不由一怔，這聲音好耳熟，竟似是清風的妹妹霽月的聲音。

他上前仔細再聽，屋中女子似乎在縫製著什麼東西，口中翻來覆去地反覆吟唱著這首詩歌。

是霽月！李清這次聽得很清楚。

霽月不是到定州去了麼，怎麼又回到了崇縣，難怪這小木屋裡有人，李清恍然大悟。

奇怪，霽月怎麼老唱這首歌，這首歌雖然曲調優美，卻是描寫一個失意的癡情人，對遠方意中人的憧憬、追求，和失望、惆悵的心情，是一首十分幽怨的歌，**霽月喜歡上什麼人了嗎？那男子是誰，居然讓霽月覺得可望而不可及？**

唐虎也湊了上來，聽了道：「大帥，好像是霽月姑娘的聲音呢！」

唐虎的嗓門一向高，李清剛想阻止，屋裡已傳來一聲低低的驚呼，歌聲旋即停止，李清怒盯了唐虎一眼，唐虎一伸舌頭，縮了回去。

窗戶猛的被推開，霽月伸出頭四下張望著。

「是誰？大帥?!」

剛開口，赫然發覺站在窗口的竟是李清，不由張口結舌。

李清很是尷尬，這深更半夜的，自己摸到一個小姑娘家的窗口聽對方唱歌，這要傳出去，真不是件什麼好聽的事。見霽月那雙大眼中充滿了驚訝和不可思議的神情，他趕忙問道：「霽月，你不是去了定州嗎？怎麼會在這裡？」

霽月臉上神色一黯，欲言又止，一陣風吹來，穿著單薄的她頓時打了個哆嗦，跑到門邊，打開木門，「大帥，外面冷，進來說話吧！」

李清略微躊躇了一下，還是跨進了門去，霽月是清風的妹妹，自己便如同她的姐夫一般，自己關心她，便是對清風的關心，只是不知霽月有什麼心事，自己能不能開解她一番。

唐虎卻沒有進門，等李清進門後，他便輕輕地掩上房門。

「虎大哥，外面冷，你也進來吧！」霽月輕輕叫道。

唐虎咧嘴道：「霽月姑娘，放心吧，我身體壯，穿得又厚實，不怕冷。」靠在門楣上，開始無聊地數雪粒。

李清打量著小木屋，和先前一樣，仍是十分簡單，房內地龍燒得正熱，暖洋洋的十分舒服。

李清脫下大氅，隨手放到桌上，看到桌上放著一個針線筐，不由道：「霽月，你什麼時候學會做這些了？」

李清知道霽月出身大家，從小念書識字，吟詩作詞，便是學女紅，也只是繡繡花草蟲魚罷了，何曾做過這些粗活?!

霽月慌亂地想將針線筐拿走，慌亂間，匡啷一聲，針線筐翻倒在地，裡面的東西一股腦地傾倒在地。

霽月一聲輕呼，蹲下來，手忙腳亂地收拾著。

李清幫她拾掇，將一些零碎撿起來放回筐中，突地看見一雙已差不多完工的布鞋，感覺很是眼熟，不禁撿起來拿在手中。

霽月粉臉頓時通紅，伸手便想來奪，伸到一半，卻又僵在那裡。

細密的針腳，柔軟的面料，讓李清的目光不由轉向自己腳下正穿著的那雙棉鞋，驚詫地看了眼霽月，將手中拿的鞋翻轉過來，果然在右邊的地方看到了同樣的一句話：

「雲想衣裳花想容！」

「霽月，**那些鞋原來是你給我送去的！**」李清驚道。

此時他終於明白了這句話的意思，**雲想衣裳花想容，這句話的一頭一尾，不正是霽月的本名雲容嗎?!**

霽月猛的轉過身去，背對著李清，頭幾乎垂到胸前，一雙小手緊緊地攥著，身體微微抖動。

看到霽月的異狀，再看看手裡那用心到了極點的布鞋，李清忽地明白霽月歌中所表達的含義了，**原來霽月喜歡的是自己**。

一時間，李清竟然呆在那裡，不知道說些什麼才好！兩人都默不作聲，屋裡陷入一陣難言的沉默。

半晌，李清才回過神來，緩緩走到桌邊坐下，將針線筐放到一邊，輕輕地對霽月道：「霽月，坐下吧！我們說會兒話！」

霽月身體僵硬地轉過身，垂著頭坐到桌子一邊，十指絞在一起，不停地扭動著，顯然心中極為緊張，眼眶卻蓄滿淚水，像個孩子一般，一直精心隱藏的秘密突然被她最想瞞住的人當場發現，內心的惶恐簡直是無法用言語描述。

「霽月，你怎麼回崇縣來了，清風不是將你接到定州去了麼？」李清問。

「我……不喜歡定州，我還是喜歡在崇縣這裡，簡單的生活也許更適合我。」霽月聲如蚊蚋。

李清敏銳地發現霽月眼中閃過一絲委曲，「是不是和你姐姐嘔氣了？」

霽月微微怔了一會兒，問：「大帥，為什麼一個人可以在很短的時間有那麼大的變化呢？變得讓你都不認識，不敢相信是同一個人，這是為什麼呢？」

霽月抬起頭來，眼中的淚水像斷線的珠子般掉落下來。

李清意識到霽月說的是她的姐姐清風，便委婉安慰道：「霽月，清風與以前相比是有了很大變化，但不論她怎麼變化，她都是愛你的，因為你現在是她唯一的親人了。」

「不，不是這樣的！」霽月失態地叫了起來：「大帥，不是這樣的，姐姐現在她……她更愛權力。」

「你怎麼能這麼說你姐姐呢？」李清震驚地看著眼前這個激憤的女孩，「為了你，她吃了多少苦，受過多少累，你知道嗎？霽月，你長大了，應當學著去理解她，為她多想一想，她真的很苦，不僅身體苦，心裡也很苦。」

霽月默默垂淚，把清風要逼她嫁給某位很有前途的將軍的事，硬生生給吞了回去。

傷心的霽月淚水啪啪地掉落在桌面上，很快匯成一團水漬，李清不由有些心軟，覺得剛剛話說得太重了，霽月畢竟還小，因此從懷裡掏出手帕，想要替霽月擦拭淚水，伸到半途，卻又停了下來。

這塊手帕已經有些分辨不出本來的顏色了，看到上面白一塊，黑一塊的斑點，李清不好意思地咧咧嘴，尷尬地將手帕又收了起來。

看到李清的舉動，霽月不由破涕為笑，一張梨花帶雨的臉上綻現出笑意，讓李清眼前一亮。

看著霽月掏出自己的手絹擦拭淚痕，李清問道：「你每日在崇縣都做些什麼呢，不會天天都做這些鞋子吧？」

霽月神色變得有些忸怩不安，兩手用力絞著手帕，小聲道：「我回來後，每天還是教那些孩子們念書識字，只有在閒暇之餘才做這些針線活的。」

李清有些頭痛，他萬萬沒有想到眼前這個女孩竟然將一縷情愫繫在自己身上！一直以來，霽月在他的眼中都是個小女孩，是清風最為鍾愛疼惜的妹妹，對她從沒有任何邪念。

「霽月，以後你別叫我什麼大帥啦，聽著怪生分的，雖然我與你姐姐沒有名分，但在我心裡，一向是以你姐夫自居的，你可以叫我姐夫，或者大哥也行！」

李清繞了個彎子，隱諱地點明自己的態度，心想這個聰明的女孩應當能聽懂自己的意思。

果然，霽月的臉色瞬間變得有些蒼白，微微怔了一會，又笑了起來，「行啊，那我以後就叫你大哥，好不好？」

「行，行！」李清以為霽月想通了，高興地道：「霽月，以後你有什麼打算？不管你有什麼想法，我都可以幫你實現。」

霽月歪著頭，認真地想了想，悠然神往地道：

「大哥，我的願望真的很簡單，我只希望將來有一天，能與我喜歡的人在一起，在他閒暇的時候，能和他一起在樹間花下喝喝茶，講講話，能和他一起吃晚飯，一起賞月，為他彈琴跳舞；能讓他穿著我為他親手縫製的衣裳鞋襪。在他忙於公事，馳騁沙場的時候，能為他焚上一炷香，默默地為他祈禱，當他得勝歸來的時候，親手為他解下帶血的征袍。我還想與他有一堆娃娃，我們陪著孩子一起遊戲，一起讀書，看著他們慢慢長大，而我們一天天變老。大哥，你說我的願望將來有一天能實現嗎？」

李清的頭又開始痛起來，霽月明亮的眼睛直直地注視著他，臉龐帶著潮紅。面對霽月大膽露骨的表白，李清不知如何回答才好，只好狼狽地站了起來：「霽月，你還小，現在不用想這些事，過幾年再說吧。」一個轉身，逃般地向外大步離去。

「大哥，我不小了，我快十八了。」霽月在李清背後大聲叫道。

李清跑得更快了。**一個勇敢起來的女人比敵人更可怕**，至少不會讓自己感到如此的狼狽。

這一夜，李清失眠了。

清晨，下了一夜的雪終於停止，難得地出現陽光，看著厚厚的積雪，尚海波高興地道：「瑞雪兆豐年，大帥，今年如此大雪，預示著明年我們定州又是一場大豐收啊！」

李清有些心不在焉地嗯嗯兩聲，一行人策馬緩緩離開參將府。

此時，學堂那邊傳來女子與一群孩子的歌唱聲：

「蒹葭蒼蒼，白露為霜。所謂伊人，在水一方，溯洄從之，道阻且長。溯游從之，宛在水中央。……」

李清下意識地看向學堂方向，唐虎張嘴想要說些什麼，但馬上迎來李清警告的目光，當即閉緊嘴巴，一聲不吭了。

尚海波與霽月不熟，沒有注意到這些，仍是興致勃勃地與李清談起大雪對定州是好兆頭的事。

眾人踏雪來到雞鳴澤，雞鳴澤經過這兩年來的大力經營，已經完全變成了一個大兵營，成千上萬的預備役在這裡接受訓練，參加屯田；愈來愈多的荒山被改造成良田，雞鳴湖的面積也越來越大。平滑如鏡的冰面上反射著冬日難得一見的陽光，晃得人瞇起了眼睛。

一隊隊士兵赤著胳膊，十幾個人合力將一根根大圓木抬下山來，天氣十分寒冷，但這些人的身上卻冒著騰騰的熱氣。

看著這些肌肉賁張，孔武有力的漢子，李清高興地道：「好，看到這些未來的士兵，我對於打敗蠻族，信心更足了。」

預備役的士兵沒有背甲，而是統一穿著定州兵那種青色的粗布衣裳，腳上蹬著用獸皮加工的馬靴，雖然會讓士兵的大腳奇臭無比，但勝在輕捷，不易損壞。

冬天，除了砍樹這個工作外，預備役士兵們並沒有什麼別的事好做，只剩下單純的軍事訓練，無數隊士兵在果長的帶領下喊著口號，或排成整齊的四路縱隊沿著雞鳴奔跑，或手持木製長槍，苦練基本功。

訓練得稍長時間的士兵則在高一級軍官的帶領下，演練著小組配合陣形。雖是冬天，但這裡卻是一片熱火朝天。

「大帥，根據您的意思，我們在這些士兵預備役中還開設了識字班，請了先生來教士兵們認字，每天都要上二個時辰的識字課，現在很多士兵已能自己寫家書了。」尚海波報告。

「做得好，這是功在當代，利在千秋的事！」李清道：「識了字，才能讓我們的百姓更能知榮辱，明興衰，才能更快地吸收新知識，學到新的技能，讓他們為我定州創造更多的財富，不要怕百姓變聰明，更不要怕百姓富有，**藏富於民**，

才是真正的強國強兵之道。我們以後還要興辦更多的學堂，印刷更多的書藉，要讓每個人都讀得起書，不再讓讀書識字成為一種特權。」

尚海波道：「大帥深謀遠慮，目光所到之處，海波遠遠不及，只能附之翼尾，將大帥交辦的事一件件落到實處，大帥，我相信，不出十年，大楚數十州將無一州能與我定州相提並論。」

兩人相視大笑。

負責雞鳴澤預備役訓練營的軍官們一路小跑而來，所有的預備役在一陣陣號角聲中，迅速地集結，很快，一個個青色的方陣和肉色的赤膊方陣便在校場上集合完畢。

「預備役訓練營總教官陳興岳，率全體軍官恭迎大帥！大帥威武！」一個身材魁武的參將向李清行了個軍禮，大聲道。

「大帥威武！」他身後軍官齊聲高呼。

「大帥威武！」更後面的一個個方陣齊聲高呼，聲震雲霄。

在數千官兵面前，李清發表了熱情洋溢的演講，但當普通官兵散去，只剩下陳興岳等一眾高級官員時，李清臉上的笑容立時隱去，取而代之的是一片陰沉，臉上隱隱露出怒色。

陳興岳等人頓時心中忐忑，仔細回想今天的任何細節，卻不知有任何出紕漏的地方。尚海波也不明就裡。

李清帶著眾人來到結上了厚厚冰層的雞鳴澤前，蹲下來，用手敲敲冰塊，問陳興岳：「這冰厚實麼？」

「厚得很，上面可以跑馬。」陳興岳趕緊答道。

李清望了一眼尚海波，此時尚海波終於明白過來，臉上頓時也出現了緊張的神色。

看到兩人的表情，陳興岳隱隱感到事情有些不妙。

尚海波嘆了口氣，自責道：「大帥，此事我也有責任，是我疏忽了，沒有想到這個問題。」

李清搖頭，不以為然地道：「尚先生日夜操勞，這些事本來應當是這裡的最高長官注意的，入冬這麼久，想必雞鳴澤也封凍若干天了，但看來陳將軍直到現在仍然不明所以。」

陳興岳臉色發白，上前一步，單膝著地，支吾地道：「大帥，末將……」

尚海波指著厚厚的冰層道：「興岳，你看這冰結得如此之厚，用你的話說，上面可以奔馬了，那據此我們可以推斷出，雞鳴澤靠近草原那邊呢？那些沼澤是不是也被凍硬了？如果同樣如此，那我們依仗的天險還存在麼？蠻子鐵騎豈不是一馬平川？」

雖然天氣很冷，但陳興岳背後卻是冒出一陣陣冷汗。

李清用馬鞭指著雞鳴澤道：「去年冬天，我們出雞鳴澤偷襲安骨，那時還沒有下雪，也沒有封凍，蠻族猝不及防，不知我們是從哪裡出的兵，是以這裡還很安全，但後來蠻族已經知道了這裡的秘密，這條天險一入冬，就不再是蠻族鐵騎的障礙，當時我決定開挖雞鳴澤湖，就是因為考慮到了這個問題，湖成之後，一入冬，我們鑿開冰面，蠻子仍是一籌莫展，不過後來我也忘了提醒你們這件事，是以我也有責任。但是陳將軍，你是這裡的主將，作為一名將軍，應當敏銳地發現所有能威脅我們生命的危險之處，你太大意了。」

陳興岳以頭觸地，心悅誠服地道：「大帥說得是，興岳願意受罰。」

李清淡淡地道：「兵練得不錯，雖然有這樣一個大失誤，所幸沒有引發什麼大的後果，記過一次吧！馬上動員所有士兵，鑿開冰面，以後每天都要安排士兵鑿冰，並不間斷地巡邏，一旦發現哪裡有結冰的跡象，立即鑿開。」

「是，大帥！」陳興岳叩了一個頭，立即飛快地跑去集合士兵。

「大帥，記過一次，陳興岳三年內都不能獲得晉升了，他是個不錯的將領，是不是處罰有些太重了？」尚海波道。

李清搖搖頭，「陳興岳是個不錯的教官，但還算不上很不錯的將領。尚先生，你沒有發現我們定州軍日益驕傲起來了嗎？與蠻子打了一年的仗，大都以大勝而告終，不論是士兵還是將領，驕心日益滋生，這是一個很不好的兆頭，蠻子大頭目巴雅爾還沒有發力呢，他現在的注意力還放在整合草原力量上，一旦讓他完成這一壯舉，那時他的注意力就會轉向我們定州，那時才是真正檢驗我們定州軍實力的時候。陳興岳此事本來可大可小，但我要借此事件讓所有的將領們心中明白，**任何一件不起眼的小錯誤，都可能讓我們功虧一簣，甚至大敗，千里長堤毀於蟻穴**，我們不能犯這樣的錯誤！」

一席話說得尚海波心旌神搖，「大帥所慮甚是，是我沒有想到。那這件事便寫成邸報，通傳全軍？」

「就這樣辦吧！」李清道。

從雞鳴澤返回崇縣時，天已經黑了，李清在雪地裡逡巡半晌，終於沒有再去那間仍然燃著燈光的小屋。

回到參將府，躺在床上終是無法入睡，召唐虎進來，道：「虎子，明天你暫時不跟我走，留下來替我辦一件事！」

唐虎點點頭，「大帥，不知是什麼事？」

「清風司長的妹妹霽月長期住在這裡也不行，但她又與清風發生了點矛盾，不願意回到姐姐那裡去，我在定州郊外有一個莊院，是別人送的，還算幽靜，你將霽月先送到那裡住一段時間吧！」

唐虎答應道：「大帥，這件事要告訴清風司長麼？」

李清想了想，道：「暫時先不要告訴她，等霽月的氣消了，再讓她們姐妹兩見面吧。」

「是，大帥，可是霽月小姐附近埋伏了幾個統計調查司的暗探，似乎是清風司長留在這裡保護霽月小姐的，要想不讓清風司長知道……」

李清微微一笑，「這事不用來問我！」

「明白了，大帥！」

定州城一片冰天雪地，寒冷透骨，但暗底下卻是風起雲湧，各大地方勢力的探子紛紛齊集定州。

宜安大捷，殲滅紅部代善近兩萬部眾一役中出現的新式武器——百發弩，通過各種途徑被各大勢力知曉，震驚之餘，紛紛派出人馬奔向定州，看能不能搞到這種新式武器的一點線索，當然，大家也沒有抱多大的希望，因為這樣的武器鐵定是受到定州嚴密保護的。

然而還沒等這些人各顯神通，便傳出一個讓他們目瞪口呆的消息，這個百發弩，定州將對外發售，由於製造工藝極其複雜，每年產量有限，除了裝備定州軍自己之外，每年發售的百發弩僅僅只有一百臺。

於是剛剛抵達的各大勢力的探子們又紛紛快馬狂奔回去報信，既然能用銀子買到，當然就不用去打其他的主意了。

富貴客棧，位於定州城西，門面不大，價格也相當的便宜，住一夜只要二十文錢，當然，這一點錢是不可能有單間的，清一色的大通鋪。

如果你每天再加十文錢，還包你三餐，早上饅頭稀飯，中午黑麵饃饃加稀飯，外帶一碟鹹菜，晚上稍好一點，白麵饃饃配上幾樣小菜。小菜自然不是京城寒山館那樣精雕細琢，而是一起炒一大鍋，中間都不帶洗鍋，旋即炒第二樣的。

牆角蹲著兩個人，一個黑臉，一個黃臉，看兩人的模樣，一身的粗布麻衣，腳蹬草鞋，褲腳挽在膝蓋上，身上沾滿了泥巴，活脫脫兩個下苦力的漢子，這樣的人在定州太多太普通，任誰也不會多看他們一眼。

「鍾先生，真是辛苦你了，想不到一向講究的你居然也願意扮成這副模樣。」黑臉的許思宇蹲在那裡，壓低聲音道：「南方青樓的那些紅牌姑娘看到你這個模樣，怕不要心疼死了。」

鍾子期一屁股坐在地上，兩腿叉開，端著碗稀飯，呼嚕嚕地吸了一大口，苦著臉道：「沒辦法啊，誰叫清風那丫頭盯上我了呢，我要是以本來面目進復州，只怕一進定州便會被她發現，我還想多活兩年呢，要是出了點什麼意外，那些姑娘們可不要傷心死麼。」

「這娘們心狠手辣，端的厲害，老鍾，你要小心，這幾天我出外打探消息，發現統計調查司的那些傢伙還真的在找你。」

鍾子期挾了一筷子青菜，嚼巴嚼巴地吞下去道：「意料之中，定州搞出這麼厲害的東西，各大勢力的密探雲集在此，這丫頭知道我還在定州附近徘徊，肯定會來探個究竟，當然要找我了。」

「所以你把自己搞成這副模樣？」

「我的生活習性，那丫頭知道得清清楚楚，如果不做出一個天翻地覆的變化，豈不很快就會被她給發現了？」鍾子期道。

「老鍾，你說今天定州公佈的這個消息是什麼意思？他們當真要將百發弩拿出來賣，這本是他們的獨家武器，為什麼會這樣做呢？」許思宇不解地道。

百發弩發射時威力驚人，**定州這麼做圖的是什麼呢？缺錢？**有李氏家族在後面支持的定州是不會缺錢的，更何況現在李清吞併了復州，復州那地方可是有下金蛋的金雞，以前在向胖子手裡糟蹋了，但落到李清手中肯定是大不一樣，**但李清若不缺錢，又為什麼要將此等軍國利器公之於眾呢？**

鍾子期也很納悶，「我也不知道，可是李清這麼做一定有原因，他是一個無利不起早的人，既然肯拿出來賣，定然有別的什麼用意在裡頭，這就是我一定要過來的原因。」

像鍾子期這樣的人，有什麼事如果搞不明白，當真是難受得緊。

「聽說這次定州拿出來賣的，不只是這種百發弩，還有改良過的長弓，他們稱之為『一品弓』，聽說這種弓可以讓士兵提高一到兩倍的射擊次數，這也是很了不起的成就啊，我就不明白了，李清到底有什麼魔力，居然連二接三地搞出這麼多好東西，我們這麼多年的經營，也沒有他這樣的成效。」許思宇悶悶地道。

鍾子期也是苦笑不已，他完全把握不住李清的心思，看著穿梭不斷的人群，忽然冒出一個極為大膽的計畫。

他慢慢地將碗裡的稀飯喝光，最後居然伸出舌頭將碗舔得乾乾淨淨。看他這樣子，哪裡還是那個風流名士鍾子期?!完全就是一個苦哈哈。

統計調查司內，人來人往，川流不息，這段時間以來，調查司內不管是外情署還是內情署人員，都忙得不可開交。

大量的探子湧入定州，他們有的是大搖大擺地進來，像來定州旅遊觀光一般，來時還不忘跟統計調查司打個招呼，這樣的人主要是李氏的「暗影」和朝廷的「職方司」。而更多的則是各顯神通，通過各種途徑潛入定州，不管是誰，統計調查司都要派人去跟著他們，將他們每日的行蹤按時匯報到調查司內。

但清風仍是很不滿意，確切地說，她正在對內情署署長胡慶傑大發脾氣，清風認定鍾子期一定已潛進了定州城，但胡慶傑使出了九牛二虎之力，仍然沒有找到鍾子期的絲毫蛛絲馬跡，看到清風憤怒的臉龐，胡慶傑大氣也不敢出，束手立於案前，任由清風斥責而不出一聲。

「鍾子期將來會成為我們最大也最危險的敵人，上次我們不得不放了他，但這一次一定要將他抓住，關於他的所有資料，我們收集的是最齊全最詳細的，我也調配給你最精悍的人手，連行動署也暫時讓你指揮，為什麼這麼久還找不到一點消息？嗯？」

明明知道對方已經潛入定州，卻絲毫沒有辦法，清風有一種深深的挫敗感。

「司長，我們會不會摸錯方向了？」紀思塵在一邊道：「胡署長盡了全力也沒有找到他，如果他真來了，是不是我們走錯了路子？」

清風轉過頭，凌厲的眼光盯著紀思塵。自從復州被兼併後，紀思塵便被清風帶回定州統計調查司本部，讓他做了自己的助手，準備考察一段時間後，便接手肖永雄的情報分析署，讓肖永雄來做自己的助手。

「鍾子期已經領教過司長的厲害，知道司長將他視為最大的敵人，肯定會對他的習慣瞭若指掌，如果他不做改變的話，豈不是自投羅網？所以，我們肯定找錯了地方。」紀思塵猜測道。

清風若有所思，「紀大人說得有理，你再分析分析鍾子期可能以什麼身分進來呢？」

紀思塵道：「鍾子期一向自命風流倜儻，瀟灑不羈，如果真要讓他改變本來面目，以此人的性子，必然會走另一個極端。胡署長如果按照這個思路去找，肯定會有所發現。」

清風一拍巴掌，「紀大人此言有理，胡大人，還愣在這裡幹什麼，紀大人剛才說的，你還有什麼不明白的嗎？」

胡慶傑答應一聲，轉身匆匆而去。

「紀大人，你再熟悉熟悉情況，我準備好讓你接手情報分析署，不知紀大人願不願意屈就啊？」清風笑著對紀思塵道。

紀思塵不由又驚又喜，他知道在統計調查司內，情報分析署是一個相當核心的部門，自己投效統計調查司不久便能身居如此重要部門，看來清風真的很欣賞自己。

「多謝清風司長提攜，紀某一定盡心竭力，效忠司長！」紀思塵一揖到地。

「不是效忠我，而是效忠大帥！」清風道。

「效忠司長便是效忠大帥了！」紀思塵正色道。

入夜時分，胡慶傑匆匆奔到清風這裡，臉色十分奇異。

「發現鍾子期的蹤跡沒有？」清風急切地問道。

「發現了，在城西富貴客棧發現了他們兩人的蹤跡！」胡慶傑咽了口唾沫，道：「當時他們已不在富貴客棧了，當我再次找到他的蹤跡時，偏偏又不能抓他了！」

「你說什麼？」清風有些不敢相信自己的耳朵，「為什麼不能抓？統計調查司要抓的人還有誰敢攔著嗎？」

胡慶傑道：「司長，我們發現他時，他正在大帥府外，我們守候了一陣子後，他居然進了大帥府了！」

清風的臉色不斷變化著，自己四處尋找鍾子期，他居然堂而皇之的出現在定州最核心的地方，真是滑天下之大稽！

清風一拍桌子，抬腳要走，卻見胡慶傑站在原地沒有動，不由怒道：「你還站在這裡幹什麼？」

胡慶傑為難地從懷裡摸出一張紙條來，「司長，我們在他住的地方搜出了一個包裹，裡面除了一些十分破舊的衣物之外，就只有這個。」

清風接過來一看，臉色又是一陣紅一陣白，「清風司長，李大帥府上再敘！」

清風將紙揉成團，狠狠地砸在地上，轉身又走回案前坐下，鍾子期這是在向她示威呢！如果這時候自己真的出現在大帥府，鐵定要被他取笑一番。

「盯住大帥府，看他什麼時候出來！」

「司長，盯住大帥府？」胡慶傑震驚地道。

「你去吧，相關情況我會跟呂大兵將軍通報的！」清風揮揮手，示意胡慶傑離去。

第四章
桃花小築

桃花小築，顧名思義自然是種滿了桃樹，如果陽春三月過來，漫山遍野的桃花足以讓所有人為之讚嘆，但現在，除了光禿禿的樹枝上倒掛著一根根冰凌外，一無所有。李清一行人悄無聲息地進了莊園，親衛忙不迭地迎了上來。

時間倒推回午時，許思宇不可思議地看著鍾子期：「老鍾，你活膩了麼？」

鍾子期嘿嘿笑道：「好人不長命，禍害遺千年，老許，像咱倆這種禍害，還有好多年好活呢，放心吧，沒有十足的把握，我豈會以身犯險。」

許思宇不滿地道：「在復州，你也是說有十足的把握，害得我跟著你成了那丫頭的俘虜，這次你居然又來這一招！」

鍾子期摸摸鼻子，「呃，這個純屬意外嘛，那時還沒有摸透這丫頭的性子，這次不一樣了，而且李清的性格我也摸得七八成，這回鐵定安全。反正清風這丫頭也快要找上門來了，如果不另出蹊徑，咱倆就得馬上灰溜溜地滾出定州，你甘心？」

許思宇有些緊張地道：「這是怎麼說？咱倆哪裡露出破綻了？」

「就是因為沒有露出破綻。」鍾子期道：「老許，咱們來定州有三天了，清風很確定我們來了定州，但三天的時間還找不到我們，她一定會想到這其中的關竅。可能是她太重視我了，將我的所有習慣摸得清清楚楚，反而因此走進了一個死胡同。嘿嘿，如果她還沒有想透的話，那就不是她了！快去準備吧，傍晚時，咱們光明正大地上門去拜見李清李大帥。」

「你確定你不是自尋死路？」許思宇擔心地道。

「放心吧，看復州的事，就能知道李清既要面子又要裡子，要是咱們被清風抓到了，李清肯定當做不知道，但咱們要是光明正大的去拜訪他，他反而會阻止清風抓我們的，畢竟咱們眾所周知是寧王的人，他要真做了咱們，不是與寧王公開翻臉了嘛，以李清現在的處境和為人，他絕不會如此做的，以後咱倆在定州的安全還要拜託他呢。」

「但願如你所說！」許思宇嘟囔道：「老鍾，你老是這樣兵行險著，遲早有一天我會被你給害死！」

定州大帥府正對著定州的無名英雄紀念碑，與英烈堂在一條中軸線上，大帥的門前，便是一個偌大的廣場，此時雖已入夜，但英烈堂與紀念碑這兩個地方都是燈火通明，一排排的燈籠高高地掛起，將廣場照得透亮。大帥府門，數名親衛持刀挺立，府內，幾個哨樓上也有數名親衛執守，戒備森嚴。

一輛馬車從街道的一頭奔馳而來，看到它馳來的方向，幾名親衛立刻手摸腰間的刀把，快步迎了上去；哨樓上，強力弩弓已是對準了那輛從來沒有見過的陌生的四輪馬車。

趕車的漢子身手俐落地在府前停下車，跳了下來，對著迎上來的親衛拱拱手道：「這位兵哥，麻煩幫我們通報一聲大帥，就說洛陽故人來訪！」

親衛狐疑地看了他一眼，示意他打開馬車的車門，就見車門打開，一個青衣中年男子施施然地走了出來，向親衛攤攤手，「小哥，你只管去通報，我保證大帥會召見我們。」

親衛看兩人似乎沒有什麼惡意，做了個手勢，立時便有一人奔進府去，片刻之後，唐虎走了出來，看著兩人，問道：「這位先生貴姓？你說是我家大帥洛陽故人，可我怎麼不認識你啊？」

鍾子期呵呵一笑：「唐將軍，別來無恙乎，洛陽一別，風采依舊啊！」

唐虎聽著聲音頗熟，不由撓撓頭，「聽起來聲音挺耳熟的，先生叫什麼名字啊？」

「在下鍾子期！」

「在下許思宇！」

鍾子期，許思宇！唐虎歪著腦袋想了一會兒，忽地臉色大變，「你們就是被清風司長逮到的那個什麼青狼？」

幾名親衛臉色大變，嗆啷一聲，幾把刀同時出鞘，逼近兩人。

鍾子期卻是鎮定如常，拜託道：「唐將軍，請幫我們稟告大帥，就說鍾子期有要事與大帥相商！」

唐虎心知事關重大，他曾聽清風與大帥聊起過，這鍾子期是一個十分重要的人物，而且，大帥還欠這人的人情。

「看住他們，我去回稟大帥！」唐虎用獨眼上上下下打量了一番鍾子期，一個轉身大步離去。

「鍾先生，你膽子真的很大！」李清目視著坦然而坐的鍾子期，笑道：「清風正卯足了勁四處找你，你居然大搖大擺地登門而來，說實話，我很意外。」

鍾子期端起茶，抿了一口，在嘴裡品嘗一會兒才咽下去，讚道：「好茶！這不是讓清風司長給逼得緊了，走投無路，這才來投奔大帥以求保護啊！李帥，你不知道，這回我可是窩在富貴客棧那旮旯遭足了罪啊！」

李清似笑非笑看著鍾子期，「你就那麼有把握，我會保護你的安全？」

「當然！子期雖然不才，也不會做那自投羅網之舉，不說之前我與大帥還有一點香火之情，便是現在，我也是代表寧王而來，與大帥相商要事。恐怕現在已有不少人議論紛紛，在猜測我與大帥有何等機密大事了？我想職方司的那些傢伙們，現在一定急得像熱鍋上的螞蟻。」

李清臉色微微一沉，果如清風所言，這個鍾子期絕非善類，這一席話綿裡藏針，既點明他於自己有救命之恩，又暗示他來此已為公眾所知，如果自己敢殺他，馬上便會引起軒然大波。

第一點，在復州自己已放了他，這救命之恩也算是還了；至於第二點，哼，李清在心裡冷笑，自己又豈是怕事的人，便是讓人知道又如何，心裡反覆權衡著殺與不殺的利益得失，眼中不由閃過一絲殺意。

許思宇對於這種殺意極其敏感，一發現李清已有殺心，全身肌肉不由緊張起來。

鍾子期心中亦是緊張無比，李清不是一個心軟的人，這從他將安骨部落殺得雞犬不留就可以看出來，但他不想灰溜溜地逃走，又不想被清風逮住，也只能行險以搏了。

李清權衡半晌，終於做出決定，殺他，自己並不能得到多大收益，反而替朝廷，或者其他勢力掃清了障礙，也替自己樹了一個大敵；更壞的是讓更多人知道自己對中原的覬覦之心，否則你西方邊鎮一個軍州的統帥，莫名其妙地殺死南方一位王爺的重臣做什麼？還要背上殺死救命恩人的惡名，這對自己的名聲也是一大損失。心中不由埋怨起清風，沒有暗中將此事處理好，將一個燙手山芋交到了自己的手中。

看到李清的臉上重新露出一絲笑容，鍾子期不由鬆了口氣，許思宇緊繃的身體也慢慢放鬆下來，這才發覺自己的背早已濕透了。

李清將茶杯放到桌上，看著鍾子期道：「好吧，我們也不用轉彎抹角，鍾先生，你是安全的，在定州，沒有人會動你，你說吧，有什麼事值得你冒如此大的險來見我？寧王在南方的那些小動作可是瞞不過人的，只要是個明眼人都能看出來，寧王之心路人皆知啊。」

鍾子期笑道：「子期也不敢冒昧地來求李帥為寧王外援，我今天來，是為了定州剛剛發佈的公告，子期心中不解，所以前來求李帥解惑，另外，我也希望能買到這些東西。」

鍾子期明白，現在的李清擁定州，吞復州，一旦讓他平定草原，則無論是威望還是實力，在大楚不作第二人想，需知草原蠻族數百年來為禍中原，大楚卻一直無法將其徹底根除，一旦李清完成這些，他的目光肯定會轉向中原，即便李清想做一個大楚的忠臣，他的部下也會一步一步推著他走向那一天；更何況現在看起來，李清也是野心勃勃之輩，有朝一日，此人必是寧王最大的對手。那麼在李清與寧王正式對壘之前，能摸清一點對方的底牌也是好的。

「這讓你有什麼困惑的？」李清笑道：「我定州與蠻子對陣，三日一大打，五日一小打，這就是一個燒錢的無底洞，我缺錢，所以賣些值得賣的東西。」

鍾子期直言道：「大帥坐擁兩州，復州更是一隻金雞，何言缺錢？」

「雖是金雞，但要讓牠下金蛋可不是旦夕之間的事啊！」李清向後一仰，靠在椅背上道：「更何況復州還不是我的，那是傾城公主的，我目前只是代管而已。」

許思宇撇撇嘴，對李清這話頗不以為然。

「百發弩、一品弓都是軍國利器，一支軍隊擁有它，便可以在交戰時擁有絕對的遠端打擊優勢，如果李帥真的要賣這兩樣東西的話，您賣多少，我們買多少！」鍾子期目光炯炯。

李清嘿然一笑，「鍾先生，你想讓我失信於人嗎？我已公告天下，按照一定的比例劃成幾個批次，怎麼可能全部賣給寧王？如果寧王有意，那麼鍾先生大可參加拍賣會，只要你出的價錢夠，那麼最大的那批就是你的了。」

「李帥，我們可以出更多的錢，甚至比最高價高出一倍，但只能賣給我們。」鍾子期討價還價道。

李清失笑，很堅定地搖了搖頭。

鍾子期明白了李清的意思，這些東西他會賣，但一定會控制數量，也就是說，李清絕不會讓這些東西對定州軍形成威脅。

但讓鍾子期不解的是，百發弩的構造再複雜，只要有了實物，高明的技師肯定便能在短時間內複製出來，**李清為什麼有十足的把握認為別人仿製不出來呢？這裡面八成有什麼關竅。**

鍾子期當然也不會蠢得去問這個問題，這絕對是對方最重要的機密。這也讓鍾子期平添了一些疑慮，對買這個東西的興趣陡然下降了幾分。

「既然如此，我們便告辭了！」鍾子期站了起來。

李清笑道：「唐虎，安排二位貴客去館驛休息。鍾先生，歡迎你參加拍賣會，希望你心想事成，能拿到最大的額度。」

鍾子期此時已是興味索然，長揖到地：「多謝大帥吉言，有勞大帥費心了。」

看到鍾許兩人離去，李清臉上的笑容慢慢消失。

「將軍，此人日後必成定州禍害，必須要殺了他。」身後傳來一個聲音，是清風。

李清轉過身，「清風，你的動作慢了，在他走到我的大帥府前，你沒有逮住他就已失敗，現在已不能殺他，更不能讓他在我定州出事，你派人盯住他吧，既不能讓他生出什麼事來，也不能讓他出了什麼意外。」

清風憤憤地道：「我居然要去給他當保鏢？」

李清失笑，「何必爭一時之氣，我們與他們的爭奪還只是開場白，尚沒有正式拉開大幕呢！」

看著清風蒼白的面容和黑眼圈，李清有些心疼，「不用這麼拚命，很多事情並不需要你親力親為。」

清風心中一甜，笑道：「嗯，只是這幾天牛鬼蛇神太多，不得不盯著點。」稍為頓了一下，又道：「將軍，霽月失蹤了，我派去保護她的人被人打暈了。」

「嗯？」李清心知清風肯定猜到了什麼，當時自己就在崇縣，自己走後，霽月也跟著消失，清風定然知道是自己帶走了霽月，否則以她的能力不可能查不到霽月在哪裡。

李清沉吟了一下，道：「這個你不必擔心，霽月我接走了。」

「將軍！她是我妹妹。」清風眼眶開始泛紅。

「清風，霽月都跟我講了，她暫時還不想見你，讓她消消氣再說吧，等她氣消了，自然就會回到你身邊。有些事你做得過分了，你只有這麼一個妹妹，怎麼能這樣做呢？」李清責怪道。

清風的淚水終於掉了下來，一個轉身，風一般地跑了出去。李清想要挽留，終又忍住，伸出的手慢慢放了下來。

看了看腳上那雙軟綿綿的鞋子，心中不由一動，明天去看看那丫頭吧，一個人待在桃花小築，想必悶得難受。

唐虎帶著鍾子期二人，招來一名親衛，低聲吩咐兩句，然後道：「兩位先生慢走，唐虎就不送了，驛館那邊設備一應俱全，如有什麼需要，儘管跟那裡的官員說，我們定州人是最好客的！」

鍾子期拱拱手，「有勞將軍了！」

兩人上了馬車，看見大帥府不遠處，幾個黑衣人正在牆邊一臉憤怒地看著他們。鍾子期嘿嘿一笑，向他們揮揮手，馬車得得而去。

定州大帥府內。

寬大的校場上，早已搭好高臺，後面和兩側都拉上了布幔，臺內每隔幾步也安置好熊熊燃燒的火盆，雖然外面天氣寒冷，但高臺上卻是暖融融的。一排排的定州士兵肅然挺立於校場四周。

高臺上，各大勢力的代表均是神色肅然，心懸等下的競標結果。

定州將一年僅賣一百臺的百發弩分成了數個等分，最高的為四成，也就是說，有人能拿到百臺弩中的四十臺。定州所定的招標規矩也很奇異，並不是所有人公開叫價，而是自己寫好一個價格，交給相關人員，出價最高的人便能拿到四成，其次是兩個兩成，依此類推。

這讓卯足了勁準備用銀子砸人的世家代表很是失望，你不知道別人出多少錢，怎麼好拿錢砸人呢，說不定別人比你出得更多。

在眾人關注的目光中，一臺臺連發弩櫃被推了出來。為了表明定州出售的東西物有所值，將會公開展示這種百發弩的威力。

校場另一端約二三百步的地方，豎起了一排排蒙著牛皮的靶子，而這邊，兩臺連發弩已蓄勢待發。隨著一聲令下，眾人只聽到嗖嗖聲不絕於耳，連綿不斷射出的弩箭射空了兩道靶子，眾人都是面色驚遽，不敢想像，如果有成百上千臺這樣的連發弩持續不斷的發射，那會是什麼效果。

臺上一色人等各懷心思，只有兩人事不關己，正坐在一起談笑風生。

這兩人，一個是李氏的商業總管**李允之**，李家的財神爺，他不關心百發弩到底是賣給誰，因為李家已經從李清這裡得到承諾，要多少有多少。他來此，是與相關人員商談定州借李氏商業網絡的事。

他只聽商貿司的官員粗粗講了一個大概，兩眼已是大放光芒，很是慷慨地只要一成的傭金，但唯一的要求，便是這些商品都要由李氏來獨家經營。

當然，他還順帶替老爺子李懷遠問一問李清為什麼要賣這些本應保密的東西？從李清那兒得到答案之後，他今天就純屬是來看熱鬧了。

坐在他身邊的人，是朝廷職方司的代表，袁方的副手丁玉。他來則是為了替皇帝看看，到底是誰要大量買走這些利器。

在天啟皇帝看來，李清出賣這些武器，一方面說明李清是個沒有野心的傢伙，另一方面也代表李清缺錢是缺得緊了，居然連百發弩這樣的大殺器也拿出來賣錢。

這一瞬間，天啟甚至覺得將復州交給李清還能物盡其用，讓其籌得更多的錢來替自己平定蠻族，雖然皇族會因此而減少不少的收入，但與平定蠻族的不世之功比起來，這一點錢又算得了什麼呢？

「你去替我看看，是誰買走這些百發弩。」天啟皇帝吩咐丁玉道：「李清此招一出，某些人肯定會忍不住跳出來的，讓朕看看他們到底是些什麼貨色？」

「是，陛下！」丁玉大聲應道。

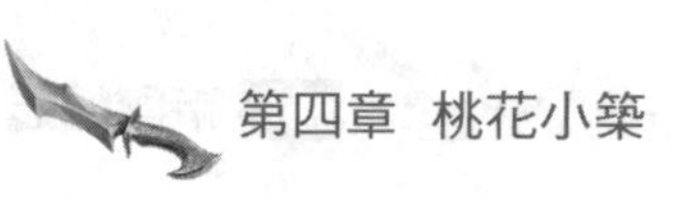

「嗯，此去定州，告訴李清，朕很信任他，既然他很缺錢，那復州就讓他放心大膽地去經營，反正傾城的嫁妝以後也是要給他的。再向他要一批這樣的百發弩，朕按最高價給他。」

帶著使命來到定州的丁玉，私下裡已見過李清，表達了皇帝的意思。對皇帝的要求，李清當然是滿口答應，皇帝的承諾讓他喜形於色，這樣一來，自己經營復州更是理直氣壯，有法理可依了。

「皇帝陛下大恩，李清無以為報，定州連年與蠻子征戰，可說是家無餘糧，有了復州做後盾，定州征戰蠻族將更有把握，定然在三年之內替皇帝陛下打下蠻族。」

丁玉當然不會把李清的哭窮當真，從他進入定州以來看到的情況，再結合在定州的職方司探子，知道定州人的生活只怕比大楚其他州的百姓都要來得富足。不過，他自是不會當面去戳穿李清，大家心裡明白就好，更何況李清暗地裡還塞了不少的東西給他呢。

「丁統領，我有一樣東西要獻給皇帝陛下，還請丁統領回程的時候，替李清帶回洛陽，獻給陛下。」李清笑眯眯地帶著丁玉去瞧了定州匠作營做的那輛極度奢華的馬車。

丁玉咋舌之餘，李清又讓他上車體驗了一下這車的特異之處，更讓他驚訝的合不攏嘴。

「李大帥，這馬車如此平穩，您是如何做到的？」

李清笑而不答：「丁統領，這是我們特別製作的款式，這種款式一共只做一千輛，都有編號，這輛獻給皇帝陛下的馬車編號為一，丁統領請看。」

李清指引著丁玉欣賞這輛馬車的不同之處。

「李大帥忠君之拳拳之心，讓丁某深感於心，回京之後定當一一稟報皇帝陛下。」丁玉十分上道。

「多謝丁統領為我們美言啊，丁統領是武將，我也準備了一點小小的禮物，還請丁統領笑納。」

李清笑得如同一朵花似的，揮揮手，唐虎立即捧上一柄黑沉沉的腰刀，模樣甚不起眼，正當丁玉詫異之時，李清將腰刀拔出，示意丁玉也拿出隨身佩戴的腰刀，握緊之後，李清發力互擊，兩刀相撞，嚓的一聲輕響，丁玉那柄刀嗆的一聲斷為兩截。

丁玉不由倒吸一口涼氣，他腰中所佩的刀也不是凡品，是京師最高明的匠師用最好的精鐵打製的，豈料如此不堪一擊！手捧著李清給他的刀愛不釋手，有一

柄這樣的利器，便等於多了一條命出來。

「多謝李帥！」丁玉連連道謝，這樣的利器想必定州也沒有幾柄。

果然，李清道：「這種刀，我定州現在只有兩柄，一柄我帶著，另一柄便送給丁大人了，還望丁大人不要推辭啊。」

丁玉不由感激不盡，道：「這太貴重了，這讓我怎麼感謝李帥啊，實在讓丁某無以為報啊！」

李清哈哈大笑，拍著丁玉的肩膀道：「丁大人太客氣了，您常伴皇帝陛下左右，隨便說一句話，我定州便受用不盡啊！」

「那是當然，李帥放心，以後有什麼事，丁某絕對不會忘了替定州說話的。」丁玉眉開眼笑地保證道。

此刻坐在臺上的丁玉一邊撫摸著腰裡的新刀，一邊與李允之說些不著邊際的應酬話。

此時，臺上的競價已經開始，有購買意願的人都拿到了一張紙，一個信封，坐在李清一側的鍾子期提起筆來，幾度想要落下，卻又遲疑不決。李清搞出的這個古怪的競價規矩，讓他生平第一次有些猶豫了。

「鍾大人？」李清含笑地看向他。

鍾子期抬起頭來，看到李清笑瞇瞇的眼神，心頭一震，驀地生出一股明悟，提起筆來，飛快地寫下一行字，然後折好放進信封。

「鍾大人很有把握啊？」李清笑道。

「不敢，李帥這個規矩別開生面，鍾某也是第一次與聞，只能去瞎碰運氣了。」

此時，臺上的人都已寫好價格，信封被收了起來，定州同知路一鳴當著眾人的面一一打開，邊上的書吏提筆記錄，眾人心生忐忑，目不轉睛地盯著路一鳴。眾人倒不擔心路一鳴作弊，因為事先已經講明，誰有疑問，都可以當場驗看競標人的出價書。

「首批四成份額！」路一鳴拿起書吏寫好的榜單，大聲念了起來，場中瞬間安靜下來。

「寧州鍾子期。」路一鳴看向李清身側的鍾子期，「出價每臺一千兩！」

臺上頓時響起一片議論聲。鍾子期含笑起立，向四方抱拳為禮，「承讓，承讓！」

丁玉冷冷地看著鍾子期，目光帶著殺意，先前在李清面前表現出來的貪婪此時已無影無蹤，這讓一直暗暗觀察他的清風心中一震，能做到職方司的副手，哪會是先前表現出來的模樣，自己倒是被他的模樣矇騙了。

競價完畢，路一鳴的嘴便一直笑得合不攏，一百臺連發弩居然賣了近八萬兩銀子，這個數目完全超出他的預期。

還有一品弓，雖然便宜，但買家下的單大啊，零零碎碎的加起來，居然有數十萬兩銀子的入帳，這還不算後續服務的費用呢。

有了這筆銀子，定州這個年可以過得很滋潤了，他再也不必一天到晚像躲瘟神一般地躲著來要錢的那些官員了。

第二天，他挺著胸膛，邁著八字步踱進官廳，聽聞風聲的官員們早已蜂湧而至，路一鳴一一滿足各部門的要求。

與此同時，李清卻帶著唐虎和幾名貼身親衛，悄悄地從角門溜了出去，向著定州郊外奔去。

那裡，李清有一座叫做「桃花小築」的莊園，霽月現在就住在那裡，除了唐虎等少數幾個參與行動的親衛之外，誰也不知道從崇縣消失的霽月便待在哪裡。

清風倒是想知道，但統計調查司的探子們可沒有膽子跟蹤大帥，要是被大帥發現，腦袋鐵定不保。

桃花小築，顧名思義，自然是種滿了桃樹，如果陽春三月過來，漫山遍野的桃花足以讓所有人為之讚嘆，但現在，除了光禿禿的樹枝上倒掛著一根根冰凌外，一無所有。

李清一行人悄無聲息地進了莊園，駐守在這裡的十數名親衛，看到大帥過來，都忙不迭地迎了上來。

李清將馬鞭扔給親衛，翻身下馬，問道：「霽月小姐呢？」

一名親衛道：「大帥，霽月小姐正在後院堆雪人呢！有丫環婆子們服侍著，不會凍著小姐的。」

李清瞪了他一眼，便向後院走去。

除了唐虎，其餘的親衛便都留在外面，反正這園子周圍還散著一些暗哨，倒是不虞安全問題。

走到了月亮門，隱約聽到裡面的歌聲，唐虎便停了下來，讓李清一個人進了後花園。

「采采卷耳，不盈頃筐。嗟我懷人，寘彼周行。陟彼崔嵬，我馬虺隤。我姑酌彼金罍，維以不永懷。陟彼高岡，我馬玄黃。我姑酌彼兕觥，維以不永傷。陟彼砠矣，我馬瘏矣，我僕痛矣，云何吁矣。」

李清看著身穿狐皮白裘的女孩一邊快樂地堆著雪人，一邊輕聲吟唱，身周幾個丫環婆子，有的拿著披風，有的捧著手爐，有的正手拿小鍬，將積雪鏟成一小堆一小堆的，以供霽月堆雪人時取用方便。

眼看著雪人已漸漸成形，一個婆子抬頭看見一個男子正含笑站在門前，不由發出一聲驚叫，她們都是唐虎通過楊一刀從撫遠找來的，李清是第一次來，她們不認得。

霽月猛抬頭，一下子看見李清，先是一怔，接著便雀躍地奔來，伸出雙手，像是要對李清投懷送抱一般。

「慢一點，慢一點，小心跌倒了！」看著她一跳一跳地奔來，李清擔心她會滑倒，大聲提醒著。

奔到李清面前兩三步時，霽月似乎想起了什麼，猛的停住，小臉一片緋紅，「大哥，你來了！」

幾個丫環婆子這才知道眼前這個男人便是小姐經常念叨的李清李大帥，一下子跪倒在李清面前。

「見過大帥！」

「都起來吧！」李清笑著擺擺手，走到霽月面前，「還住得慣嗎？」

「住得慣，這裡挺好的！」她小心地答道：「就是沒個說話的人。」伸出手替李清解去披風，李清微微一笑，牽住霽月的小手。

「嗯，就知道你在這裡肯定有些寂寞，所以我今天特地過來陪你說說話。開心吧？」

「嗯！」霽月被李清牽著手，身體陡地僵硬起來，腦子裡一陣昏眩，勉強跟上李清的步子。有一種做夢般的不真實感，她偷偷地掐了自己一下，疼得眼睛眯了起來，確認這的確不是在夢中，開心地幾乎無法控制自己了。

她的這些小動作如何瞞得過李清，他牽著那雙冰冷的小手，走向園子裡的八角亭，責怪道：「霽月，你瞧瞧你，手那麼冰，小心傷風，要是病了可不得了。在外面玩玩不是不行，但總得當心身子骨，你身子本就弱，被冷風一浸可不是鬧著玩的。」

霽月心裡蜜糖一般，只覺得暖融融的，恨不得這段路永遠也走不完，這樣李清就不會鬆手了。

「我知道了大哥，以後一定小心，只出來玩一會兒！」她順從地答道。

說話間，已走進了亭子，幾個婆子丫環快手快腳地將亭子蒙上布縵，只留下背風的一面，這樣既可稍擋風雪，又不妨賞景，一盆燒得正旺的炭火放在亭子裡，不一會兒，亭子裡已有了暖意。

李清鬆開霽月的手，坐在鋪上墊子的石凳。

「大哥，是喝茶還是喝酒？」霽月問。

「這幾天酒卻喝得有些多，喝茶吧，再說你小小年紀喝什麼酒呀，聽你姐姐說，你烹茶的手藝很是了得，讓我欣賞欣賞。」李清笑道。

聽李清提到姐姐，霽月神色微微一變，旋即恢復正常，抗議道：「大哥，我快要十八了，不是小孩子。」

李清大笑，「是啊，十八的確是大姑娘了，嗯，你的生日是開春之時吧，到時姐夫過來為你慶生可好？」

「好呀！」霽月眉開眼笑，「你可不能騙我，一定要來，你說了我可就記在心裡了！」說話間，已將大哥改成了你。

不一會兒，丫環將小火爐和一整套茶具拿了過來，霽月將裁得整整齊齊的木料放在炭火上引燃，等火燒旺了，便將裝滿水的小銅壺放在上面，笑道：「自從下雪後，每天我都在樹葉上收集雪水，便是想等大哥過來後為你烹茶呢！」

李清心中微微一動，看著霽月有條不紊地煮茶，霽月被他盯得有些不好意思，頓時有些手忙腳亂起來，把個紫砂杯子碰倒在桌上，滾作一團。

她紅著臉從小瓦罐中捻出茶葉，放進茶壺，等水開了，略微讓沸水冷卻一下，將水傾入壺中，再將茶壺提在手中慢慢地搖晃，片刻之後，一股清香便在亭中瀰漫開來。

接過霽月遞過來的香茶，李清輕輕抿了一口，大讚道：「霽月的手段真是名不虛傳，比起虎子泡的茶，簡直是天差地別。那傢伙，不管茶葉好壞，反正就是濃濃的一大杯，有時候茶葉快比水都要多了，保管讓人喝了精神振奮。」

霽月噗哧一笑，嗔道：「大哥，你竟然把霽月與虎大哥相比，虎大哥他……嘻嘻……」

李清回頭看了眼門邊的唐虎，再看看眼前的霽月，不由也是好笑起來。

兩人品著茶，說著閒話，不知不覺竟已過去了個把時辰，外面又下起雪來，看著亭外快要完工的雪人，李清忽然童心大起，笑道：「霽月，大哥陪你將那個雪人堆完吧。」

「好啊！」霽月拍手歡呼，兩人走出亭外，李清拿著鏟子，霽月像頭歡快的小鹿，快活地奔來奔去，一個雪人便漸漸地成形。

看著霽月快活的身影，聽著她銀鈴般的笑聲，李清覺得無比的輕鬆，一直以來無時無刻的責任與壓力在這一瞬間消失的無影無蹤，這種輕鬆，在其他地方，李清從來沒有體會過。

在桃花小築用過午飯，李清便啟身回程，走出一程，回首看，霽月仍站在桃花小築的門口癡癡眺望著，風揚起披風，雪花亂捲，更顯得那單薄的身影無比的嬌小，李清心中不由微微一痛，揮揮手示意她趕緊回去。

「大帥，很久沒有看到你這麼輕鬆了。」唐虎策馬走到李清身邊道。

李清點點頭，感慨道：「是啊，在霽月面前，我似乎又回到了天真無邪的童年，無拘無束，自由自在，只覺得天地間沒有什麼事能煩擾到自己，我很久沒有這種感覺了。」

「嗯，霽月小姐真的很可愛，跟清風司長是完全不同的兩個人，」唐虎點頭表示贊同，「清風司長好厲害，霽月小姐很溫柔。」

唐虎自顧自地發表著對姐妹兩人的觀感，渾然沒有注意到李清的臉色沉了下來，直到身後一位親衛實在看不下去，偷偷地用佩刀尖捅捅唐虎的戰馬，受驚的戰馬一聲長嘶，便欲發力奔跑，驚覺的唐虎一把勒住馬韁，這才停了嘴。

唐虎這貨雖然沒眼力，但話說得倒是實在，現在的清風讓李清感到很有壓力，有時候，李清甚至弄不清楚清風到底是自己的女人還是自己的戰友、下屬，只有在兩人獨處的某些時光中，清風才會露出原本的女兒性格。

不過當時的他萬萬沒有想到，清風能將統計調查司弄到現在的規模，待到了一定的高度之後，再讓清風乖乖地回家做個小女人吧。李清如是想，但到時候，**清風願意嗎？**李清讓這個問題躺在自己內心的最深處，不願輕易去碰觸。

一行人飛馬趕回定州城，要過年了，城裡開始了過年的氣氛，商販明顯多了起來，較之往年，沒有了蠻族威脅的定州城更加地繁華。

「先歡歡喜喜過個年吧！」李清道，「虎子，咱們回家！」

定州人在籌備著過一個前所未有的安全富有的大年，而在草原上，馬上就要來臨的慕蘭節卻顯得有怪異。

蠻族的慕蘭節如同大楚的過年一樣，是一年一度的盛事，每一年的這一天，所有的草原人都會放下手中的活計，大肆慶祝一番。

但是今年，草原上的氣氛卻透著怪異，各部族絲毫沒有過節的氣氛，反而緊張地集中部族武裝，枕戈待旦，各部首領頻頻聚會，所議論的話題只有一個，那就是由白族宣導的「草原統一成為一個帝國」的提議。

白族勢力凌駕於草原各部之上，狼奔龍嘯任何一軍都可以笑傲草原，橫掃其他部落，白族的提議簡直就是明明白白地告訴所有人，**巴雅爾要當皇帝了**。

小部落們無可無不可，反正他們任何時候都是依附於大的部落以求生存，而較大的部落當然不願意原本鬆散的聯盟成為一個集中的帝國，這樣一來，他們手中的特權將喪失很大一部分；更重要的是，建立帝國後，**他們還能不能手握部族的軍權**，這是這些部落首領們視為命根子的東西。

草原上，力強為王，當一個部落首領沒有了軍隊，那他還能剩下什麼?!一旦有個風吹草動，只怕就是身死命殞的下場。

青部首領哈寧齊，紅部首領代善，兩人都是面色陰沉。

哈寧齊是最有實力威脅巴雅爾的人，可惜的是，在定州連二接三的打擊下，青部屢遭重創，部族精銳十去四五，此時的他，已渾然沒有取巴雅爾而代之的想法了，想的更多的是怎麼自保。

雖然青部損失極大，但在草原上，仍是僅次於白族的部族，哈寧其很清楚，他必然是**巴雅爾的眼中釘**，**肉中刺**，即便自己屈服於巴雅爾的腳下，他也不會放心，**終有一天**，**他會成為巴雅爾維護其統治而犧牲掉的第一人**。

哈寧齊終於明白，為什麼巴雅爾在完顏不魯失敗，白族實力並未受到根本打擊的時候，要將主導草原進攻定州的權力交給自己的原因了，他是要**借定州的手來消磨自己的實力**，**不管自己是勝是敗**，**他都樂見其成**。

想不到巴雅爾居然如此篤定自己不是李清的對手！如果自己獲勝，想必巴雅爾也不會提什麼草原帝國的問題了，哈寧齊苦笑，現在明白又有什麼用，大勢去矣，也許遠遁方是保命之策。

代善也是反對派中的一員，宜安一戰，紅部大敗，附屬於他的小部落更是被打得七零八落，十不存一，如今的他，只有聯合青部，借青部這面大旗來反對草原建國。

草原五部，黃部是白部的堅定盟友，而藍部肅格則搖擺不定，坐穩了牆頭草的位置，如今他只有說動青部扛鼎，再聯合藍部，方有與白黃兩部一較的實力。

「哈寧齊，你也不想想，一直以來，你都與巴雅爾作對，不客氣地說，你就是巴雅爾的眼中釘，如果真讓巴雅爾坐上這個位子，我表示臣服，少不了我一個王爺的位子，但你呢，只怕朝不保夕吧？如今之計，**只有我們聯合起來，再說動藍部肅順**，了不起對藍部做一些補償，多劃給他一些肥美的草場，多送些奴隸，只要我們統一口徑，巴雅爾能怎麼辦！五部去三，即便他強行坐上皇帝位子又有什麼意思？」代善看著猶豫不決的哈寧齊，苦口婆心地勸說著。

哈寧齊點點頭道：「好吧，代善兄弟，如果我們想要保全自己的家業，讓子孫永昌，那就不能讓巴雅爾得逞，你去聯繫肅順兄弟，就說他一直想要的葛蘭溫草場我給他了。」

代善大喜，「好，哈寧齊，有你這句話，我保證肅順立馬答應。我馬上派人去聯繫肅順。」轉身喜滋滋地出去了。

看著代善離去的背影，哈寧齊的眼中閃過一絲戾色，「對不起了，代善，死道友不死貧道，你別怪我！」

巴達瑪寧布，哈寧齊的兒子心中一驚，「阿父，我們不是要與代善叔叔、肅順叔叔聯合一齊反對大單于嗎，你怎麼……？」

哈寧齊閉上眼睛，臉上閃過一抹痛苦之色，道：「兒子，代善還沒有看清形勢啊，巴雅爾大勢已成，為父上了他的惡當，青部已沒有實力與他較量了，如果硬碰硬，只會被巴雅爾連皮帶骨地吞掉，為父要為青部保留一點復興的種子，我馬上出發去見大單于，向他表示臣服，並主動請纓去蔥嶺關防守室韋人，我們只有到了那個窮山惡水的地方，巴雅爾或許會放過為父，也讓他不再擔心我有異心。兒子，青部復興只能寄託在你，或者你的兒子手上了。」

兩行濁淚沿著哈寧齊的臉頰淌下來。

巴達瑪寧布臉色大變，「父親，那代善叔叔？」

哈寧齊猙獰道：「巴雅爾一統草原，總要找一個人來立威，樹立他的無上權威，這個人不是我就是代善，你說我怎麼辦？」

「父親，大單于會同意讓我們去蔥嶺關嗎？」巴達瑪寧布有些擔心。

「會的，虎赫的狼奔軍回來後，鎮守蔥嶺關的是黃部伯顏，伯顏是巴雅爾的姻親，他的鐵杆盟友，巴雅爾一統草原之後，肯定會發動對定州的攻擊，這個時候調走我，調回伯顏，對於巴雅爾來說，更能有效地集中力量，以實現他的雄心壯志，所以，他一定會同意的。」

「父親，我們出賣紅部，會遭到草原人唾罵的。」巴達瑪寧布痛苦地道。

哈寧齊教訓道：「兒子，你要記住，你是要成為一個部族首領的人，出賣與聯合對一名部族首領來說，簡直是家常便飯，你只要做到一點，那就是為青部整個部族著想，那你就是青部的功臣，是青部優秀的首領。唾罵只是一時，時間一長，所有人看到的將是你的榮耀，而掩蓋在榮耀之下的交易與骯髒永遠不會浮上水面。」

「我明白了，父親！」巴達瑪寧布點頭道。

白族王庭。

巴雅爾、虎赫等一眾白族核心人物齊聚一堂，對於白族即將完成草原千古以來的壯舉，都是興奮不已。慕蘭節後，草原將結束聯盟狀態，成為一個中央集權的國家。

「大單于，您制定的只有得到五旗旗主的認可方能登上至高之位的制度，很有可能在未來，您的子孫會失去王位啊！」虎赫有些擔心地道。

巴雅爾淡淡地道：「無妨，我給子孫們打下了如此好的基礎，如果他們還不能守住基業的話，那就是他們太無用，這個位子不坐也罷！我要的是草原一族的萬世永昌，而不是我巴雅爾一家的天下。」

「行政集中，軍權集中，號令統一，各部落不再擁有獨立的軍隊，而是統一編制，劃分區域，由皇帝派軍駐守，如此一來，我們能集草原所有能力，趁大楚內亂之機進兵中原，將那大好河山變為我們的牧場！」巴雅爾站起來，大聲喊道。

「草原的明天就在我們手中，各位，努力吧！」

帳內所有人一齊站了起來，呼喊道：「願為大王前驅！」

巴雅爾滿意地點點頭，示意大家坐下。

正想開口講話，帳門一掀，一名親衛走了進來，躬身道：「大單于，青部首領哈寧齊大人求見。」

帳內眾人都是一驚，哈寧齊一直是眾人防範的對象，他這個時候來，是什麼意思？

巴雅爾亦是一愣，緊接著笑了起來，環顧四周道：「諸位，哈寧齊終於服軟了，我整合草原的最大障礙不復存在，可喜可賀，有請哈寧齊大人！」

哈寧齊大步入帳，徑直走到巴雅爾的面前，噗通一聲，直挺挺地跪下，以頭觸地。

「哈兄弟，你這是做什麼？快快請起，快快請起！」巴雅爾裝做訝異地道。

就見哈寧齊誠心表態道：「大單于，青部全體上下支持大單于一統草原，開元立國，青部數萬精卒願為大王前驅，為大王赴湯蹈火，在所不辭！」

巴雅爾大步向前，將哈寧齊扶了起來，笑道：「哈兄弟能支持我，我心甚慰啊，巴雅爾謀求草原立國，並不是為了一己之私，實是為了我草原千秋萬代之基業啊，哈兄弟能明白我心，實是我草原之福！來來來，請上坐。」目光示意，虎赫立即讓出座位。

哈寧齊後退一步，躬身道：「大王，哈寧齊以前不明白大王苦心，多有得罪，還請大王大人大量，不要計較哈寧齊魯莽的無心之失，從此以後，哈寧齊唯大王馬首是瞻。」

巴雅爾擺擺手道：「以前的事說他做什麼，凡事要向前看，只要你我兄弟合心，其力斷金。來，請坐！」

哈寧齊道：「不敢，大王，哈寧齊還有一事相求。」

巴雅爾眉毛微微一挑，不露聲色地道：「哈兄弟但講無妨。」

「青部願替換黃部駐守蔥嶺關，還望大王恩准，青部今年屢遭重創，實是需要休養生息，恰適室韋不穩，我青部正好換回兵強馬壯的黃部，讓黃部伯顏兄弟回來助大王擊敗李清，逐鹿中原！」

「這個？」巴雅爾略一遲疑，瞬間腦子裡轉了無數個念頭，終於展顏笑道：「可以，哈兄弟願往那窮山惡水之地替我草原把守後門，巴雅爾感佩至極，他日擊敗李清，進軍中原之際，絕不會忘了哈兄弟的功勞。」

「多謝大王恩典！」哈寧齊躬身道：「如此哈寧齊便告退了，慕蘭節後，青部便將拔營出發。哦，對了，大王，紅部代善正密謀聯絡藍部肅順意圖不軌，先前他來找我，我虛以委蛇，他自以為得計，如今多半去了肅順那裡，還請大王詳查。」

看著哈寧齊走遠，白族眾將面面相覷，半晌虎赫才道：「大單于，此人……」

巴雅爾斷然搖頭，「哈寧齊的心思我明白，他請纓去蔥嶺關，**一是存了避禍之心，二來想坐視我與定州李清的龍虎鬥**，我勝自不必說；我若敗，那時便是他重返此地的時機。也好，他在這裡，我反而不能放心，便讓他去換回伯顏，我也能全心全意地來對付李清，而不用擔心內部問題。」

諾其阿道：「大單于，代善怎麼辦？」

巴雅爾微微一笑，「哈寧齊既去，代善還能掀起什麼風波？一封信去，肅順自然將他綁了來，不過這件事倒是可以利用一下，好好地做一篇大文章啊。」

虎赫笑道：「大汗的意思是**項莊舞劍，意在沛公？**」

巴雅爾大笑，「知我者，虎赫也，李清今年也太得意了些，就讓他嘗嘗我白族的厲害吧！」

一屋子的白族大將都大笑起來。

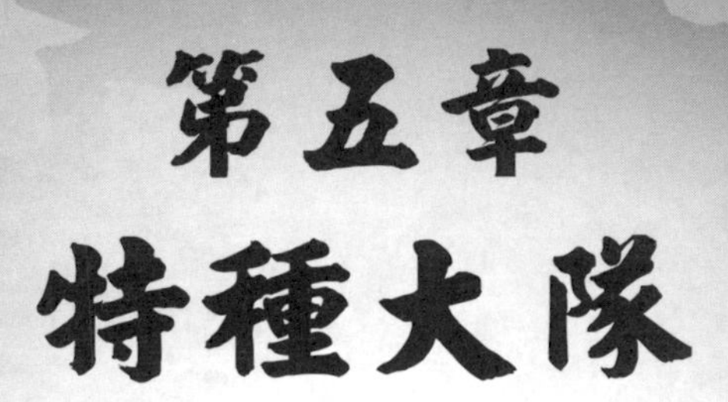

第五章 特種大隊

「你這樣安排，誰去救將軍？」清風大叫，眼中充滿了不可思議的神色。

「特種大隊！他們人少精悍，裝備極其精良，便是大帥的親衛營也瞠乎其後，一千人足以抵得上普通的一個騎兵營，讓他們去，將大帥帶出來。」

定州大帥府。

清風急匆匆地拿來一封情報，「將軍，你看！」

李清展開文卷，只看了兩眼便站了起來，「核實過了？」

「核實過了！」清風肯定地說：「這是兩天前的情報，我一直壓著，直到這兩天的情報陸續到達，確定了這件事的真實性，這才拿過來。」

李清在廳裡踱來踱去，思索道：「代善圖謀反叛，卻被哈寧齊出賣，肅順綁了代善送給巴雅爾，龍嘯軍兵困紅部，代善之子投降，親斬其父，以取得巴雅爾的信任，爾後舉族叛亂，被巴雅爾追殺，其部已十去四五，清風，這件事非同小可啊！」

「是的，代善的頭顱現在還掛在白族王庭呢，統計調查司的人有認識代善的，特別去看過，的確是代善無疑，看來富森是行緩兵之計，麻痹了巴雅爾。」

李清揚了揚手中的文卷，「富森逃跑的路線是向我們定州而來，難道他想投奔我們定州？有這種可能嗎？」

清風研判道：「富森雖然親手殺了他的父親，但追根究底，卻是因為巴雅爾的逼迫，富森與巴雅爾有殺父之仇，他不投奔我定州，還能向哪裡去？這是一個好機會啊！」

李清點點頭，「繼續觀察富森的逃亡路線，草原蠻族從來沒有在隆冬季節動過兵馬，這一次大動干戈，看來富森給草原上帶來不小的損失，這個人我們可以利用一下。」

清風點頭道：「是，將軍，我馬上安排人手去核實，儘快給您準確無誤的情報。」

「馬上請尚先生過來！」李清回頭對唐虎道。

一天之後，富森前來求援的特使狂奔到了定州，聲淚俱下，請求歸附定州，盼李大帥不計前嫌，出兵援助窮途末路的紅部部民。

旋即，所有高級將領都被召集到大帥府內，李清將蠻族的巨變告知眾將，眾人一陣歡呼，蠻族內訌，沒有比這更讓人興奮的事了。

「大帥，富森既然是向我們這邊逃亡而來，我們為什麼不派出兵馬去呢，如能與其合擊虎赫，滅掉一部分白族精銳，那為來年與草原的決戰打下一個很好的基礎啊！」王啟年道。

李清點頭道：「我也正有此意，虎赫出動了兩萬狼奔軍，富森邊打邊逃，離我們定州不過數天日程，我決定帶騎兵出擊，給虎赫當頭一擊，順便也救下富

森。嘿嘿，這個人如能歸順我定州，對我們打擊草原的士氣可是大大有用啊！」

尚海波道：「將軍，你準備帶多少人去？」

李清道：「姜奎的旋風營，我的親衛營，再從啟年師調一個騎兵營，如此便有一萬五千精兵，虎赫總共只有兩萬人，與富森打了這麼久，應當也有折損，我出其不意之下當可重創狼奔。」

尚海波點頭道：「遠端奔襲也只能是騎兵了，將啟年師移到定遠一線準備接應，另外，大帥，我想將過山風的移山師也調到上林里一帶，如果大帥重創虎赫狼奔的話，這邊上林里也可以趁勢出擊，發動一次冬季攻勢如何？」

李清沉吟道：「如此一來，可就是一場大仗了！」

尚海波笑道：「反正與蠻族遲早要打大仗的，冬季作戰反而對我們有利，如今過山風的西渡計畫還要等到明年，讓他的移山師來打一場硬仗，以後他們遠在敵後，我們可就鞭長莫及，一切都只能靠他們自己了。」

李清想想的確如此，「既然這樣，調過山風回定州吧，準備一次冬季攻勢，即便不能有效打擊巴雅爾，清掃一些小部落也可以的，權當是一次冬季練兵吧！」

馬蹄將積雪踩得四散飛濺，刀劍舞處，股股鮮血沖天而起，馬群過處，雪地上留下一片殷紅的狼籍，洪流一般的鐵騎自草原上橫掃而過，富森率紅部狼狽逃竄，身後不遠處，狼奔軍緊緊相隨。

十數里外，李清率領親一萬五千騎兵嚴陣以待，前方哨探如飛趕回，向李清報告著敵方的位置。

李清心中一陣興奮，**這是一個重創虎赫狼奔軍的好機會**，兩萬狼奔與富森一追一逃數百里，可以說已是強弩之末，此時養精蓄銳的定州精銳驟然出擊，殺他一個措手不及，足以讓虎赫大敗而去。

李清拔出佩刀，高高舉起，一聲令下：「準備進攻！」

旋風營與追風營分左右兩翼展開，李清親衛營稍稍拖後，從高處看來，呈現一個倒品字形。

富森的紅部看到定州軍的出現，似乎早有準備，整個部族騎兵立即斜向而去，繞出一個極大的弧線，將狼奔軍的正面交給了衝鋒的定州軍。

猝遇定州騎兵，狼奔前軍出些了一些慌亂，有的勒馬減速，有的左右轉向，有的拍馬衝鋒，整齊的衝鋒隊形出現了波浪般的紋路，便在此時，旋風追風兩營自左右兩翼插了進去，吶喊聲與兵器撞擊聲，慘叫聲立時響成一片。

李清的親衛營在離戰場約千步的距離上紮住陣腳，注視著慘烈的戰場，旋風營的裝備明顯要比名震草原的狼奔軍要強得多，全身鐵甲加上專門為騎兵配發的刺槍，連馬匹也在重要位置上披了皮甲，每名騎兵裝備了手弩，初一交鋒，旋風營在姜奎的帶領導下，很輕易地殺進了狼奔軍的深處，將狼奔軍的右翼幾乎斷成兩半。

「打仗果然打的便是錢！」李清道：「同樣精銳的士兵，裝備優的一方在戰場上便佔有絕對的優勢。」

呂大兵道：「大帥，追風營沒有形成突破，我們是不是從左翼進攻，幫他們一把？」

李清搖頭道：「不，追風營雖然不占上風，但也沒有吃虧，我們從右翼進攻，先擊潰狼奔軍的右翼，給富森發信號，讓他去攻擊左翼。」

狼奔軍中軍大旗之下，虎赫看著左衝右突將自己右翼攪亂的旋風營，嘆道：「定州兵居然如此強悍，他們的裝備如此精良，出乎意料之外，發信號吧，李清進網了，今天便在這裡將李清精銳的騎兵打垮。」

數支鳴鏑帶著尖嘯聲飛上高空，畫出一道弧線落向草原深處。

此時，李清的親衛營開始衝鋒，騎兵們手執刺槍，伏低身子，風一般地捲向對面的戰場。

唐虎雙手執刀，緊緊地護衛在李清的身側，不經意回首一瞥，疑道：「大帥，紅部騎兵正在集結，他們想幹什麼？」

李清回頭看去，臉色不由大變，富森的騎兵的確按照信號集結，並開始了衝鋒，但攻擊的對象卻不是狼奔的左翼，而是自己親衛營的後部。李清腦袋嗡的一聲響，幾乎昏倒，**中計了！這是一個圈套。**

「衝到狼奔軍中去！」李清聲嘶力竭地大聲喊道。此時不可能回頭去迎戰紅部騎兵，只能衝進狼奔軍中，不讓紅部衝擊自己的尾陣。

親衛營的戰力遠超旋風營，在李清的命令下，眾人不顧自後攻擊的富森，逕自衝進了姜奎剛剛打開的通道，然後以翼為單位，形成一道道金屬浪花，切割著狼奔軍。

看到李清的親衛營輕易地便將自己引以為傲的狼奔軍像切豆腐一般地撕裂成一塊一塊，相互之間失去聯繫，而對方卻來去自如，時而分散成一條條毒蛇，時而合攏成一條巨龍，虎赫也不禁感嘆：

「終於見識到了李清的親衛營，天下第一強兵非他莫屬，幸好今天我們可以將它殲滅在此，即便付出再大的代價也是值得的。」

李清終於與姜奎會合，趕忙警告道：「姜奎，這是一個圈套，返身殺出去！」殺得性起的姜奎並沒有發現這一變故，在他看來，富森的騎兵正在尾隨著李清的親衛營衝向狼奔，聽到李清的話，不由大驚。

「殺出去，撤回定遠。」李清掉轉馬頭，返身衝殺。

親衛營旋風營合攏，返身衝殺而出，李清已很久沒有親自上戰場了，今天終於再一次讓自己的佩刀見了血，匠師營特意為他打造的戰刀鋒利無比，一刀下去，往往連對方的兵器與人一起一刀兩斷。

血花飛起，濺滿了他全身，一直勤練不輟的刀法和臂力，今天終於發揮了作用，唐虎緊緊地伴隨在他的身側，雙刀飛舞，獨眼血紅，大聲呼喝著砍殺，兩營合力，逐漸殺向了狼奔軍的邊緣。

而此時的追風營已經陷入重圍，正在苦苦掙扎。

「發信號給追風營，想辦法突圍，能衝出來多少是多少。」李清喊道。

壓力猛的一輕，李清已衝出了狼奔軍的範圍，迎頭撞上了富森的紅部騎兵，李清狂怒不已，不假思索縱身向前，一刀當先的殺了進去。

「王八蛋！」李清瞄準了富森的將旗，所向披靡，直直地殺了進去，紅部騎兵比起狼奔可就差多了，被兩營一衝，立即潰不成軍。

「大帥，不要糾纏了！」呂大兵渾身染血，提著長槍，衝到李清的馬前，一把拉住李清的馬韁道：「大帥，虎赫正在調集狼奔，兩翼迂迴，如果被他們圍住，我們要再衝出去，損失可就大了。」

李清恨恨地看了眼不遠處的富森將旗，恨聲道：「王八蛋，終有一天老子要將你五馬分屍。走！」

兩營尚餘八千餘騎兵，側向而走，輕易擊破了紅部側翼，衝出重圍，而此時跟上來的追風營只剩兩千餘騎。

李清回望身後的戰場，被狼奔軍團團圍住，不能衝出來的追風營騎兵正在咬牙苦戰，但寡不敵眾之下，紛紛落馬，人數正在迅速減少。

看到李清逃了出去，虎赫並不著急，重新整軍，然後自後方迅速逼來。

三營人馬收攏，一萬五千騎兵只剩下了萬餘騎，李清從未受過如此重大的損失，狂怒不已的他兩眼充血，幾乎有轉身與虎赫決一死戰的心思，但理智告訴他，**事情絕不會這麼簡單，虎赫自身後追擊似乎胸有成竹，表示一定還有後招。**

腦中轟的一響，李清想起狼奔軍編制四萬，但眼前看到的只有兩萬，**還有兩萬去哪裡了，虎赫手下第一大將諾其阿又去了哪裡？**

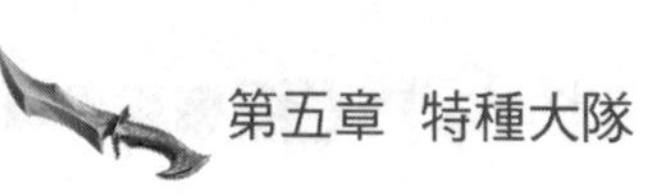

李清猛的勒住馬匹，看著不遠處的前方。

「大帥，怎麼了？」呂大兵奔到李清跟前，問道。

李清下令，「全軍轉向，向左翼突圍。」

呂大兵驚道：「大帥，定遠在我們正前方啊！」

李清肯定地道：「諾其阿一定率領著還沒有出現的兩萬狼奔軍繞到了我們的前面，我們再向前走，必然會一頭撞上去，那時虎赫正好四面合圍，向左轉！」

向前狂奔的定州騎兵聽令轉向，撕破了虎赫的右翼，向前狂奔而去。

看到李清忽然轉向，虎赫大嘆道：「李清的戰場嗅覺果然非同一般，這麼快便發現了我的破綻，不過，即便他能暫時避過這一劫，向左走離定遠是越來越遠，我們更能好整以暇的圍殲他。」

定州騎兵向左突圍一個時辰後，右前方果然便出現了諾其阿的遊騎，在他們的左側和後方，虎赫與富森的部隊正步步緊逼，定州騎兵已被三面合圍，陷入絕境。

呂大兵、姜奎等人都是面露緊張之色，「大帥，怎麼辦？」

李清心中雖也緊張，但臉上卻不露聲色，眺望遠方，目光所及之處，看到遠處的地平線上一座不大的小山，立即道：「走！」一夾馬腹，向前衝去。

此時再向前奔逃毫無出路，馬力已現疲倦，突圍也無可能，再這樣奔逃下去，越走離定遠越遠，只能固守待援，或許能出現轉機，想必此時定州也已得到了消息。

白登山，一座高約二三百米的小山，但在較為平坦的草原之上，這樣的一座小山已顯得很是高大，奔到了白登山下，李清道：「上山，布防，我們在這裡固守，定州援軍很快便會救援我們。」

萬餘名騎兵狂奔上山，迅速下馬，砍伐樹木，挖掘壕溝，設置拒馬，在虎赫與諾其阿、富森的五萬騎兵奔到白登山下時，山上已形成了一個簡易的防禦陣地。

定州，軍帥府。

尚海波、路一鳴、清風、呂大臨等一眾高級官員，正在合議這次冬季攻勢的細節，兵員的調配等事宜。

會議開至中途，官廳的大門被砰地撞開，一名身佩啟年師標示的校尉跌跌撞撞地一路奔進來，顧不上向眾位大人行禮，一迭聲喊道：「不好了，大帥被圍白登山，急待救援！」一邊從懷裡掏出一封被汗水浸透的公文遞了上來。

眾人都站了起來，清風幾步竄上去，一把搶過公文，只看了幾行，便一陣天旋地轉，兩眼發黑，身子一軟便倒了下去。隨侍的鍾靜一步搶上去，將清風抱在懷裡，伸手便去掐人中。

尚海波撿起飄飛在地上的公文，壓住內心的不安，細細地看完，一拳砸在桌上，道：「中了圈套，富森根本沒有背叛草原，他們只是要將大帥引誘出去，現在大帥被五萬草原精銳圍在白登山，手裡只有不到一萬人馬，王啟年的啟年師已出發了。」

呂大臨駭然色變，大帥被困白登山，久居定州的他自然知道這座小山，高不過二三百米，最讓人擔憂的是，白登山上沒有水源。

「將那個紅部來的特使押上來！」尚海波心中焦急萬分，但李清走後，他成了定州城的主心骨，此時萬萬不能將驚慌擺在臉上，先得弄清具體情況，然後才能從容布置。

那名特使被押了上來，看著一屋子的官員臉上掩飾不住的焦急，得意地說：「大單于奇計得手了，哈哈哈，李清命不久矣！」

尚海波冷笑道：「李帥妙算無遺，早知巴雅爾詭計，爾等草原蠻夷安知兵法之奇詭之道！實話告訴你吧，李帥隻身誘敵，就是要將虎赫的狼奔軍牽制住，我上林里聚集五萬大軍，星夜兼程直赴白族王庭，嘿嘿，巴雅爾自以為得計，想必這時已率龍嘯趕去虎赫那裡了吧，哈哈哈！王庭空虛，我軍直搗黃龍，將你白族根本之地一把火燒成灰燼，看他巴雅爾還笑不笑得出來！」

特使臉色大變，盯著尚海波看了半晌，不知真假，故作姿態道：「豈有一軍統帥以身誘敵之理？哼，李清命在旦夕，便是讓你們毀了我白族王庭又如何？」

尚海波大笑：「爾等蠻子，豈知我家大帥忠義無雙，又安知我家大帥沒有脫身良策？來人啊，將這個蠻子給我押下去，五馬分屍。」

侍衛將臉色慘白的特使拖了下去，廳內眾人卻臉色沉重，看向尚海波。

悠悠醒轉的清風一把抓住尚海波，道：「尚先生，請速調上林里、撫遠、定州城駐軍，對了，還有過山風，他的移山師也正在向定州移動，調集所有的士兵急赴白登山，為大帥解圍啊！」

尚海波搖頭，「不成啊，如此調動，根本不可能救得了大帥，反而加快對手攻擊白登山的強度。」

清風大怒，尖聲道：「尚海波，你什麼意思，不調動駐軍去救將軍，你想將軍死嗎？你想篡位？」

尚海波大怒，「你放……」放了半天，終究沒將那個字說出來，恨恨地一甩

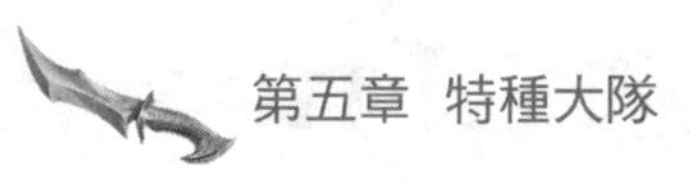

袍袖，怒道：「唯女子與小人難養也！」

呂大臨看到清風還想與尚海波理論，趕緊踏上一步，插在兩人中間，道：「兩位，不要爭了，現在我們要抓緊時間議個章程出來，早一點拿出方案，大帥便早安全一刻，現在可不是嘔氣的時候。」

尚海波重重地哼了聲，「我們如果調集全軍趕往白登山，巴雅爾的龍嘯也在向那裡移動，就算我們到了，也會被龍嘯攔住，怎麼去救大帥？到那時，局面還不是和現在一樣？大臨，你呂師全師集結，向草原深處挺進，做出攻擊白族王庭的姿態，記住！一定要逼真，要讓巴雅爾信以為真，不敢再向白登山方向靠進。」

「遵命！」呂大臨凜然遵命。

「把撫遠楊一刀的五千士兵帶上，氣勢越大越好！」尚海波又道。

「傳令給啟年師，緩緩而行，在白登山百里開外就地構築陣地，啟年師去了一個追風營，所剩兩萬多人多為步卒，虎赫必然有備，這樣上去那是送死。」

「密令過山風，率本部一萬騎兵；另調馮國磐石營，自撫遠出草甸，至虎赫歸途中埋伏，給我狠狠地敲打他一下。」

「你這樣安排，誰去救將軍？」清風大叫，眼中充滿了不可思議的神色。

「**特種大隊**！清風司長，這是你一手建立，後來由大帥親自指揮的特種大隊，他們人少精悍，裝備極其精良，便是大帥的親衛營也瞠乎其後，一千人足以抵得上普通的一個騎兵營，讓他們去，尋隙插進戰場，衝上白登山，將大帥帶出來。至於旋風營、親衛營、追風營，能衝出來多少就是多少吧！」尚海波閉上了眼，於心不忍地道。

呂大臨張了張嘴，他的弟弟呂大兵是親衛營的指揮，尚海波如此安排，那弟弟就不得不率領親衛營作困獸之鬥，能不能活著出來，只能看天意了，然而他終究是沒有說出什麼來。

清風二話不說，抬腳就向外走。

「清風司長，你幹什麼去？」尚海波厲聲道。

「我去特種大隊，我親自帶隊去！」清風盯著尚海波，「尚海波，如果將軍能活著回來，我給你下跪認錯；如果將軍……我會拉著你一起去給將軍陪葬！」

尚海波仰天大笑：「尚某願意奉陪！」

清風一雙丹鳳眼瞧了尚海波半晌，一跺腳，大步出廳。

看到清風離去，尚海波道：「給王啟年下令，讓他務必將清風留在他的啟年師！清風一介女流，手無縛雞之力，跟在特種大隊裡只能是負擔。」

呂大臨向尚海波一揖，「既然如此，呂某便回上林里，明日大軍即可殺向草原！」

尚海波道：「越快越好！」又看向路一鳴：「老路，現在定州城已是一座空城，我們的安全可就都要仰仗你了！」

路一鳴臉色沉重，「尚參軍放心，我馬上召集定州各衙門的捕快、差役維護定州城的穩定，斷不會讓別有用心之徒乘機鬧事。」

「難時不妨用重典！」尚海波殺氣騰騰地道；「各位，值此危難之際，我們更需同心協力，共度難關，不得有絲毫懈怠輕忽之心，否則軍法不容，國法不容！」

定州城內本來輕鬆的氣息，瞬間消失的無影無蹤，老百姓雖然不知道到底出了什麼事，但看到一列列的軍隊整裝出城，街上的衙役捕快比平時多了數倍，都知道肯定又要打仗了，而且看這陣勢，只怕還不小。

到得傍晚時分，又是黑壓壓的軍隊進城，出城，鬧騰到後半宿。定州城破天荒第一次實行了宵禁，百姓們不知道到底後來進城的軍隊最終去了何方。

白登山上。

李清率領著萬餘名騎兵已數次打退了狼奔軍的攻擊，匆匆布置好的陣地發揮了巨大的作用，仰攻的狼奔軍在同樣精銳，甚至比他們更有過之的旋風、親衛兩營的阻擊之下，付出代價極大，卻沒有什麼收穫，只得在黑夜到來之前草草收兵，但是將白登山圍得死死的。

上得山來的李清立即便發現了這座山上沒有水源，好在剛剛下過雪，李清立即下令將山上的積雪收攏起來，挖坑貯存好，以備不時之需。

李清不知道在這座山上要守多久，能守多久，**現在他唯一能做的便是等待。**

白登山上的樹木已被砍伐一空，粗壯的做成了滾木，稍細一些的，做成一些奇形怪狀的拒馬，更有士兵將樹枝一頭削尖，做成一支支的投矛，這一行動立即在士兵中引起連鎖反應，眾人紛紛仿傚。

雖然這些投矛對付身披鐵甲的蠻子士兵或許威力有限，但對付那些披著皮甲的士兵和沒有遮擋的戰馬卻是再有效不過，大家隨身攜帶的箭支並不多，特別是親衛營，隨身帶的都是破甲箭，這些箭如果用來做壓制射擊顯得太可惜了，好鋼要用在刀刃上，這些投矛便可以聊補箭支不足的困擾。

砍下來的樹枝樹葉則被搭成無數個簡易的窩棚，寒冬臘月，天氣之冷可不是玩的。

呂大兵和姜奎兩人分頭給自己的士兵們鼓氣，追風營的營指揮已經陣亡，逃

出來的兩千士兵混編進親衛營和旋風營。

李清坐在一堆滾木的頂上，一邊擦拭著手裡的戰刀，一邊眺望著山下密如星火的蠻族大營。

晨曦初現，山下白族大營裡，一枚鳴鏑衝上半空，伴隨著鳴鏑尖銳的哨聲，一隊隊的蠻族士兵湧出大營，進逼到山腳下。

虎赫並不著急，李清是定州統帥，他被圍在這裡，定州必然會抽調軍隊前來救援，但大帥的龍嘯軍也在向這邊靠近，準備攔截援軍，如果定州孤注一擲，那麼大單于將抽調更多的部落軍隊前來參加，這場與定州的大戰便提前進行了。

雖然冬天作戰對草原不利，但定州統帥李清陷入絕境，卻將這些不利帶來的影響全都抵消，只要消滅了李清，定州的抵抗必將瓦解，草原軍隊長驅直入，再無阻礙。

騎兵仰攻不利，眼下的山坡上，到處都散落著巨石、圓木，對手還挖了無數的坑道，只有一條寬不過數十米的通道上乾乾淨淨，但虎赫不會愚蠢到從這裡進攻，想必在那條通道之前，李清已準備了無數的驚喜給他。

騎兵下馬，變身步卒，手執巨盾，開始進攻了，虎赫決定與李清打一場**消耗戰**，一點一點地消磨李清的力量，直到最後發起雷霆一擊。

虎赫覺得自己有充足的時間做到這一點。在定遠方向，他已布下重兵，足以抵擋定州軍的援救，而且他也不相信，定州還有戰力強於親衛營的兵力。李清的軍隊箭矢不會太多，當對手的箭矢一旦消耗乾淨，就是自己大舉進攻的時候，便是用人命來填，自己也要把李清留在這白登山上。

沉思中的虎赫看到自己的士兵接近對手的防線，然後從山上飛下如雨的投矛，擊打在巨盾上，叮噹作響，手執巨盾的士兵稍微吃不住勁，巨盾歪斜的話，便會被如雨般的投矛釘在地上。

更近一些時，山上的士兵幾人合力托起擂木，用力拋下來，將進攻的士兵一排排砸倒，往往這時候，這些定州兵也會被山下呼嘯而至的利箭射倒。但讓虎赫搖頭的是，對手的甲具太精良了，即使中箭，也不會造成太重的傷勢，甚至不影響對手的作戰，虎赫便看見有一名定州士兵身上被扎得跟隻刺蝟似的，還龍精虎猛的舉起擂木狂砸。

虎赫撿起一支，大感驚訝，這箭居然全部是由鐵打製的，箭頭呈三角形，而不是草原上慣用的那種扁平箭頭。

戰事逐漸進入到白熱化的階段，白族士兵擅長野戰和馬上搏殺，對於這種攻防作戰並不是那麼得心應手，巨大的傷亡反而激起了這些士兵的野性，狂吼著，不管不顧地向上衝鋒，仗著人數上的優勢，慢慢地迫近李清的第一道防線。

定州軍開始反擊，從那條特別留出來的通道中，數百名親衛營士兵在呂大兵和唐虎的領導下狂奔而出，沿著緩坡一路衝殺，將進攻的步卒殺得四處潰散。

連續幾個回合的衝鋒之後，已將白族剛剛激發出來的一點戰意消磨得乾乾淨淨，這才圈馬又奔了回來。唐虎的雙刀都已砍崩了口子，這一輪出擊，親衛營又留下了數十名兄弟在外面，永遠不可能回來了。

渾身血跡的呂大兵擦乾淨手上槍柄上的血跡，走到李清的跟前，「大帥，蠻子的進攻越來越凶了，狗日的真是不要命啊！」

李清笑笑，「大兵，還早呢，**真正的血戰還在後頭**。」

呂大兵笑道：「管他，反正兵來將擋，水來土淹，憑他們也想攻下我們的陣地？做夢吧，就是不知道要堅持多少天啊。大帥，您說援軍什麼時候到呢？」

李清搖搖頭，「我最擔心的就是這個，假如尚海波盡起定州兵來援救我們的話，想必草原蠻子也會大量向這裡增兵，那麼，我們和蠻子的決戰就會提前了，這是我不願意看到的，巴雅爾卻樂得如此，因為現在他有我這個誘餌擺在這裡，可以把定州兵都吸引過來。如果尚海波真這麼做了，我們遭受的攻擊會更猛烈。」

呂大兵神色大變，「大帥，那依您的意思？」

李清沒有作聲，**如果尚海波能看透這個局的話，他應該讓呂大臨聚集部眾，直撲草原，壓制巴雅爾，不讓他向這邊增兵；但如果不向這邊增兵的話，自己又如何能脫困呢？**單憑王啟年的啟年師，肯定是無法突破虎赫嚴陣以待的防線的。

這次自己大意輕敵，讓自己落到了進退不得的地步，看著山下密密麻麻的蠻子營寨，李清當真有一種窮途末路的感覺。

山下喊殺聲再起，呂大兵揉揉有些酸麻的臂膀，向防線走去，這一次輪到姜奎去反衝擊，他則要接替姜奎指揮防線。

煩悶的李清也站了起來，向前走去，幾名親衛趕緊跟上去，將他擁在中間。

李清提起一把一品弓，伸手撥開擋在前面的一名親衛，拉弓上箭，瞄準突前的一名蠻子，嗖的一箭射出去，本想殺一個蠻子出氣，但李清的箭法著實不敢恭維，這一箭將那蠻子的皮帽射得遠遠飛出去，人倒是未傷分毫。李清吐了口唾沫，當真是人倒楣時，喝涼水都塞牙縫。

看到大帥出醜，幾名親衛同時張弓搭箭，瞄準那名嚇出一身冷汗的蠻子，沒等他回過神來，幾支利箭呼嘯而至，登時將那名蠻子洞穿。

一天便在蠻子們的數次進攻被打退中過去了，定州兵們手中的箭矢已所剩無幾，明天恐怕便要進行慘烈的白刃戰了。

「將軍，今天一天我們損失了數百名弟兄，還有一些傷患恐怕也保不住了。」姜奎走到李清身邊，低聲道：「隨營醫官的藥品已告罄，現在他只能眼睜睜地看著傷患而毫無辦法。」

「走吧，帶我去看看傷患，明天的戰鬥恐怕會更激烈。」李清深吸了口氣。

就在這個深夜裡，一支黑色的騎兵幽靈般地向著白登山突進，這支部隊便是李清在定州秘密建立的特種大隊。

特種大隊的組成人員主要是清風從江湖上招來的武林好手，再從軍隊中選拔了一批特別出色的士兵，組成一支千人的隊伍。

清風利用手中的權力，給這支部隊配備了最好的盔甲，最鋒利的武器，凡是定州匠師營研究出來一種新式武器，最先裝備的必然是這支特種大隊，後來李清將特種大隊的指揮權從清風手中接過來，看了這支隊伍恐怖的威力後，更是不遺餘力地擴充這支隊伍的裝備。

好比特種大隊的盔甲是整個定州只有軍官們才裝備的全精鋼板甲，防護性能比鐵甲強，卻比鐵甲輕得多，因而這支部隊連馬匹也披上了護甲。特種大隊的馬刀清一色亦是用精鋼打造，每名騎士另外還裝備了刺槍和連射五發的手弩。正是如此，才讓尚海波有信心讓這支部隊潛入戰場，去將大帥救出來。

特種大隊的隊長是一名武功好手，叫王琰，擅長的武器居然是很少見的流星錘，力大無窮，李清接手後，本想拿掉他以削減清風在特種大隊的影響力，但觀察一段時間後，發現此人還真有成為一名優秀軍官的潛力，而且因為他個人的武勇，在特種大隊中積累了不小的聲望，便打消念頭，為他配備了一名出身親衛營的副手作為牽制。

此時，王琰率領著他的特種大隊人馬鉗馬銜枚，馬蹄上也厚厚地包上一層軟布，悄無聲息地在草原上潛行。

王琰看著布防圖說：「這裡是紅部的防守區域，我們便從這裡突破上山。」

「將軍，我們上山容易，但怎麼下山呢？我們一旦擊破狼奔的防守，虎赫肯定會防著我們再次突圍！」他的副手，出自親衛營的李生智問道。

「我也不知道，反正上山後，便由大帥指揮了，大帥怎麼說，我們便怎麼做！」王琰掂了掂手中的流星錘，道：「準備出發吧！給蠻子們狠狠一擊，撕破他們的防守！」

富森睡不著，只要一閉上眼，那天的一幕幕又出現在眼前，父親那白髮蒼蒼的頭顱，手中緊緊地握著沾滿血跡的刀，四仰八叉地躺在帳裡。

大單于的龍嘯軍呼嘯而至，在所有人目瞪口呆中，將紅部大營四面圍住。當自己率領著族裡的長老、將領們衝出帳來的時候，看到的是五花大綁，被強行按在地上的父親，還有龍嘯軍閃著寒光的利刃，弓箭。更遠處，藍部、青部的騎兵正在向這邊靠攏，那一瞬間，富森便明白父親籌謀的一切全都暴露了。

白族的長老大聲宣讀著父親的罪狀，而跪伏在地的父親沒有絲毫的動彈，沒有一聲的辯解，富森一步步地走上前去，走到父親跟前，被強按住頭的父親努力偏過頭來看著他，他從父親的眼中看到了請求。

那一瞬間，他覺得整個世界都快要崩潰了。父親盯著他的眼睛變得嚴厲，富森嚎叫著，拔出刀，高高地舉起，狠狠地落下，父親的頭掉了下來，眼中卻充滿了欣慰。

「阿父！」富森一聲狂叫，猛的跳了起來，揮舞著馬刀，瘋狂地亂劈亂砍起來。

聽到帳內的異狀，外面的親兵一湧而入，架刀的架刀，抱腿的抱腿，拉手的位手，瞬間便把富森牢牢地困住。

「首領！」一名親兵在他耳邊大叫道。

富森安靜了下來，眼裡流下眼淚，喃喃自語地道：「我親手殺了我阿父！」

雖然富森親手死自己的父親是被逼無奈，是為了保護紅部不遭受屠戮，但他的這種行為仍然是受草原人厭惡，是為長生天所唾棄。親兵們低下頭去，不知如何安慰富森。

恰在此時，外面傳來轟的一聲巨響，富森猛的驚覺，一跳躍出帳外，親兵們蜂湧而出，雪光反射出的微光讓他們看到了一幕終生難忘的景象。

一彪黑色的騎兵，有如幽靈一般出現在他們的大營外，為首一人，手裡揮舞著連著長長鐵鍊的兩柄錘子，只揮舞了兩次，牢固的柵欄便轟然倒下了十數丈，而這個人身後的騎兵恰恰便在這時衝上來，沒有一秒鐘的耽擱，黑色的幽靈們便衝進了紅部大營。

「敵襲！」富森一聲大叫，親兵們反應極快，飛快地牽來戰馬，好在眾人並沒有卸甲，翻身上馬，便向那隊騎兵奔去。

隨著富森的前衝，很快，在他的身後便跟上了無數驚醒過來的騎兵，還有很多戰士沒來得及披甲，穿著單衣，提上馬刀弓箭便騎上馬跟了上來。

王琰狂笑著縱馬踐踏著面前所有攔住他的一切，高高的哨樓上，幾名紅部哨兵有的向下射箭，有的則吹起號角，王琰揮舞流星錘，一錘下去，一邊的支架就斷了一根，錘鏈一個旋轉，纏住了另一根支架，策馬前衝，轟隆一聲，哨樓倒了下來，上面的紅部士兵慘叫著落下。

以王琰為箭頭，**特種大隊的騎兵宛如死神的鐮刀，從紅部大營裡席捲而過，**王琰的流星錘舞得如同旋轉的風車，根本沒有人能接近到他身前一丈以內，有了這個強力坦克在前開路，後面的特種大隊士兵則輕鬆多了，很多人現在都還沒有接敵，刀槍上乾乾淨淨，沒有染上一點血跡，因為王琰給他們的命令很清楚，跟著他向前衝，一直衝上白登山。

富森看著如入無人之境的這支幽靈騎兵，勃然大怒，鬱積在心中的心火終於找到了發洩的地方，從親兵手裡搶過一把大刀，兩腳一夾馬腹，馬兒唏律律一聲長嘶，閃電一般地向前衝去，大刀高高舉起，狂吼道：「給我死！」

王琰不屑地瞄了他一眼，兩手一抖，斗大的錘頭瞬間便出現在富森的眼前。

看著陡然間在眼前擴大的錘頭，富森大驚失色，萬萬想不到對方竟是如此快法，百忙之中，手裡的大刀徑直砍向那錘頭，噹的一聲響，半截大刀不翼而飛，那錘頭方向不變，仍是向前飛來。

但有了這個緩衝，馬術極精的富森一個倒仰，那帶著血腥味的錘頭便擦著他的鼻尖飛了過去。

「咦！」王琰發出驚訝聲，沒想到這個蠻將居然避過了他這一擊，逕自策馬繼續前衝。他身後的一名隊員想也沒想，抬手便是兩支弩箭射了出去，富森剛剛將身子折了回來，胸前一麻，已是連中兩箭。

幸好他的鐵甲極其精良，這兩箭只射進去三分便卡在鐵甲上，胸口劇痛的富森不敢有絲毫遲疑，看著傾泄過來的黑色洪流，撥馬便向一邊逃去。幾名救主心切的親兵拍馬迎了上來，旋即便倒在嗖嗖連聲的連發手弩之中。

紅部大營被人偷襲，火光沖天，驚動了山上山下所有的人，虎赫爬上哨樓，看著那奔騰不息的黑色洪流，訝然道：「定州援兵？他們是怎麼潛進來的？」

諾其阿道：「虎帥，給豪格發信號，讓他去攔截住這批援兵吧！」

虎赫搖頭道：「來不及了，這批援兵好生厲害，瞬間便穿透了紅部的大營，對方根本就不想戀戰，只想衝上白登山。」

諾其阿怒道：「富森真是無用，這批人不過千餘，他上萬精銳居然擋不住，讓人穿營而出，真是草原健兒的恥辱。」

虎赫笑道：「無妨，多一千人少一千人並沒有多大的關係，他們想進去便讓他們進去，只要他們無法出來就好。」

兩人站在哨樓上，眼睜睜地看著那一道黑色洪流躍出紅部大營，逕自上了白登山，山上早已亮起無數的火把，歡呼聲此起彼伏。

兩人剛下哨樓，紅部的一名騎兵看到虎赫，滾鞍下馬報道：「虎帥，我部首領富森大人重傷。」

虎赫與諾其阿對望一眼，在對方眼中看到了驚訝，富森武藝精熟，便是在草原上也是數得著的好漢，居然在上萬人的大營中被人打成重傷，對方的戰力也未免太可怕了。

「諾其阿，迅速調整部署，在通往定遠方向上再給我布上一條防線，防止對方突圍！」看到對手破營的威勢，虎赫對自己原本認為萬無一失的安排，突然失去了信心。

「是，虎帥！」諾其阿應了一聲，匆匆而去。

「大帥！」豪格也趕了過來，「大帥，定州的援兵到了，我們是不是馬上攻擊，趁他們立足未穩之時？」

虎赫冷笑道：「立足未穩？我們剛剛被他們破了一營，對方士氣更高，而我方則相反，此時攻擊，純屬送死。」

豪格吶吶地低下頭。

「明天，將投石車、蒙衝車都用上，不管付出多大代價，我們也要強攻上去，就是用屍體鋪出一條路，我也要看到李清！」虎赫厲聲道，心裡隱隱感到一陣不安。

就在王琰破紅部大營前不久，他接到了巴雅爾的急件，定州兵大軍壓境，對方根本沒有理會李清的被圍，而是集結了超過五萬的大軍直撲白族王庭，本已出發的龍嘯軍被迫回援，不能來這裡相助狼奔了。

遲則生變！虎赫心裡想，大營裡正在加緊打製投石車等遠端攻擊武器，等明天，自己便親自率軍攻擊，**只要拿下李清，虎赫不相信定州兵還有多少戰意。**

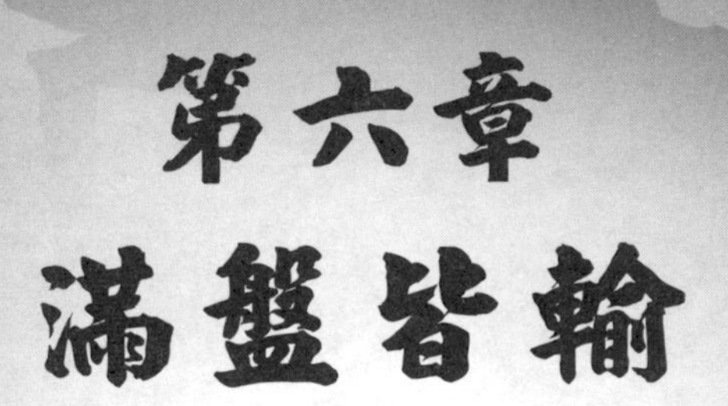

第六章

滿盤皆輸

「虎帥，我們白族精銳不能用來作這種犧牲，退吧。」諾其阿焦急地對虎赫道，他發現虎帥心不在焉，往日的睿智和從容都不見了。

「一招棋錯，滿盤皆輸，諾其阿，這一局棋，我們又輸了！」虎赫恨恨地道。

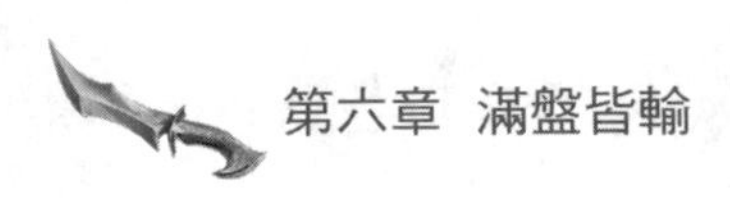

「拜見大帥！」

白登山上，王琰跳下馬，拜倒在李清面前，「特種大隊參將王琰，奉命來援！」

李清扶起王琰，高興地道：「王將軍來得很是及時啊，快跟我說說尚軍師的部署！」

王琰從懷裡掏出一封用火漆封好的信件，躬身道：「大帥，所有的安排，軍師都已在信中寫明，請大帥過目。」

李清一目十行地看完信，一拍大腿，「軍師深知我心，這一安排極妙，只是……我現在卻成了籠中的鳥兒了。」

王琰道：「大帥不用憂心，我等自會保護大帥殺出去，在距此五十里開外，啟年師已布好陣地，只要我們衝到了那裡，便能給虎赫一個好看！」

李清指了指山下道：「王將軍，來時容易去時難，只怕是你們特種大隊也難得衝出去了！」

眾人循聲看去，就見山下的蠻族大兵正在調動，通往定遠的道路上又多了一道封鎖線，王琰不由色變。

一直沉默不語的姜奎忽地道：「我有一計，可讓大帥衝出重圍，回到定遠！」

眾人都是眼中一亮，目光看向姜奎，姜奎接著說出他的辦法，眾人不由面面相覷，尤其是李清，當即一口拒絕。

風吹得大旗獵獵作響，李清手扶著旗杆，看著山下密如星火的蠻族大營，道：「我輕敵大意，自以為是，才將諸位將士帶進如今這一死地，進退不得，如果此時我棄眾將而去，讓李清有何面目苟活於人世間。」

姜奎噗通一聲跪倒在李清面前，懇求道：「大帥，末將沒讀過什麼書，說不出什麼大義凜然的話，但末將知道大帥對於定州的意義，**有大帥，則有定州**，有定州軍，有定州百姓的安康喜樂；**無大帥，則定州必亡於蠻族之手**，我兄弟姐妹、父母妻兒都將淪為蠻族的奴隸，生不如死。只要大帥在，我等皆亡也可保我父母妻兒無虞。請大帥為定州百姓著想，應姜奎所請。」

呂大兵緊跟著跪下，道：「大帥，大兵與蠻子打了這許多年仗，見過多位定州大帥，只有您，讓定州人告別了朝不保夕的日子，大兵求您應允姜奎所請，我等願為大帥赴死！」

「請大帥恩准！」忽啦啦地一聲，李清周圍的人跪倒了一片。

李清扶著旗杆的手不可抑制地發起抖來，望著跪在腳下的這群人，落下了淚水。

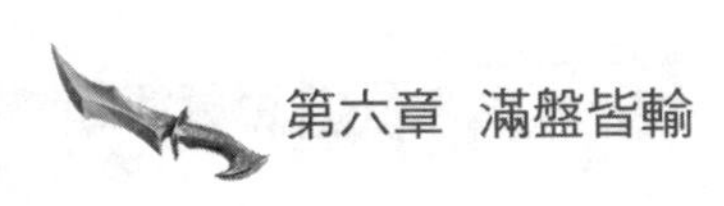

他痛苦，悔恨，自以為自己有超越這個時代人的思想和能力，一直以來便高高地俯視著這個時代的人，現在**他終於明白自己錯了**，智慧是不以時代的超前就超前的，像巴雅爾，虎赫，尚海波這些人，無論處在什麼時候，他們都是人中的精英！**自己小瞧了巴雅爾、虎赫，付出的代價就是身處絕境**，竟然要以部下的捨生赴死為代價，來換取自己的性命。

姜奎的計畫並不複雜，他和呂大兵率領旋風營和親衛營士兵向草原深處突圍，虎赫必然調動定遠方向的大軍追擊姜奎、呂大兵人馬，李清則可乘亂逃走。

「弟兄們！」李清兩腿一軟，跪倒在定州軍的大旗之下，「我……我對不起你們！」

看到李清的神色，姜奎知道李清已答應，將李清從地上扶起，道：「大帥，虎赫定然想不到我們出此奇策，等他反應過來，大帥已是去得遠了，還能奈之何？哈哈哈，等來日大帥將他們打得落花流水之時，讓他們後悔去吧！」

「姜兄弟！」李清臉色扭曲。

「大帥不用講了，我意已決，只是我在定州的婆娘就要拜託大帥幫忙照顧了，這婆娘已懷了崽兒，我姜家有後，沒有什麼遺憾了。」姜奎灑脫地道。

呂大兵將手裡大槍一頓，道：「我沒什麼好說的，反正還有大哥在呢，大帥，你就放心去吧！」

李清扭過臉去，不忍再看這一張張決然的臉孔。

姜奎轉頭對王琰道：「王將軍，你的特種大隊太過厲害，裝束也與我等不一樣，恐怕還得借你幾百特種隊員來打前鋒，以便讓虎赫深信不疑。大帥的安危就交給你了！」

王琰舞了舞手中的流星錘，「定州的兵本是大帥的，說什麼借不借，只要需要，要多少都行！只是姜將軍，我恐怕不能帶著大帥一齊向外衝了。」

姜奎臉色一變，「為什麼？」

王琰掂掂流星錘，「我的形象太過明顯，若不出現在姜將軍的隊伍中，虎赫定然想，那個先前衝鋒很凶悍的傢伙去哪裡了，必會生出疑心，所以我一定要隨著姜將軍一起行動才行。」

姜奎一聽，不由大為感動，所有人都知道，他和呂大兵的行動凶多吉少，一條命十成中已去了七八成，但王琰卻義無反顧地加入，他走上一步，一拳擂在王琰的胸口上，讚道：「好兄弟！」

「李生智！」王琰喊道。

「末將在！」特種大隊副統領李生智應聲向前。

「你率領五百特種大隊護送將軍突出重圍，能做到嗎？」王琰問。

「末將即使死，也會將大帥送出重圍！」李生智捶擊著自己的胸甲道。

姜奎與呂大兵王琰商議片刻，決定留下最精銳的一千親衛營及一千旋風營和五百名特種大隊隊員保護李清，他們則率領其餘約七千騎兵展開突圍行動。

「只是還有不少的傷兵怎麼辦？」呂大兵遲疑地道。

「傷兵肯定是顧不上了！」姜奎咬著嘴脣道：「呂兄弟，旋風營那邊我去說，親衛營則由你去辦吧！」

呂大兵別過頭去，眼淚刷刷掉了下來。

姜奎攬住呂大兵的肩頭，安慰他道：「大兵，只要大帥能活下來，就能為我們報仇，將草原這幫龜兒子殺得乾乾淨淨！」

三更時分，白登山上，準備向草原深處突圍的呂大兵和姜奎部開始集結，尚能移動的傷兵在同伴的幫助下，艱難地爬上戰馬，用布帶將自己牢牢地綁在馬上，然後將刺槍纏在手肘上，隨著大隊一起衝擊。

不能移動的重傷患則整齊地或坐或躺在地上，看著戰友們集結，眼裡無喜無悲，只有絕然之色。

「大帥，給將士們講幾句吧！」姜奎將李清迎了過來。

看著一列列的士兵，李清一陣哽咽，竟不知說什麼才好。

「弟兄們，是我對不起你們！」

「大帥珍重！」準備出擊的士兵齊刷刷地槍尖朝下，向李清致意。

重傷兵則在同時間自裁，或抹脖子，或直接將刀插進自己的心臟。他們知道自己沒有逃出生天的希望，留下來只會成為大家的累贅，更不想落在蠻兵的手中，倒不如自行解脫。

「啊！」目睹這一慘狀的李清發出震天長嚎，一地的鮮血染紅了他的戰袍，李清毫無所覺，幾近崩潰。

「大帥！」李生智將李清攙扶起來，鼓舞道：「大帥，他們在九泉之下，還盼望著大帥給他們報仇呢！大帥，準備好吧，我們要出擊了！」

李清重重地跪倒在血泊中，一手指天，一手按地，大聲道：「弟兄們，李清在這裡發誓，有朝一日，李清滅蠻之時，凡狼奔軍、紅部士兵一個不赦，我要讓他們去地府為你們作牛作馬。」

「大帥，有你這句話，弟兄們更有幹勁了！」姜奎哈哈一笑，下令道：「滅火，旋風營，準備出擊！」

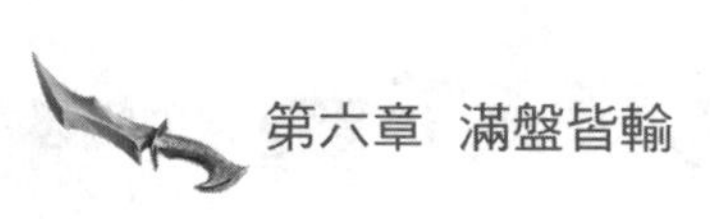

白登山霎時陷入一片黑暗之中。姜奎的旋風營作為進攻的第一波，旋即，在姜奎部出發約千步之後，以王琰為首的五百特種隊員跟進，呂大兵率領著親衛營護著一名與李清身材相仿，穿著李清盔甲的親衛緊隨其後。留下的五百特種隊員和兩千騎兵紛紛下馬，單膝著地，在李清的率領下，向義無反顧衝向死亡的弟兄們致意。

白登山下，虎赫並沒有睡著，自從那部黑甲騎兵衝上山後，虎赫便一直關注著白登山。

當白登山上燈火齊滅的時候，得報的虎赫爬上哨樓，看著黑沉沉的白登山道：「李清要孤注一擲了，他想要突圍，傳令全軍備戰！」

淒厲的號角聲在蠻族大營中響起，成千上萬支火把亮起，宛如一條火河，繞著白登山轉了一圈又一圈。

「大帥，你看！」諾其阿忽地驚叫起來，手指著白登山上如洪水一般傾泄而下的騎兵。「他們怎麼向這個方向突圍？」

虎赫瞇起眼睛，望向草原深處的方向，不解地道：「難道李清想置之死地而後生？明知向定遠方向突圍無望，竟然向草原深處突圍，他難道不知道這是在自取滅亡嗎？」

旋風營如同一柄利刃插入蠻族大營，虎赫站在哨樓上，驚訝地看到許多定州兵居然將自己縛在馬上，抱著必死之心展開絕死攻擊，很快，蠻族大營便被撕開了一條長約百丈的口子。

此時，咆哮的第二波攻擊終於來到。王琰率領著他的特種大隊，沿著姜奎部撕開的口子向另一翼攻擊，在這些特種隊員的強力衝擊之下，蠻族緊密的陣線被硬生生拉開一道裂縫。

「大帥，便是這人！」諾其阿叫道：「那個使流星錘的，就是先前衝上山的那一個！」

看到王琰勢不可擋，周圍丈餘之人全被掃淨，便是虎赫也不由倒抽一口涼氣，「好一員猛將！」

在王琰的身後，呂大兵護衛著李字大旗緊跟著衝了下來。

「再等等！」虎赫注視著黑沉沉的白登山，心中不禁思索道：**李清會這樣孤注一擲嗎？**

向草原深處突圍的確是大大出乎自己的意料，這裡也是自己防線中最為薄弱的一環，問題是，突破後呢，向草原深處進軍？這無疑是自尋死路，能活著回到定州的機會微乎其微，李清會這樣做嗎？他與李清幾次交手，知道李清是個相當理智而且目的明確的人。

白登山上仍然悄無聲息，而定州軍的突圍在不到一炷香的功夫裡，連續撕破了數道防線，站在哨樓上的虎赫可以看見定州軍突圍的範圍內，自己的部隊被撕扯成無數的小塊。

「虎帥，再不調兵，他們就衝破防線了，一旦讓李清突圍而去，茫茫草原，想要再困住他可就難上加難了！」諾其阿著急地看著虎赫。

遠處，豪格正焦急地發著燈火信號，沒有虎赫的命令，豪格乾著急也不敢有絲毫的動彈。

「傳令，豪格部迅速趕到突圍前方，布置新的防線，務必將定州軍攔截下來。」

虎赫終於做出決定，定州軍勢若瘋虎般的突圍，讓他放下了心中的疑慮，定州軍如同飛蛾撲火一般衝擊著狼奔的防線，代表李清是死馬當作活馬醫了，興許他是想突圍到草原後，與挺進草原腹地的呂大臨部會合。

見豪格調集大隊向草原方向挺進，李生智長出了口氣，**成功了！姜奎的計畫**

奏效，虎赫上當了。

「大帥，我們什麼時候突圍？」李生智問。

李清搖搖頭，自從姜奎部開始攻擊之後，李清的心便冷靜下來，此時他看著戰場，心如止水，**自己必須要活下去，才能為弟兄們報仇，否則弟兄們就白死了。**

「不慌，再等一等吧！」李清道。

「如果我們此時出擊，也許能為呂姜王三位將軍分擔一點壓力，讓他們能突圍而去！」李生智道。

李清正色道：「你想讓將士們白白地犧牲嗎，我們此時出擊，豪格還能分出尾軍來截擊我們，最後的可能就是我們誰都走不了，全都死在這裡！」

山下殺聲震天，定州軍撕破一道又一道防線，人數卻也在迅速減少，當三部合兵一處，下山的近七千騎兵已不到五千，而剛剛殺出重圍的他們，迎頭撞上的卻是豪格迂迴繞過來的密密麻麻的白族精銳。

呂大兵看了眼假扮成李清的士兵，作了一個手勢，揮舞著手裡的長槍，狂嗥道：「弟兄們，為了大帥，衝啊！」一馬當先，率先向豪格部撲去。

此時已經沒有必要再假裝衛護這位假大帥了，當這五千兵馬衝入豪格部眾的時候，**白登山上真正的突圍就要開始了。**

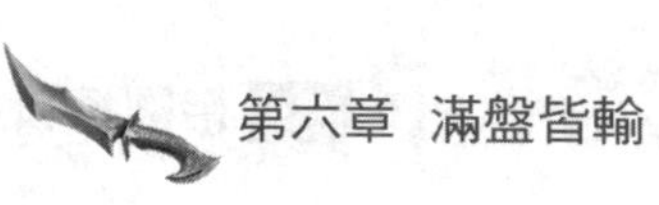

「殺啊！」震天的喊聲響起，五千定州軍義無反顧，一頭撲向嚴陣以待的豪格部，空中嗖嗖地下起了箭雨，那是豪格部開始全力狙擊了。

「就是現在！」李清順手抄起地上的一杆刺槍，右手拔出佩刀，兩腿一夾馬腹，一馬當先衝下山去，李生智雙手執著斬馬刀，兩千五百名精銳緊緊跟上，很快超過李清，將他包裹在中間，狂奔而下。

這兩千五百名精銳氣勢宛如千軍萬馬，轉瞬間就衝進紅部那道單薄的防線。虎赫臉上的血色逐漸消失，看著那如虎奔龍躍的突圍軍隊，呆在哨樓上，半晌說不出話來。

「虎帥，李清在哪裡？我們又上當了！」諾其阿腦袋一暈，趕緊扶住哨樓的欄杆，免得自己摔下去。

「用數千人性命來換自己的突圍，李清，你果然是一代梟雄，居然能讓士兵為了你心甘情願地去赴死！」虎赫喃喃地道。

「大帥，調兵攔截吧！」諾其阿道。

「來不及了，豪格部已被對手死死纏住，此時變陣回頭，必然損失慘重，他們面對的根本是一群不要命的瘋子，紅部已是不堪一擊，李清突圍已成定局！」

虎赫像是在對自己說話。

忽地抬腳向哨樓下走去，厲聲道：「我絕不能讓李清回到定州，來人，集合隊伍，隨我去追李清，一定要將這個人留下來！」

「交給我吧，您還是留在這裡掌控大局！」諾其阿道。

「大局？」虎赫冷笑道，「大局就是留下李清，這裡的幾千定州兵已是甕中之鱉，有豪格在，足以收拾他們了，就算逃出去小貓兩三隻又怕什麼！」

富森今天真是流年不利，剛剛包紮好傷口的他，還沒有來得及好好休息一下，如雷的馬蹄聲再次響起，他的大營又一次被定州兵突破。

看到如同一陣旋風般捲過去的定州兵，富森駭然不已，自己原以為紅部精銳可堪一戰，今天看到定州兵的強勢，才知道人外有人，天外有天，猛的想起虎赫的話，冷汗不由冒了出來。

「集合隊伍，追擊，攔截！」他大吼道。

「首領，為紅部留一點種子吧，您忘了老首領是怎麼死的嗎？」一名紅部將領在他耳邊道。

富森愣了愣，哎呀一聲慘叫，從馬上倒栽下來，讓身邊的人大吃一驚，趕緊跳下馬將他扶起，躺在部將懷裡的富森將眼睛睜開一條縫，低聲道：「告訴大帥，我剛剛攔截對手用力過猛，傷重昏過去了。」

部將會意地點點頭，大叫起來：「來人啊，首領暈倒了！」

天光破曉，李清縱馬在草原上疾馳，比起狼奔，紅部士兵無論是在戰鬥意志還是戰鬥技巧都遜色不少，他率領這兩千餘人，沒費多大力氣便突圍出來，然而在他身後，虎赫率領的追兵距離他不過只有十餘里而已。

狂奔的李清看著身後捲起的煙塵，心中大感不妙，對方肯定是一人雙馬，在行進的過程中可以不斷地換馬以保持追擊的速度，而自己卻只能眼睜睜地看著馬速下降，而定遠尚在百里開外。

旋風營的一名振武校尉也發現了這個問題，對方馬力不衰，此消彼長之下，遲早要被對方追上，他驀地掏出哨子，吹出一串尖厲的哨聲，大叫道：「大帥珍重！」圈轉馬頭，向回奔去。

隨著他的哨音，旋風營殘留的千餘人馬緊隨著這名校尉，返身迎上身後的追軍。李清兩眼模糊，他甚至叫不出這位校尉的名字，卻只能看著對方飛蛾撲火，撲向虎赫的追兵。

定遠堡塞外五十里，王字旗下。

大家的眼光都緊緊地盯著草原的盡頭，王啟年猶如熱鍋上的螞蟻，提著刀走來走去。在他的身後，清風一臉忿忿地看著他。

清風隨特種大隊到達啟年師後，旋即被王啟年強行扣下，不准她隨著特種大隊前行。此時，天已大亮，算算時間，早在一個時辰前，特種大隊就應當要帶著大帥回來了，但現在遠處的地平線上仍是一片平靜。

「將軍，來了，他們回來了！」一名站在刁斗上瞭望的信號兵驚喜地大叫起來。

王啟年大喜，一躍上馬，大吼道：「啟年師前進。迎接大帥！」

上百個小方陣井然有序地踏著整齊的步伐迅速向前挺進，載著連弩的戰車在一個個方陣的前列，黑洞洞的箭孔瞄準著前方。

此時，李清身邊只剩下五百名特種隊員，一千名親衛在旋風營返身迎敵一個時辰後，也返身阻敵而去。當李清看到啟年師時，虎赫的追兵又已清晰可見。

「大帥，我們到了！」李生智狂喜大叫，胯下的戰馬已累得快要脫力了。

軍陣裂開一道十數米寬的口子，李生智護著李清一頭扎進這個豁口，待五百特種大隊也進入這個開口後，迅速封閉，尖厲的哨聲中，步卒在戰車的引導下，

長矛前指，隨著長短有序的哨聲向前挺進。他們的身後，一品弓引弦上箭。

「拋射！」隨著一聲令下，無數箭支仰射向天空，升到最高點後，俯身向下，一頭栽了下來。

白族甲具精良，王啟年部也特地選用了破甲箭，當箭支呼嘯而下，白族士兵滿不在乎的護住頭臉要害，仍是向前衝鋒時，箭支毫無阻礙地破開他們身上的甲具，深深地扎入他們的肌肉中，立馬讓其失去戰鬥力，更慘的是跌下馬來的白族士兵，立即被身後的騎兵踩成肉泥。

「虎帥，還有必要衝鋒麼？對方的援軍已接應上了！」諾其阿臉上現出深深的失望，李清匯入啟年師，截殺的機會一去不復返。

想起一路上定州軍為了阻截他們的追擊，連續兩次的絕死反撲，諾其阿也感到不寒而慄。如果不是為了殲滅這兩股完全是自殺般衝來的定州軍，李清早就被拿下了。

「再試試！」虎赫有些失神，看著遠處整齊的定州軍陣，思緒竟然一下子飛到了曾經同樣慘烈的蔥嶺關外的戰場。**近百年來一向孱弱的大楚人何時擁有了這樣的血性？**

從白登山上的引誘，到逃亡途中的兩次自殺式狙擊，不僅是諾其阿，便連虎赫也是心驚肉跳，大單于草甸大勝的時候，還曾將數萬定州兵如同攆雞趕狗一般地追得狼狽無比，這才過了兩年，定州兵就這樣脫胎換骨了？

室韋人悍勇，但他們兵甲簡陋，打仗基本上就是憑著一股血勇，談不上什麼軍陣謀略，但大楚人不同，他們的器甲遠超草原人，如果再擁有室韋人的勇氣，**草原人還有出路麼？**

「再試試！」虎赫仍是喃喃地道。

諾其阿看著失態的虎赫，遲疑了一下，撥馬向前，決定照虎赫的意思再一次進攻。

衝入王啟年的隊伍後，特種大隊的戰馬相繼接著栽倒，還硬挺著沒有倒下的戰馬也是口吐白沫，王啟年與清風飛奔而來。

看著從馬上翻身而下的李清，王啟年啪的一個軍禮，「大帥！」清風則喜極而泣，強自克制自己投入李清懷裡的念頭，身體顫抖著在李清的面前止住腳步。

李清勉力一笑，伸手拍拍她的肩膀，轉身對王啟年道：「鬍子，戰鬥去吧，給我好好教訓一下虎赫，敢以疲卒衝擊我森嚴軍陣，便讓他見識一下定州步卒的威力！」

「遵命，大帥！」王啟年目光炯炯地注視著散開隊形的白族精銳，冷笑道：「真是記吃不記打，代善沒有教你們嗎？好吧，讓你們領教一下百發弩的威力！」

話音剛落，戰車載著的百發弩便開始猛力發射，白族軍隊在百發弩那全部由鐵打造的弩箭之下，像割麥子一樣栽下馬來，便是胯下的戰馬也給射得如同刺蝟一般。

僅僅是一輪的打擊，白族的攻擊便變得稀稀落落，當箭雨停下時，一些僥倖躲過攻擊的白族騎兵徘徊在遍地死屍之間，失神地左顧右盼，竟不知該是進還是退。

一輪發射完畢，百發弩飛快地後退，後面的步卒踏著整齊的步伐轟隆隆地向前踏進，無數個小陣在一瞬間便合攏一處，巨大的鐵盾發出卡卡之聲，如同一堵鐵鑄城牆緩緩向前推進，而退後的百發弩則停了下來，一群技師手裡拿著一個個上好弩箭的匣子，飛快地裝填起來。

諾其阿呆了，虎赫也呆了，第一波的攻擊居然連對方軍陣的邊都沒有摸著便告潰散，現在他們明白代善的紅部精銳與五千青部騎兵是怎樣全軍覆沒的了。

「虎帥，想要破對方的軍陣，要用人命來填，我們白族精銳不能用來作這種犧牲，退吧。」諾其阿焦急地對虎赫道，他發現虎帥心不在焉，往日的睿智和從容都不見了。

「一招棋錯，滿盤皆輸，諾其阿，**這一局棋，我們又輸了！**」虎赫恨恨地道。

「不，大帥，這一局棋我們贏了，我們殲滅了李清的親衛營和旋風營，這是他最為精銳的兩個騎兵營，大帥，這是了不起的勝利。」諾其阿否認道。

「可是讓李清跑了，我能想像，用不了多久，李清便會重新組建他的親衛營、旋風營，他有數不清的人口為他提供源源不絕的兵力。」虎赫不甘心地撥轉馬頭，道：「撤兵吧，**我們與李清的爭鬥不是短時間便能結束的，不是你死，就是我亡。**」

白族騎兵開始退兵，李清將王啟年叫到身前，叮囑道：

「鬍子，帶著你的啟年師，追著他，過山風應當在草甸等著虎赫，等過山風截斷虎赫尾巴的時候，你作為奧援，讓虎赫只能放棄他的後軍！這局棋我大敗虧輸，他也得付出一點代價！」

「遵命，大帥！」王啟年眼中閃過凶光，「我們會讓他付出代價的。」

李清點點頭，「小心，虎赫看到你追擊，說不定會突然反撲的。」

「大帥放心，我不會給他這個機會，這一仗是以過山風為主，我只要為過山風壓住陣腳就好了，我會小心提防的。大帥，你趕緊回定州城吧，現在定州城裡風聲鶴唳，人心不穩，只要大帥出現在定州城，一切便會好起來。」

騎上換過的戰馬，李清忍不住回頭再看了眼白登山方向，默默地在心裡祈禱：「大兵，姜奎，虎子，王琰，你們一定要活著回來啊！」

啪的一鞭抽在馬股上，在清風以及五百特種隊員的保護下，李清向定州城而去。

過山風四仰八叉地躺在雪地上，手裡拿著一根枯黃的草根，放在嘴裡嚼著，草旬。

終於又要和蠻子對陣了，長時間以來，與復州軍打來打去，絲毫激不起過山風的興趣，復州軍太弱了，只有與白族這種精銳交手，才能讓他興奮起來。

他帶著一萬復州軍埋伏在這裡，便是為了給回程的虎赫狠狠一擊，「吃掉他的尾巴！」這是尚海波給他的命令。

狼奔軍大概在三萬左右，自己只有一萬養精蓄銳的士兵，但過山風並不擔心，王啟年的啟年師應當尾隨在後，如果自己與啟年師兩軍會合，將虎赫糾纏在這裡，那就有好戲看了。巴雅爾一心要當皇帝，還需要狼奔軍回去壓陣呢，如果虎赫在這裡將精銳損耗一空，草原上那些部族不造反才怪！

他感覺到地面傳來的震動，應當是虎赫的騎兵距此不遠了，他呸的一聲吐掉嘴裡的草根，一躍而起，抓起狼牙棒，躍上馬，吼道：

「全軍上馬，準備戰鬥！」

移山師萬餘人迅速上馬，此時，遠處幾名遊騎飛奔而回，揮舞著信號旗告訴過山風，虎赫距此地只有十餘里了。

「出擊，插虎赫的屁股去！」過山風嗥叫著，一馬當先衝了出去，萬餘騎兵呼嘯奔騰，馬蹄將積雪踏得四濺散開，騰起一股雪霧。

定州城。

李清的歸來給惶惶不安的定州人打了一針強心劑，不管前線戰事如何，只要李清出現在眾人的面前，定州人便覺得自己是安全的。

尚海波、路一鳴等人將李清迎回大帥府，大家都急於想要彌補這次的損失。

過山風與王啟年的兩師兵馬在第二天返回了定州城，草甸伏擊取得了不小的戰果，猝不及防的虎赫萬萬沒有想到定州還隱藏了一支勁旅，被過山風攔腰一擊之後，想大舉反擊的虎赫隨即發現王啟年的啟年師正在迅速向戰場靠近，為了防止被這兩支軍隊糾纏在這裡而遭受更大的損失，他不得不壯士斷腕，拋開後軍，全力向草原深處撤退，至於後軍能衝出來多少人，只能聽天由命了。

此時的狼奔是萬萬損失不起的，草原還有更重要的事情等著他們回去。

過山風在取得重大戰果的同時，還意外地救回了被俘的王琰和姜奎，蠻子用粗大的鐵釘活生生地將他們的四肢釘在粗大的圓木上，當過山風的軍隊將兩人救出的時候，兩人已被折磨得不成人樣了。

士卒不忍目視，這也導致過山風部將被俘的狼奔軍士卒全部斬殺在草甸，一個也沒有留。

得到消息的李清飛奔到城門口，看到只剩下一口氣的兩員大將，潸然淚下，一迭聲地吩咐馬上去請神醫恆熙，並將兩人直接接回到大帥府，親自照料。

「大師，他們怎麼樣？」

恆熙慢條斯理地洗淨手，用毛巾揩乾，不耐煩地道：「大帥，既然我來了，他們就死不了！」

「真的嗎？太好了！」李清激動地說道：「幸虧有大師在，大師，他們以後不會留下什麼後遺症吧？」

接過恆秋遞過來的茶，恆熙淡淡地道：「大帥是想問他們以後還能不能為你打仗吧？」

「這個……」李清尷尬地看了眼恆熙，不知怎麼回答才好。自從茗煙自定州消失，恆熙對自己就不陰不陽的，這次還是恆秋上門，苦苦哀求才將這位大爺請了出來。

「叔父！」恆秋很是不好意思，自己這個叔叔對大帥也太不客氣了。

床上突然傳來呻吟聲，李清和恆秋一個箭步竄到床邊，看到姜奎悠然醒轉，一雙眼睛迷茫地轉動著，直到看見李清，有些空洞的眼神突然間便有了神采。

「大帥？」有些驚訝，更有些難以置信。「我還活著？」

李清連連點頭：「當然，姜奎，你還活著，這裡是定州，是大帥府，我已讓人去接你的妻兒去了，你馬上就可以看到他們了！」

姜奎面露笑容，嗓子嘶啞地道：「我還活著，可以自己照顧老婆娃兒，不必麻煩大帥了。」

另一邊王琰也醒了過來，這個五大三粗的傢伙神經也是相當的大條，睜開眼睛的第一反應居然是哈哈大笑：「哇哈哈，居然還活著！」一邊掙扎著想要坐起來，慌得恆秋和幾名親衛趕緊上前將他按住。

「你再掙扎，保證你今後只能躺在床上！」恆熙冷冷地道：「再也甭想上戰場打仗了！」一聽這話，王琰立刻老實下來，乖乖地躺回到床上。

送恆熙出門時，李清再次問起兩人是否會留下後遺症，恆熙道：「姜王兩位將軍身體底子極好，要是常人受了這麼重的傷，根本不可能挺到現在，早就蹬腿了，他們運氣更好的是有我在定州。」

說到這裡，恆熙驕傲地揚起頭，翹起了鬍子。

「是，是，有大師在此，我再放心不過了。」李清陪笑道。

「有恆秋的悉心照料，將養個三五個月，便又是一條活蹦亂跳的好漢啦。」恆熙給了李清一個放心的答案。「告辭了，李大帥！」

看著恆熙離去，李清臉上的笑容慢慢斂去，姜王歸來，雖然受傷極重，但總算是不幸中的萬幸，撿了一條命回來，但呂大兵與唐虎兩人音訊全無，生不見人，死不見屍，更讓人揪心不已。

白登山之敗在定州高層的刻意隱瞞下，一般百姓並不知道詳情，反而是過山風大勝歸來，被尚海波、路一鳴等人大肆渲染，是以在定州城，節日的喜慶氣氛絲毫未減，因為過山風的勝利變得更加熱鬧起來。

定州大帥府內，氣氛卻極為沉重，這次的失敗，讓定州軍的騎兵精銳喪失大半，旋風營與親衛營幾乎全軍覆沒，對定州而言，等於是傷筋動骨。

特別是親衛營的損失，更是讓尚海波痛心疾首，這些人基本上都是未來的基層軍官，失去這些人，可以說重組後的定州軍戰鬥力起碼要下降一個檔次。

「巴雅爾一統草原已基本實現，他整合草原實力不會超過一年，預計在明年夏秋，草原蠻軍將初步形成戰鬥力，並對定州形成壓力，所以，整頓軍備，重組旋風營、親衛營迫在眉睫。」尚海波道。

路一鳴接著道：「州裡在財政上將竭力支持，同時將發動全州的適齡丁口進入預備役訓練，所有的系統將全力圍繞明後兩年的決戰而運作。」

「戰馬！」尚海波強調：「我們損失了三個騎兵營，一萬五千匹戰馬，這麼大的窟窿將成我們與蠻族作戰的短板，我們定州一時間是湊不出這麼多戰馬的，要想辦法弄到戰馬。」

「不錯，尚先生，我們可以很快地召集起適合的戰士，但馬匹卻是大問題，向翼州李氏求援，向皇帝求援，他們能給我們多少馬，我們就要多少馬。再一個，便是出錢買，向那些世家大族購買，能買多少買多少吧。」

「還有匠師營，宜陵鐵礦從現在開始必須全力運作，出產更多的鐵，打造更多的精良兵器，既然我們在兵員素質上有所下降，那麼就必須在裝備上更上一層樓，用我們的兵器來彌補這一損失。尚先生，記住給匠師營的任如雲和許小刀通令嘉獎，獎勵他們在精鐵與戰車、百發弩的改進上立下的功勳，並要求他們在明年夏初前必須打造出車載百發弩千輛，一品弓五萬柄，弩炮千臺，大型投石機五百臺，破甲箭百萬支。」

「是，大帥。」尚海波凜然而立。雖然時間緊迫，但這一切必須在明年夏初之前完成，那時草原與定州的大戰將會拉開序幕。

「過山風！」

「末將在！」過山風大聲應道。

「年前你的移山師在定州完成整訓後，立刻返回復州，準備明春大舉西渡。」

「是！」過山風露出興奮之色，西渡之後，他將成為自蠻族身後進攻的主將，地位將大大提升。

「返回復州後，要與鄧鵬密切配合，讓士兵多多進行訓練，以免到時在海上不適應風浪，造成戰力下降。」

「末將明白。」過山風點頭。

李清又道：「白登山之敗，與我大意輕敵、輕率冒進有極大的關係，為了懲戒自我，更為了提醒自己以後不再犯類似的錯誤，我決定不再重組親衛營。將親衛營的營旗懸掛進英烈堂。」

「大帥！」眾人都是一驚，想要勸阻。

李清一抬手，堅決地阻止了眾人的勸說，「我意已決，不必多言。取消親衛營的同時，以特種大隊和生還的親衛營士兵為基礎，重建常勝營，鑑於呂大兵將軍生死未卜，便以王琰為常勝營副將，暫署常勝營。」

尚海波鬆了一口氣，常勝營自擴充為軍之後，這個營便一直未重建，主要是覺得這個營是大帥起家之本，除了大帥，沒有人有資格去指揮這個營，這個營的營旗更是作為定州軍的一種象徵懸掛在大帥府。取消親衛營，重建常勝營，更能激勵士氣，讓所有的定州老人都能想起當初的艱難歲月。

「本次大敗，還有一個主要原因大帥沒有講，那就是**情報工作的嚴重失誤！**」尚海波語氣嚴厲地指責道：「正是因為情報的搜集、分析上的失誤，給了大帥府錯誤的判斷，這才有了白登山大敗，我認為，統計調查司應當為此負責。」

清風目光閃動，卻無話可說，當即自行請求處分，道：「統計調查司願意為此事負責，請求大帥懲處。」

李清吁了口氣，沉吟著該如何區處。

清風的權力過大，在定州內部已是不爭的事實，這一次統計調查司出了如此大的紕漏，自己正好可以名正言順地借此事削減一部分清風的權力，這也是為了保護清風，否則如此下去，清風必然會在攫取權力的路上越行越遠，直至不可收拾，而他與其他重要部將的矛盾也會越來越深。

「統計調查司負責整個定州所有的情報工作，工作量之大實是超乎眾人想像，這才出現重大失誤，我的意思是，從現在開始，統計調查司只負責政治，外交，商務，內情等事務，軍事方面單列，成立軍情調查司，專司負責軍事工作。各位意下如何？清風，你先說？」

清風咬著嘴脣，臉色數變之後，終於點頭道：「我願意。」

李清滿意地點點頭，尚海波也很滿意地道：「我沒意見。」眾人都一一表示贊同。

李清見眾人再無異議，便宣布道：「既是如此，軍情調查司的司長人選，大家可有合意的？這個位置極其重要，萬萬不能輕忽啊！」

眾人知道事關重大，都在腦中苦苦思索著。

「紀思塵！」尚海波笑吟吟地說出了一個名字。

眾人不禁愕然。特別是清風，更是俏臉驟然變色，紀思塵是清風準備替代肖永雄，成為統計調查司策劃分析署署長職務的人選，尚海波**這是公然挖牆角，削清風的面子了**，豈能不令清風大怒欲狂。

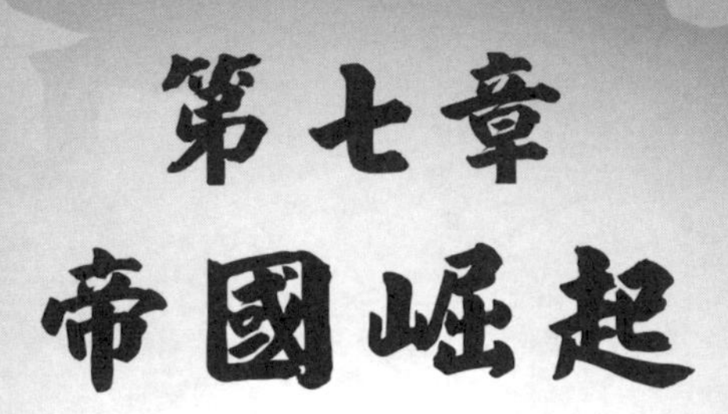

第七章
帝國崛起

白族王庭，草原各部首領雲集於此，準備歡度一年一度的慕蘭節。但所有人都明白，往年盛大的慕蘭節，今年將會黯然失色。數百年來，草原上將要出現第一個帝國——元武帝國，白族族長巴雅爾將出任元武帝國的第一任皇帝。

「我反對！」然而第一個跳出來反對的居然不是清風，而是文官系統首領路一鳴。

「本來軍情調查司屬於軍方系統，按理我不該多說什麼，但是紀思塵是新歸附我定州的，其人還沒有經過考驗，其忠誠度更是堪虞，怎麼可以將這麼重要的職位交給一個我們尚不知其根底的人。」

尚海波反駁道：「路大人此言差矣，紀思塵以前一直是向顯鶴的首席幕僚，有學識，有謀略；說到忠誠度，路大人，難道你還不相信清風大人的眼光麼，此人可是清風司長準備讓他掌管策劃分析署的大將啊，如果此人不可靠，清風司長豈會將統計調查司的核心部門交給他？」

路一鳴腦袋搖得像撥浪鼓，「尚參軍不要偷換概念，這完全是兩個不同的問題，此人有學識不假，有謀略可能也不錯，清風司長器重他，並不能證明此人忠誠度很高，要知道，他在統計調查司中只是清風司長的下屬，以清風司長的能力，當然可以很好地掌握他，控制他，利用他的能力而不虞，但讓他獨掌一司，卻是關係軍事的大事，焉能讓人放心？」

尚海波笑則不答，眼光看向李清。清風的目光也轉向李清，此時她反而不好說些什麼，因為說什麼都是錯，只將委屈掛在臉上。

看到清風眼眶中盈盈欲滴的淚水，李清不由心中一軟，削減清風的權力，自己的目的是不希望清風因為權力過重而遭到猜忌，更害怕她日後沒了分寸，但定州的崛起，清風也是立下了汗馬功勞的，權是要削，但不能讓她如此失面子，尚海波此舉也太過了。

李清沉著臉道：「好了，軍情調查司何等事關重大，焉能用一個剛歸附我定州不久的人，這不是拿我定州數萬兒郎的性命開玩笑麼！紀思塵不用再議了。這個人選我會斟酌的，今天會議先到這兒吧，大家按今天所議之事認真執行，定州遭此重創，大家更需同心協力，共度難關，如果我們過不了明後兩年與蠻族這一關，那還有什麼可爭的?!」說完便大踏步地離開了會議室。

清風緊跟著站了起來，橫了尚海波一眼，柳腰輕擺也出門而去。

路一鳴一邊收拾著面前的文案，一邊埋怨尚海波道：「老尚，不是我說你，大帥本來心情不好，你又來這一齣，你這是什麼意思？我才不相信你這麼看好那個紀思塵。」

尚海波搖頭：「老路，你不明白，我不是信任那個紀思塵，我是……。算了，不說了，老路，你剛才可說了，定州現在處於危機時期，在財政上，你可要鼎力支持啊！」

路一嗚嘆了口氣，「老尚，怎麼說咱們也算同出一門，雖然現在有些尿不到一個壺裡，但是你以為我會在這個時候為難你嗎？同舟共濟啊。便是清風也不會在這個時候與你叫板的，你看她今天就很收斂，你如此逼迫，她也忍了。你呀，鋒芒太露了些，也不是什麼好事，算了，這些話我料你也聽不進去。」將收拾好的文案夾起，逕自離去。

尚海波獨坐在空蕩蕩的大廳中若有所失，我太過了麼？不，不是的，清風鋒芒太露，對於定州以後的發展絕不是什麼好事。

現在看來，大帥也意識到了這一點，所以重新設立了軍情調查司，從清風手裡分權，我作為大帥的首席謀士，應當看到以後更遠的地方，看到大帥逐鹿中原、鼎定天下的格局，**清風始終是一個不穩定的因素，她會為以後的大帥造成困擾，我就要將這個困擾消滅在萌芽之中！**

想到這裡，意志有所動搖的尚海波又堅定了自己的想法，大步走了出去。

李清知道今天清風受了委屈，情報的失誤不能全怪到清風的頭上，巴雅爾刻意做出來的局，不論是自己還是尚海波都上了他的大當，但這件事必須有一個人出來負責，加上自己已有了抑制清風權力的想法，借此機會讓清風讓出一部分權力，也是平衡體系內日益加深的矛盾的一個辦法。

李清想，清風是自己的女人，如果非要有一個人做出犧牲的話，李清希望是清風，他也希望清風能明白這一點。

清風擔心自己的未來，但李清認為，只要自己還活著，就不會有任何人能動清風分毫，就算是傾城公主也不行，但眼下，清風顯然已有些失態了，她的手開始伸到了軍隊，這是李清不能容忍的。

讓李清惱火的是，清風顯然對自己缺乏信心，因而急切地想要擁有更大的權力或者是利益集團來保護自己，也許自己該與清風深入地談談了。

李清一邊向內宅走去，一邊想著要不要就在今夜把清風找來談談這個話題。恰在此時，一名親衛急步走了過來，在李清的耳邊低聲說了幾句話，李清當即睜大了眼睛，「怎麼會這樣？請了醫生麼？」

那名親衛點頭道：「請了，恆秋大人親自去了，但霽月小姐眼下這種境況，恆秋大夫說還需要大帥親自去一趟，也許比任何藥石更有效。」

李清吐了口氣，這事還真是讓人頭疼！「走吧，備馬，我去一趟！」

城郊，桃花小築。

趕到的李清將馬丟給親衛，大踏步地直奔房內。

看到幾個婆子丫環，皺眉問道：「怎麼回事？為什麼不照料好小姐？」

看到李清臉色不豫，幾個婆子丫環都害怕起來，逕自跪下來。

一個為首的婆子顫抖著道：「大帥，我們也不知道，幾天前，小姐忽然就不吃飯了，每天就喝一點水度日，整日跪在觀音像前祈禱，怎麼勸也不聽啊！」

李清一問日子，心中頓時明瞭，那天正是自己中計被困在白登山的那一天，霽月在這桃花小築中怎麼會知道這件事？目光掃向身後的幾名親衛。

幾名親衛臉色發白，一人低頭認罪道：「大帥，可能是我們幾個在園裡悄悄議論此事時，被霽月小姐無意中聽去了。」

李清眼中略顯怒意，「以後小心些，這件事在定州都屬於絕密，怎麼能隨便議論？你們是我的親衛，以前、現在、以後，都會知道很多的機密，要是都這樣口無遮攔，讓我怎麼放心得下讓你們再待在我身邊？」

這話就說得很重了，幾名親衛噗通一聲跪在李清的面前，告饒道：「大帥，我們知錯了，請大帥不要驅逐我們。」

李清倒無意驅逐他們，只是借這個機會讓他們懂得一些保密意識，此時，恆秋在霽月的貼身丫環陪同下走了出來，李清隨即道：「下不為例，這一次就算了，如有再犯，你們自己知道後果。」

幾名親衛如蒙大赦，滿頭大汗地叩頭，「多謝大帥恩典！」

「怎麼樣了？」李清輕聲問道。

恆秋微微躬身，道：「大帥放心，霽月小姐並無大礙，就是本就身子弱，又餓了好幾天，身體便頂不住了，屬下已開了一些滋補的方子和藥粥，讓下人們餵著吃了一點，現下氣色好多了，只是要調養一段時間。」

「費心了！」李清感激地道。

「分內之事！」恆秋微笑道：「大帥可以進去了，屬下先告退，屬下還要去瞧瞧姜王二位將軍呢！」

「你去吧，姜奎和王琰一定要小心照料好，雖然有你叔叔打下了包票，但仍是不能掉以輕心，他們兩人傷勢實在太重了。」

「大帥放心，屬下省得，這些日子屬下住在大帥府裡，為的就是就近照料，只要再過個幾天，他們就能完全脫離危險，剩下的也只能慢慢調養了。」

李清走到霽月的閨房前，稍稍遲疑了一下，推開門走了進去，房裡燒著炭火，瀰漫著一股藥香，紅綠相間的帳幔擋住了寬大的閣床，只露出小小的一截，隱約透出白色的被褥，側身而臥的霽月，一隻潔白如藕節的小臂放在被褥外面，滿頭青絲沒有紮束，隨意地披散在枕頭上，遮住了那張精緻的小臉。

李清慢慢地走過去，坐在床前的錦凳上，凝目瞧著一段日子沒見便又清減了許多的霽月。

許是屋裡的炭火燒得太旺，蓋著厚棉褥的霽月掀開了被子，上半身完全露了出來，月白色的貼身內衣包裹著發育得很好的身材，隨著她的呼吸有節奏地起伏。髮絲下，一張削瘦的小臉如同精雕細琢的瓷娃娃一般，讓人有一種觸之即破的感覺，不知在夢中夢見了什麼，霽月的臉上居然帶著一絲笑意。

看她睡得香甜，李清有些擔心她受涼，躡手躡腳地靠近床邊，兩手輕輕牽起被褥，小心地替她蓋上。雖然動作極其溫柔，但沉睡中的霽月仍然驚醒過來，乍一睜眼，看見李清正俯身在自己的面前，不由啊的一聲叫了出來。兩眼閃現出一片驚惶，被子中的身體瞬間蜷縮成一團。

李清尷尬地看著像受驚的小鹿一般的霽月，兩手保持著牽著被角的模樣，僵了片刻，才解釋道：「霽月，我怕你受涼，所以想替你蓋上。」一邊說著，一邊將被子放下。

霽月的眼角露出笑意，兩眼直直地盯著李清，看得李清心裡發毛，趕緊後退幾步，坐回到錦凳上。

霽月兩手拉著被子，將小小的腦袋露在外面，道：「李大哥，你什麼時候來的？」

「來了有一會兒了，你感覺好些了嗎？」李清問。

「好多了，其實聽到大哥你平安地回到定州城，我就好多了，只是身子骨不爭氣，心神一鬆懈，反倒是支持不住了。」霽月不好意思地道。

李清責備她：「霽月，你怎麼能這樣呢？幾天不吃飯，便是一個粗壯漢子也受不了，你一個纖纖弱女子，身子骨又一向不好，這不是作踐自己嗎？你要是有個三長兩短的，讓我怎麼跟你姐姐交代？」

霽月聽李清提起清風，神色一黯，但轉瞬又高興起來，道：「哪有這麼嬌弱的，只不過是餓了幾天而已，大哥遇險，霽月只恨自己是個手無縛雞之力的弱女子，不能提刀拿槍去救大哥，便只能焚香禱告，祈求觀音娘娘大發慈悲，將我的大哥還給我，不吃飯只是向娘娘表示一下自己的誠心而已！」

李清的腦袋上不由冒出汗來，霽月說得平常至極，但在李清聽來可就驚心動魄了，霽月的心思一目瞭然，李清怎麼可能不知道這番話中包含著對自己的一片深情，但他委實將霽月當作一個可愛的小妹妹般，壓根就沒往這方面想；再加上清風的關係，更讓他不敢越雷池一步，便是清風一個，尚海波等人已是頗為不滿，要是再加一個霽月，那還不跑來跟自己挑鼻子豎眼麼?!

霽月見李清忽然發起呆來，明顯是心裡想起了別的事情，不由小嘴一癟，從被窩裡伸出手來，扯扯李清的衣襟，嗔道：「大哥，難得你來我這裡一趟，能不能不要想那些煩心的公事啊？說點開心的事吧！」

李清啊了一聲，回過神來，「是啊，是應當說些開心一點的事，說什麼呢？」腦子裡轉了一圈，居然張口結舌，想不起來有什麼特別開心的事。

看到李清有些為難，霽月黯然地說：「可惜我爬不起身來，不然為哥哥彈彈琴，唱唱歌，跳跳舞，大哥就會很開心的！」

李清笑著摸了摸霽月滿頭的烏髮，「傻丫頭，其實你不再做傻事，快快將身體養好，大哥就開心了。」

「嗯，我一定聽大哥的話！大哥，要不，你講個故事給我聽吧！」霽月要求道。

「講故事？」

「是啊，不論什麼故事都行！」霽月看著李清，眼角眉梢盡是笑意，臉蛋上兩團紅暈在蒼白的臉上顯得格外醒目。

「好吧，講個故事，講什麼呢？嗯，從前啊，有一頭大灰狼……」

李清話一出口便察覺不對，不由一聲笑了出來，霽月也大笑起來，「大哥，你把我當小孩子了？」

「你不就是個小孩子嘛！」李清道。

霽月瞬間收起笑臉，「大哥，我今年十八了，在家，這個年齡都出嫁為人婦了，有的更是當母親了呢！」

說到這裡，霽月臉色便顯得有些暗沉，難過地偏過頭去。

李清不知道該怎麼緩解氣氛，兩人便沉默下來，霽月肩頭聳動，傳來微微的啜泣聲，李清伸出手去想要安撫她，手伸到一半，卻又縮了回來，無聲地嘆了口氣。

房門輕輕地叩響，李清趕緊道：「進來，什麼事？」

貼身丫環巧兒站在門口，手裡端著一個托盤，怯生生地道：「大帥，恆大人吩咐的藥粥已經熬好了，恆大人說，姑娘醒了的話，就讓姑娘吃一小碗。」

李清點點頭，「進來吧！」

從托盤裡拿起小碗，用調羹輕輕地攪伴了一下，看著騰騰冒起的熱氣，李清道：「好了，你下去吧！」

巧兒乖巧地退了出去，李清端著碗，道：「霽月，起來吃點粥吧！」

霽月在被子裡扭動了一下，賭氣道：「不吃！」

「好了，霽月，別生氣了，我的話你不聽，大夫的話一定要聽啊，你現在這個模樣，要是不好生調養，怎麼能給我彈琴唱歌跳舞呢，我還盼著欣賞呢！」

霽月不由破涕為笑，將青絲撥到耳後，看著李清道：「那大哥你餵我，我就吃！」這話說出來，霽月已是連耳朵根子都紅了。

李清順從道：「行，行，只要你吃，我餵你又何妨。」從邊上拿過一個靠枕，扶著霽月半坐起來，小心地舀起一調羹藥粥，吹了吹，送到霽月的嘴邊。

霽月櫻桃小嘴微微張開，將藥粥吞了進去，不禁皺眉道：「好苦！」

「良藥苦口利於病嘛，這是藥粥，肯定有藥味，來。」李清笑道。

「大哥，你會唱歌嗎？你一邊唱歌一邊餵我吃，我就不會感到苦了！」霽月又提出要求。

李清有些哭笑不得，自己一州統帥，手下謀士大將無數，居然要為一個小姑娘唱歌餵粥，這要是傳出去，豈不是讓人笑歪了嘴巴！

有心拒絕，但一看霽月那張瘦弱的臉龐和期盼的眼神，終是狠不心來，想了一會兒才道：「行，我唱歌，你吃粥！」

「火光淒厲地照亮夜，城破時天邊正殘月，那一眼你笑如曇花，轉眼凋謝，血色的風把旗撕裂，城頭的燈終於熄滅，看不到你頭顱高懸，眼神輕蔑，焚成灰的蝴蝶，斷了根的枝葉，掙脫眼眶前凍結的悲切，鮮血流過長街，耳畔殺伐不歇，守護的城闕大雨中嗚咽。」

霽月用心地聽著李清的歌聲，歌詞中的殺伐之意，哀切之情，讓她不由心有所動，「大哥，這歌好傷心。」

李清點點頭，「這首歌裡有一個很悲傷的故事，你想聽麼？」

「我想聽！」霽月點頭，從李清手裡接過碗，自己一勺一勺地大口吃起來，「大哥，你講給我聽吧。」

暮色漸漸降臨，房裡的光線逐漸暗了下來，巧兒進來點上燈火，又退了出去，躺在床上的霽月也已睡著，看著那長長的睫毛上掛著的淚珠，李清感到一陣心疼，也許夢中的她還在回味著那個傾盡天下的故事吧？那位開國的皇帝白炎，那位守城力竭，被擒斬首的紅顏謝婉。

「不記得陰晴或圓缺我看過花開和花謝，漸漸地回憶起喜悅與恨有別，王城的姓氏都改寫，我還在這裡守著夜，等什麼從灰燼裡面破繭成蝶。」李清默默地念著歌詞，站起身來，退出房去，輕輕地掩上了房門。

走出桃花小築，李清深深地吸了口氣，**明天，又是一個新的開始。**

草原，慕蘭山下。

白族王庭數十里方圓內，被布置成了巨大的歡慶會場，草原各部首領雲集於此，準備歡度一年一度的慕蘭節。

但所有人都明白，往年盛大的慕蘭節，今年將會黯然失色。數百年來，草原上將要出現第一個帝國——**元武帝國，白族族長巴雅爾將出任元武帝國的第一任皇帝**。

巴雅爾仿照大楚的帝制建立帝國，採中央集權制，統一的政府，統一的軍隊，統一的指揮，唯一不同的是，元武帝國的帝位傳承不是家天下體制，而是推舉制，唯賢是舉。巴雅爾要吸收大楚先進的經驗，又想避免皇族勢力的衰弱。

「我要讓草原人仍然保有他們骨子裡的狼性，進則生，退則死。一位優秀的統治者從來都是在風雨之中長大的，如果我的子孫不能在這場爭鬥中獲勝，那就是他們無力引領草原人前進！如果尸位素餐，那還不如退而讓賢，不僅能保得身家性命，更不會因為他們的昏庸而將草原人帶入深淵。」

巴雅爾擲地有聲的話讓所有草原部落首領們心悅誠服，即使是一直以來與他不對盤的哈寧齊，也自認在胸襟與抱負上與巴雅爾相比的確大有不如，難怪自己會是這場爭鬥中的失敗者。

白族王庭經過近一年的擴建，已經初具一座大城的規模，雖然與大楚比起來還差了些，但仍透出一股森嚴的氣象。

由龍嘯軍負責這次巴雅爾登基的安全，數萬人馬分布在王庭四周，內裡更是戒備森嚴。

看到龍嘯軍的軍容，以及在與定州作戰中獲得勝利的狼奔兩軍的威勢，即便還有一點小心思的別部落首領們更是死心塌地，再也沒有一點別的想法。

草原上燃起無數堆篝火，盛裝的草原人圍著篝火，載歌載舞，馬頭琴奏起悠揚的歌曲，肥美的全羊在火上被烤得滋滋作響，滴下的油脂濺起一朵朵紅色的小花，一袋袋的馬奶酒隨意地堆放在地上任人取用，整個草原呈現出一派歡樂的氣氛。這是草原人的狂歡之日。

此時，在一頂不起眼的帳篷內，卻聚集著一群人，人人臉色凝重，盤坐在地上，眼光看著中間的一個漢子。

此人穿著草原人服飾，頭髮打散，辮成無數細小的髮辮，蓄著滿臉鬍鬚，臉色黝黑，腰裡別著一把草原彎刀的統計調查司行動署署長王琦，目光一一掃過帳內眾人。

「弟兄們，這是我們行動署成立以來最大的一次行動，也是一次絕死的行動，我可以坦白地說，這次行動生還的可能性不大，所以我不勉強大家，不願意參與的人現在可以退出，沒有人會恥笑你。」

帳內沒有一個人動彈一下，一個漢子道：「王頭，不要說這些廢話了，老子一家人都死在蠻子手裡，我跟他們不共戴天，大家潛進草原這些日子，不就是為了做一件驚天動地的大事來報仇麼，有什麼好說的；更何況，老子在定州已留下了種，老子的香火不會絕。有大帥在定州，我也不用擔心他們生活無著。」

「是啊，王頭，分配任務吧！」漢子們都露出決絕的神色，他們的情況與先前開口說話的那人差不多。

王琦點點頭，這批人都是他精心挑選出來，在草原上潛伏許久，這次，他帶著司長的指令來到草原，親自策劃指揮這一重大行動。

「為大帥復仇，為犧牲的定州健兒復仇，如有可能，要讓草原陷入混亂，互相猜忌，死不信任。」清風司長的原話，王琦牢牢地記著。

「這一次行動的目標如下，**青部哈寧齊**、**紅部富森**。這兩個人與白族有隙，殺他們，一可復仇，二是讓草原各族猜忌這是否是白族下手，所以各位弟兄，如果你們不能活著出來，請隱瞞自己的身分，千萬不能讓人猜出或是看出你們是定州人。下面我來分組。」

被念到名字的人隨即被分成兩個小組，王琦從一捲裹著的獸皮中抽出十數柄連弩，道：「各位，這是統計調查司配裝的五發連弩，無論是威力還是射程，比軍方配備的更為強勁，所裝弩箭全部為全鐵打造的破弩箭，五十步內具有破甲能力，三十步內命中要害，無論此人穿沒穿甲都斷無生還之理，除非他穿著我們定州的精鋼甲，但顯然他們不可能擁用這種甲具。」

大家摸著手裡沉甸甸的連弩，臉上都是露出喜色，有了這種利器，刺殺的成功性大增，他們並不怕死，但想在死之前拉上幾個夠分量的墊背，若是有草原部落的首領死在自己手下，自己將名垂青史。

「弟兄們，大家都過來看看這幅圖，這是你們的撤退路線，我會在這裡等大家三天，三天後如果沒有等到你們，我就離去了。」王琦有些沉重地道。

「王頭放心吧！」漢子們齊聲道。

一碗碗酒被一字排開在地上，王琦從懷裡摸出一柄斷刃，劃破手指，將血滴到碗裡，所有漢子一個接著一個地劃破手指，將血滴到碗裡。

王琦端起一碗血酒：「弟兄們，行動時間便在兩天後，預祝你們馬到成功，安然返回。」一仰脖子，一飲而盡。

「萬勝！」所有人同時將碗中酒喝乾。然後一一向王琦行禮，接著離開，王琦跪倒在地，以頭觸地，直到所有人都離開，這才站了起來。

次日，便是草原的慕蘭節，也是巴雅爾登基大典舉行的日子，元武帝國正式立國的號角聲傳來，除了牛喊馬嘶，竟無一人說話。所有人目光皆轉向白族王庭所在，等待著登基大典完成。

天空中又飄起了雪花，片片飛舞而下，落在眾人身上，旋即化為水滴，順著臉龐滑將下來。

來了，來了，號角聲從遠處傳來，越來越近，終於，清晰的號角聲帶著喜悅在耳邊響起，所有的草原人都歡呼起來，將手裡的任何東西高高拋起，不管認識還是不認識，大家一齊喊著，跳著，相互擁抱著，「萬歲」的呼聲響徹草原。

白族狂歡的背後是青部的落寞，目睹自己最大的對手登上草原至尊地位的哈寧齊，一分鐘也不想在這裡多待，帶著部下飛馬趕回青部。

青部部民默默地收拾行裝，準備遠赴蔥嶺關那片貧瘠的土地，在那裡重新建立他們的家園。

次日，十數萬青部部民整裝待發，所有的家當都裝上了馬車，只等哈寧齊一聲令下立即開拔，離開這片他們生活了無數年的家鄉，一股離鄉背井的愁緒在人群中瀰漫著，壓抑的哭泣聲隱隱可聞。

大帳打開，哈寧齊盛裝而出，騎上戰馬，緩緩地在青部部民中穿行，其子巴達瑪寧布隨侍在他的身後，所有青部首腦人物的眼中都透出濃濃的不甘，看著白族王庭所在，眼中的恨意難以掩飾。

「大首領，我們不想走啊！」一聲號哭陡地從人群中傳出，如同號令般，無數人同時大哭起來，「大首領，我們不想走啊！」人群湧動，向哈寧齊湧來。

哈寧齊的親衛們組成一道人牆，拼命阻擋著部民靠近哈寧齊，現場一片混亂。

「父親，我們快走吧！」巴達瑪寧布擔心地看著混亂的現場。

哈寧齊搖搖頭，「是我沒有帶領好青部，我對不起他們。」腰身用力，雙手一撐，高高地站到馬上，聲嘶力竭地喊道：「青部的子民們！大家聽我說！」

青部激動的人群終於安靜下來，跪伏在地。

「我們今天的離開，是為了來日的返回，這裡是生我們養我們的故鄉，不論我們走到那裡，都不會忘記這裡是我們的家，總有一天，我們會昂著頭回到這裡。」

人群中，幾個漢子抬起頭，嘴角冷笑道：「你永遠也不可能回來了。」

幾個漢子互相對視一眼，手裡閃著寒光的連弩閃電般地射向哈寧齊，所有人大驚失色，哈寧齊距這幾個漢子不過二三十步距離，是一個再也明顯不過的活靶子。

讓人膽寒的弩箭利嘯聲響起，咻咻有聲，穿透了哈寧齊的鎧甲，哈寧齊的目光著閃動著不可思議的光芒，目光瞪視著幾個刺客，推金山，倒玉柱，從馬上一頭栽了下來。

「父親！」巴達瑪寧布大喊道。

「抓刺客！」更多的人大叫起來。

與哈寧其同樣不爽的還有紅部的富森，從巴雅爾手裡接過正紅旗的大旗及旗主大印時，看著那面通紅的旗幟，似乎每一點上都沾著父親的鮮血。

大典完畢，他便匆匆地回到了紅部大營。將大旗和大印扔在牆角，再也不願去多看一眼。

心情煩躁的他想喝酒，想買醉，吩咐親兵：「去，把那個人帶來，我要和他喝酒！」

當案桌擺好時，帳外傳來了叮叮噹噹的聲響，一個大漢戴著腳鐐昂然而入，看到滿桌的酒肉，毫不客氣地一屁股坐下，伸手撈起一塊帶骨的羊肉，啃得滿嘴冒油，不時伸出油膩膩的手，端起大碗，大口地向嘴裡灌酒，酒汁順著嘴角流到頸裡，他卻似乎絲毫不覺。

富森端著酒碗，饒有興趣地看著他。

大帳猛的掀開，一名親兵匆匆地跑了進來，對富森行了個禮，神色驚惶地道：「族長，剛剛得到消息，青部族長哈寧其被刺身亡，眼下青部大亂！」

「什麼？」富森一下站了起來，今天他還看到哈寧齊生龍活虎的，怎麼轉眼之間便被殺了？

呆了片刻，富森忽地哈哈大笑起來，「死得好，死得好，哈寧齊，你出賣我的父親，想苟安一時，想不到你也沒有多活幾天，痛快，痛快啊！此事當浮一大白，來，我敬你！」他衝著戴鐐銬的漢子舉起酒碗。

漢子哈哈大笑，「與我定州作對便是這種下場，富森，當心下一個便輪到你了。」

富森面色一變，冷哼道：「誰說一定是你們定州人幹的？」轉頭問那親兵，「知道是誰幹的了嗎？」

親兵道：「族長，那幾名漢子當時眼見不得脫身，一個個都自刎了，更讓人不解的是，他們臨死之前，將自己的臉畫得稀爛，完全無法辨識。」

「將自己的臉畫得稀爛？」富森手一抖，這是何等的死士才能做出這等事

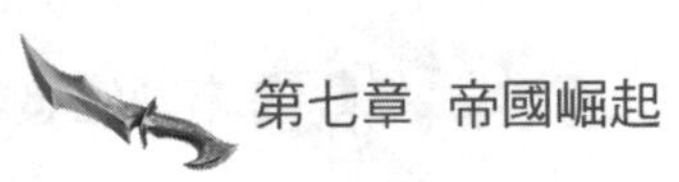

來？看著那漢子冷笑道：「哼，如果是你們定州人，死便死了，還用將自己的臉砍爛，讓人認不出來嗎？」

本來一臉篤定的漢子也是詫異萬分，搖頭表示不解。

「但是從繳獲的行刺武器來看，的確是定州人無疑。」親兵道：「那是一種連弩，我們草原人從來都沒有。」

「連弩？」富森冷笑一聲，「你難道不知道，上次我們在白登山大敗定州軍，從後來衝進來的那批連馬都披著甲的那些傢伙手中，可是繳獲了不少這種連弩。哼，白族將這些精良的甲具、連弩統統收走了，一根毛也沒有給我。啊哈哈，我看這次巴雅爾如何說得明白？這事說不定就是他做的！」又問向那漢子，「你怎麼說？」

漢子道：「你們草原人的這些齷齪事，我怎麼知道？不過大有可能啊！」一副唯恐天下不亂的幸災樂禍模樣。

富森在帳內踱了幾步，若有所思地道：「哈寧齊眼見不敵巴雅爾，為了避禍便想遠赴蔥嶺關，但青部實力之強僅次於巴雅爾，如果真讓哈寧齊有十數年的休養生息的時間，屆時又將成為白族大敵，巴雅爾為白族謀，為子孫謀，完全有可能下手，以他的手段，自是不會留下這個禍胎。」越推想越是如此，「絕對是這樣，不然說不通這些刺客為什麼要砍花自己的臉，否則能行刺青部這樣大的部族之長，絕對是名揚天下的事，即便死也值得，這些人這麼做，是害怕落到青部之手，給巴雅爾帶來麻煩，如果是定州人，根本就不會這麼麻煩。」

親兵擔心地道：「族長，如果真是巴雅爾做的，那他會不會趁著現在一片混亂，一不做二不休，也對您下手啊！」

富森身體一震，臉上猛的露出醒悟之色，大有可能，哈寧齊只不過是對他的位置有威脅，但自己可是與他有著殺父之仇啊！

「招集親兵，將我的大帳給團團圍住！」他大喝道。

親兵答應一聲，轉身欲走，就在此時，厚實的牛皮大帳發出哧的一聲響，被利刃剖開一道口子，接著嗖嗖連聲，親兵大叫一聲，身中數箭，倒斃在富森身上。

富森驚駭欲絕，拔出腰間的彎刀，一手架著死去的親兵，將他作為盾牌擋在自己面前，大吼道：「來人啊，有刺客！」

本來坐在地上的漢子敏捷地掀起桌子擋住自己，只露出一顆頭打量著帳內的情形。

從剖開的縫隙中，幾名漢子一躍而入，除了手執鋼刀，另有幾柄黑沉沉的連弩讓富森幾乎軟倒，如此近的距離，這麼多連弩，自己絕無可能躲過。

「富森，去死！」一名漢子大吼，舉起手裡的連弩，便在此時，他看到一邊戴著鐐銬的漢子，臉上陡地現出不可思議的神情。

「呂參將，怎麼是你？」

呂大兵一躍而起，對方既然識得自己，那自然是定州軍方或是統計調查司的人員無疑了。

便是這稍稍的一停頓，富森舉起手裡的屍體，狠狠地砸向幾名刺客，在刺客閃避的當口，他一躍到呂大兵的面前，戴著鐐銬的呂大兵行動不便，被他架住，一邊將閃著寒光的刀擱在了呂大兵的脖子上。

幾名刺客舉起弩箭，也不知如何是好。

帳門大開，大群士兵一湧而入，幾名刺客一咬牙，轉身便想發射弩箭，呂大兵大吼一聲：「住手！」

幾名刺客一愣神的當口，湧入帳來的士兵立時撲了上來，將刺客按倒在地，死死扭住。喘著粗氣的富森見大局已定，這才鬆開呂大兵，驚魂未定地走到幾名刺客面前拳打腳踢起來。

「富森你個狗日的，給我住手！」呂大兵兩眼通紅大罵道。

今天要不是自己在場，讓這幾名捨生忘死的刺客投鼠忌器，現在的富森已經是個死人了。

富森轉過身來，道：「好，呂參將，你今天救了我一命，我給你這個面子。」回到座位上坐下，道：「來人，給呂參將換張桌子，重新上一桌菜。」

幾名刺客被按著跪在地上，富森把玩著手裡的連弩，搖頭道：

「想不到真是你們定州人幹的，不但行刺，還栽贓給巴雅爾，了不起，不過我喜歡，哈哈哈！」

幾名刺客倔強地昂著頭，恨恨地盯著富森。

「呂參將，你看，我真是好人有好報啊，當時活捉了你，沒有殺你，而是把你藏了起來，好酒好肉地伺候著，今天你便救了我一命！長生天，感謝你對我的眷顧，作為回報，呂參將，我願意讓你來為這幾個膽大包天的傢伙選擇一個死法。」富森笑吟吟地道。

「殺了他們對你有何好處？」呂大兵冷冷地道。

「沒有好處，本來我可以偽造一個現場，嗯，就是模仿哈寧齊那邊，然後將髒水潑到巴雅爾身上去，但想想還是不行啊，要是讓巴雅爾惱羞成怒，來一個不做二不休，假戲真做，我可就慘了，所以嘛，我決定讓他們靜悄悄地消失。」

富森冷血笑道。

呂大兵盯著富森，「富森，你為什麼不殺我，反而要將我藏起來？」

富森笑道：「我高興，我就愛把你像條狗一般地圈養著，高興的時候就拿來取樂，不高興的時候就抽你幾鞭子。」

呂大兵大笑起來：「富森，真人面前不說假話，你是害怕巴雅爾趕盡殺絕，害怕我們定州軍得到最後的勝利，你無路可走，所以你把我藏起來，便是想為自己留一條後路，是不是？」

富森臉色變幻不定，出人意料的卻沒有反駁。

「富森，你與巴雅爾有殺父之仇，雖然代善是你親手殺的，但我想你一定把帳記在巴雅爾的身上，你有假意投降定州，將李將軍陷入絕境，使我定州吃了大虧，上萬兒郎因此死於非命，富森，這方圓數千里之地，**兩個最有權勢的人都與你有不共戴天之仇**，你害怕了，是不是？」

富森啪地將酒碗狠狠地砸在地上，怒吼道：「是，我是害怕了，那又怎樣？至少現在我還活著，你卻是我的階下囚，我要取你們性命易如反掌。」

「然後呢？」呂大兵譏笑地看著他，「你等著不是被巴雅爾，便是被我定州李大帥剝皮抽筋，千刀萬剮！」

富森頹然坐下，默然不語。

「放了他們！」呂大兵道：「你既然留下我作為後路，為什麼不再為自己找一條？」

「再找一條？」富森茫然地抬起頭。

「定州統計調查司的清風司長，你有所耳聞吧，那是我們定州的核心人物之一，你放了這些人，便是賣了一個面子給清風司長，將來一定會得到回報。」呂大兵正色道。

富森被說的有些意動，看了幾個刺客幾眼，他們都是小角色，殺或不殺意義不大，但如何利用這件事讓自己得到最大的好處，需要好好想一想。

「虎子也在這裡，你讓他們帶著虎子回去，虎子傷得極重，在你這裡待下去，遲早必死無疑，只有回到定州才會得救。」呂大兵接著道：「唐虎是李帥的貼身護衛，關係之親密不用我說你也知道，如果你讓唐虎回到定州，李大帥也會感謝你！」

「你呢？你為什麼不讓我把你也放回去，這樣李大帥不是會更感謝我嗎？」富森譏笑道。

呂大兵端起酒碗，喝了一大口，笑道：「富森，我知道，你在等，不到最後時刻，你是絕對不會輕易做出選擇的，所以，你也不可能放我，我只能待這裡，對嗎？」

富森仰天大笑。

呂大兵嘴角也帶著笑容，端起酒碗，大口大口地向嘴裡灌著酒。

拖著沉重的腳鐐回到紅部大營一個偏遠角落的小帳篷裡，呂大兵掀簾而入，帳裡傳來一股腐臭的氣息，唐虎原本壯碩的身材只剩下一個骨頭架子，左大腿上胡亂纏著一些布條，布條已呈黑紫色，顯然是內裡鮮血滲出時日已久而造成。

看到呂大兵進來，唐虎艱難地轉過頭，獨眼中閃著戲謔的神色。

「呂參將，還是你這樣的英俊小生佔便宜啊，瞧瞧，你嘴角還有肉沫子沒有擦乾淨呢，一身的酒氣，也不知道給兄弟我弄點回來，真是不夠義氣啊！」

呂大兵臉上雖然帶著笑，但眼中卻無半點笑意，反而帶著一絲痛惜之色，走到唐虎面前，輕輕地撫過唐虎的傷腿，道：「說什麼吃肉喝酒，我要是告訴你今天的所見所聞，比讓你喝幾斤酒都爽。」

唐虎呸了一聲：「又來騙我。」

呂大兵嘿地一笑，倚著床沿坐下，道：「大帥派人過來，幹掉了哈寧齊！」

啊！唐虎興奮地大叫一聲，雙手撐著床板想要站起來，觸動傷口，又噗通一聲摔了下來，疼得呲牙裂嘴，倒抽涼氣。

「你老實一點吧，不想活啦！」呂大兵喝斥道。

「反正也活不了幾天了，有什麼關係呢？」唐虎苦笑道：「大兵，你說富森這狗娘養的想幹什麼？」

呂大兵沉默了一會兒，「大帥也派人來殺富森了。」

「殺得好，這狗娘養的害死我們了。」唐虎恨恨地道。

「可是我倒是無意中救了他一命。」呂大兵幽幽地道。

「什麼？」唐虎驚道。

「我當時正在那大吃大喝呢，那幾個刺客認得我，一看到我就呆了，便是這短短的一個失神，機會便錯失了。」呂大兵嘆道。

「可惜可惜，這狗娘養的運氣恁好！」唐虎惋惜道。

呂大兵歪過頭，看著唐虎，「虎子，你真想死麼？」

唐虎呸了一口，「如果能不死，誰會想死?!但現在我們怎麼可能活下來？那富森只不過戲耍我們罷了，喂，小白臉，你可不要軟了骨頭，說不定那富森正等著你在他面前痛哭流涕，再得意地幹掉我們呢！」

「我啐你一臉唾沫星子！」呂大兵怒道：「老子是怕死的人嗎？但是虎子，這富森與巴雅爾不是一條心，我們一時半會是死不了了！」

呂大兵得意地笑道：「我已經說動了他，釋放那幾名刺客，同時將你也帶回定州去。」

唐虎的獨眼眨了幾下，「你呢？」

「我？」呂大兵聳了聳肩，「我走不了，富森以為我奇貨可居，哪裡肯輕易放我走，恐怕要等到與蠻族的大戰勝負已定的時候，我才能看到我的結局——或者死，或者回到定州！」

「我留，你走！」唐虎義氣地道。

呂大兵拍拍唐虎的傷腿，饒是很輕，唐虎仍是痛得叫了起來，呂大兵道：「你看看你，傷口已經感染化膿，高燒不退，虎子，回到定州你還有一線生機，留在這裡只有死路一條。」

「正因為如此，才要你走我留，反正我活著的機會微乎其微了，不能再為大帥效力，還不如你回去，以後替我多殺幾個蠻子！」唐虎道。

「虎子，你還不明白麼？富森又不是傻子，怎麼可能留下你這個生死未卜之人；再說了，我還有一個大哥，在定州身居高位，說句你不愛聽的話，我的身價可比你高多了，所以，你根本就不用和我爭，也沒你爭的份！」呂大兵道。

唐虎沉默下來。

「虎子，回去告訴大帥，**定州勝，則我生；定州敗，則我們就相見無期了！**」

帳簾掀開，幾名刺客走了進來，向二人躬身行禮，「兩位將軍，我們要走了！」

呂大兵點點頭，道：「唐將軍傷很重，你們一路上要悉心照顧。」

「呂將軍放心！」幾人合力將唐虎放到擔架上，抬了起來，唐虎獨眼淚水長流，「大兵，你這個小白臉，可千萬要等著我殺到草原上來啊！」

呂大兵笑道：「放心，我命硬著呢，你瞧！上次那麼危險，我不是還活著嗎，還將你這個傢伙也拖了出來，嘿嘿，要不是你這傢伙，我說不定就跑了呢。下次小心點，再要成為累贅，我可就懶得理你了！」

唐虎用被子蒙著頭，沒有作聲。呂大兵看著不斷抖動的被子，揮揮手，像趕蒼蠅一般連連道：「走走，快走！」

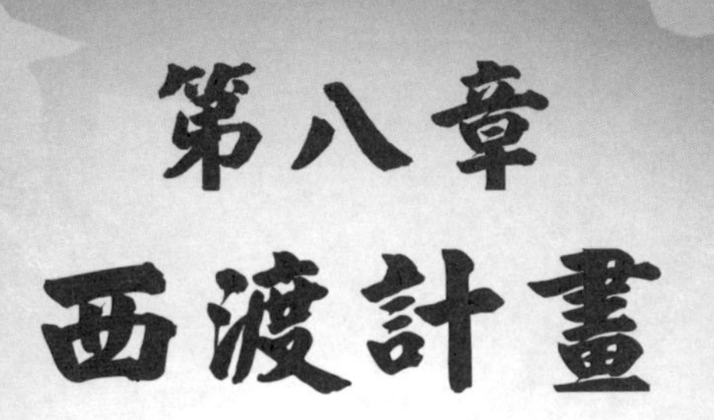

第八章 西渡計畫

呂大臨腦子裡想的是馬上要從復州海陵出發的過山風的移山師，這個西渡計畫，便是位至參將的各級將軍，也不知道還有這麼一個龐大的計畫正在進行中，這也是李清強力要求在戰爭初期定州必須採取守勢的原因。

就要過年了，李清終於盼到了好消息，統計調查司行動署的人員在草原上的行動取得了巨大成功，相比於殺死了哈寧齊，更讓李清喜出望外的是，行動人員居然帶回了重傷的唐虎，和呂大兵也還活著的消息。

天快黑了，李清站在大帥府門口翹首以盼，天空大雪飛揚，但李清如同雕塑一般，任由雪花飄落在他的身上，將他染成白色，他的身後，尚海波、路一鳴、清風等人依次而立，雖然臉色凍得青烏，但卻沒有一個人離開。

大帥府門前廣場的盡頭，終於出現了一輛馬車，這是李清得到消息後，馬上派去這輛他的專車，得得的馬蹄聲，聲聲敲在李清的心上，終於到了，行動署人員一躍而下，拜伏在地。

李清擺擺手，一個箭步竄上去，打開車門，看到唐虎那張憨厚的臉龐，雖然身體已是虛弱不堪，但那隻獨眼中的光芒還甚是銳利。

看到李清，唐虎咧開大嘴一笑，「大帥，我活著回來了！」

李清強忍住眼中的淚水，小心地將唐虎托了起來，橫抱在臂彎裡，大步向大帥府內走去，一邊走一邊喊道：「恆秋，恆秋在嗎？」

恆秋一溜小跑地趕了過來，身後還跟著幾名助手，抱著大大小小的藥包器械，「大帥，恆秋在這！」

李清將唐虎放到床上，恆秋小心地用剪刀剪開那層纏在腿上的破布，看到傷口，他和幾名助手都是倒吸一口冷氣。

唐虎的大腿被一刀砍中，深可及骨，這外傷倒還算不了什麼，恆秋尚可處置得來，關鍵是傷口已嚴重感染，肌肉壞死，一股濃重的腐臭味自打開這幾層破布後便在房中瀰漫開來，傷口處，白色的蛆蟲爬進爬出，讓人慘不忍睹。

「恆秋，你有把握嗎？要不要叫恆熙大師來！」李清問。

恆秋搖搖頭，「大帥，唐將軍這種情況，便是叔父來了，也不會比我更有辦法，我盡力一試，但至少唐將軍的性命是無礙的。」

李清一下子便聽出了恆秋話中的意思，也就是說，唐虎的這條腿恐怕是保不住了。李清咬脣道：「恆秋，我想要一個最好的結果。」

恆秋點點頭，「我明白，大帥，我會盡力。接下來這裡便交給我吧，大帥，您先去忙吧！」

李清走到唐虎的跟前，看著唐虎，用力地握了握他的手，「虎子，還想跟我上戰場嗎？還想跟著我去殺蠻子嗎？」

唐虎獨眼一亮，「大帥，想，我當然想了，等恆大人治好了我這條腿，我就跟著大帥去殺蠻子。」

李清笑道：「好，有你這句話就行，虎子，你這傷，一半看恆秋，一半便看你自己了，我等著你！」伸手摸了摸唐虎的臉，硬起心腸，轉身走了出去。

議事廳中，清風已經詢問完王琦與幾名行動人員，正等在那裡，看到李清，清風將一疊記錄交給李清。

尚海波等人傳看著一張張記錄。一炷香功夫後，尚海波抬起頭來，「大帥，這是一件好事。」

李清默不作聲，半晌才道：「的確是好事，大兵還活著，暫時也沒有性命之憂，我對呂將軍總算有了一個交代。嘿嘿，富森居然想腳踏兩條船，這麼如意？」

「大帥，與蠻族的決戰就在明後兩年，這時候有富森這樣一個變數，對我們是大利啊！」尚海波道：「青部已可以不考慮，紅部也算是草原大部，附屬他的小部落也不少，雖然巴雅爾登基稱帝，最大化地削弱了這些部族首領的權力，但長期以來，富森這些人在小部落中形成的影響力是不可低估的，若是能善加利用，便可以極大的增長我們的勝算。」

路一鳴悶悶地說：「我們在富森手裡可是吃過一個大虧，此人還可信麼？」

「此一時也彼一時！」尚海波反駁道：「富森當時的情況我們可以理解，代善謀圖破壞巴雅爾的大計，被抓了現行，富森如果不順著巴雅爾，只怕紅部當時便會不保；但現在不同，富森雖然暫時沒有性命之憂，但他不能不擔心，如果巴雅爾一旦擊敗我們之後，會不會秋後算帳，富森能在那麼短的時間內，那樣的情況下，當機立斷斬殺自己的生父以求得紅部的生存，其人之謀斷權變不可小視，巴雅爾不會看不到，富森也是心知肚明。」

李清聽著尚海波與路一鳴兩人辯論，揮了揮手道：「好了，我曾在白登山上發誓，紅部士卒與狼奔軍一個不赦，但眼下這種情況，為了大局，我只能食言。尚先生，這件事你和清風司長兩人共同辦理，這幾天，我要去英烈堂向白登山之役死難的弟兄們祈求原諒，請他們原諒我自食其言，紅部如果投降，我可以放過他們，但狼奔軍，我一定會送他們的面前！」

說完，李清站了起來，大踏步地走出了議事廳。

冬去春來，料峭的寒風逐漸遠去，陽光也不似冬日那般蒼白無力，枯黃的草地上，一點點鮮綠正悄悄地探出頭，遠遠看去，一片綠色夾在枯黃之間，宛如給大地穿上了一件花衣。

春風習習，陽光燦爛，這本是踏春的好日子，但在定州，顯然人們並沒有這個心思，掌握著進攻草原咽喉要地的上林里，戰爭氣息卻隨著春天的到來而愈發濃厚起來。

呂大臨毫不在意蠻軍會來攻打上林里，這裡的城防的堅固，是呂大臨從軍以來見過最堅固也是最艱險的城防結構。更何況，上林里有足夠的士卒，進可攻，退可守。

「各位，根據大帥府的判斷，巴雅爾最大的可能便是派一支人馬來牽制住我們，使我們不能向草原深處突進。而他們的主攻方向肯定在定遠、威遠一線。」呂大臨掃視著手下的將官道：「各位，你們有什麼辦法可以化解這個局面，我是說，我們能更主動一些，有力的聲援定威一線，減輕定威防線壓力的辦法，不妨說說看，人多力量大，說不定咱們能想出什麼好辦法來。」

「呂將軍，我們上林里有數萬人馬，而且騎兵占大多數，機動性極強，只要對方不是狼奔和龍嘯，我們完全可以主動出擊，擊潰對手，進一步深入草原，威脅到巴雅爾的根本，我不信巴雅爾還能從容地進攻定威一線。」呂師騎兵神武營參將鄧克濤出聲道。

呂大臨拍手道：「你說得不錯，可大帥預測，到時來牽制我們的多半便是虎赫的狼奔軍，狼奔軍約有四萬之眾，在兵力上，可是他們佔優勢。再說了，大帥的意思本來就是不想有太大的傷亡，即便我們能險勝虎赫的狼奔軍，大帥也是絕不答應的。」

鄧克濤為難地道：「呂將軍，這可就難了，想要沒有大的傷亡便擊敗如此強敵，這種可能性幾乎微乎其微。」

「且拭目以待吧！各位將軍，戰爭前期，定州的策略便是穩守戰線，以各堅城為中心，建立一個個的防禦中心，消磨對手的實力和耐心，其餘的百姓必須後撤到定州城內，在定州距前線近百里內堅壁清野，讓蠻子們找不到一顆糧食，找不到一點可以利用的物資。」呂大臨道：「大帥說，我們要以空間換取時間，等待最佳時機的出現。」

「最佳時機？」眾將都不明白這個最佳時機到底是什麼時候，「呂將軍，如果狼奔軍切斷我們與撫遠之間的聯繫，那我們的後勤供給可就要出問題了。」

「完全切斷是不可能的。」呂大臨道：「他也只能騷擾，小規模的騷擾起不了多大的作用，大部隊出擊，嘿嘿，虎赫會這麼蠢嗎？他真敢大部人馬切入我上林里與撫遠之間，我倒不介意與撫遠的楊一刀兩人來一個掐頭去尾。」

呂大臨看著沿著上林里城延伸出去的圍屋，腦子裡想的卻是馬上要從復州海陵出發的**過山風的移山師，這是一柄從蠻子背後捅過來的大刀，將讓蠻子首尾不能相顧。**

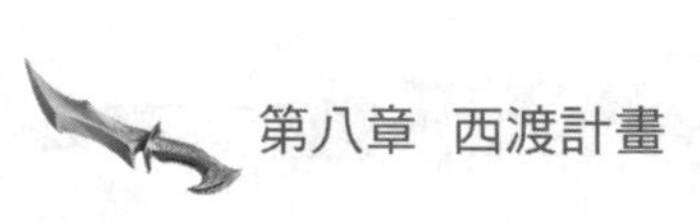

這個**西渡計畫**，在定州目前只限高層和參與此計畫的人知曉，便是這些位至參將的各級將軍，也不知道還有這麼一個龐大的計畫正在進行中，這也是李清強力要求在戰爭初期定州必須採取守勢的原因。

復州，海陵。

如今的海陵與去年相比，已是模樣大變，整個海陵碼頭全部被軍方徵用，民用商船不得不另尋去處，水師營地比原先要擴充了數倍，饒是如此，仍是顯得擁擠，因為姜黑牛的健銳營五千人馬擠在這裡，他們是第一支西渡的前鋒軍隊。

鄧鵬意氣風發地站在嶄新的五千料的旗艦「伏波」上，俯視著港口裡的五艘五千料大船，離自己不遠的左右兩側，是「劈波」與「斬浪」，更遠一些停在原先的民用碼頭的是「追星」與「逐電」，三千料的大船也有十餘艘，剩餘的各種艦隻密密麻麻地塞滿了整個港口。

大帥答應他的事，正在一件件變成現實，這讓鄧鵬感激不盡，更是有一種士為知己者死的念頭，擁有一支強大的艦隊，一直以來是自己夢寐以求的事，現在自己的夢想已經實現，最多一年之後，還有五艘五千料大船下水，那時水師的強大，便是鄧鵬也感到難以想像。

自從水師另起爐灶，重振旗鼓之後，復州近海一些海島上的海匪，要麼便是投降，要麼便是向著海洋的深處躲避，遠遠地避開水師的鋒芒，稍有那麼一兩個桀驁不馴，自以為在海戰中有幾把刷子的海匪在鄧鵬的強力打擊下，已是灰飛煙滅。

更讓鄧鵬高興的是，在這幾次的剿匪中，他重塑了水師軍威，提高了士兵們的士氣，更讓大批的新兵見識了血和火，從而迅速地完成從菜鳥向老兵的轉變。

姜黑牛的健銳營士兵正在有條不紊地列隊走向一艘艘大船，這五千人將是第一批西渡人員，在他們之後，鄧鵬還要將過山風的整個移山師全部運送到室韋人控制區，人員好說，但海量的器械物資和戰馬卻是讓人撓頭。他們在海上要走上至少一個月，這麼多的戰馬能有多少活著走到地頭還真是難說。

副將尹華匆匆地奔上「伏波號」的頂層，向鄧鵬報告：「統領，大帥馬上就要到水師碼頭了。」

鄧鵬嗯了一聲，「去，讓兒郎們打起精神來，準備迎接大帥！」

看著尹華離去的背影，鄧鵬心裡感慨道，尹華對自己愈發地恭敬，關係也愈顯疏離，不像昔日那樣親密無間，這樣也好！歸順定州這麼長時間了，尹華和自己的疏離也許正中定州軍核心層的下懷。

看著尹華與調查司的清風司長走得很近，一名軍隊將領與定州黑暗世界的頭領關係過於密切可不是什麼好事，說不定什麼時候就會給他帶來災難，**要不要提醒一下尹華呢？**

鄧鵬邊想著這個問題，邊沿著舷梯走到甲板上，恰在這時，碼頭上傳來一陣陣急驟的馬蹄聲和回避的大聲呼喝，看著那面迅速接近的李字大旗，鄧鵬加快腳步，將這個問題暫時拋到腦後。

「參見大帥！」碼頭上，陸軍以過山風為首，水師以鄧鵬為首，大批的將軍們抱拳躬身，水師碼頭上忙碌的士卒們都停下了手裡的活計，轉身面向李清所在的方向，恭敬地向其行軍禮。

大笑聲中，李清翻身下馬，伸手挽起兩位大將，拍了拍過山風的肩頭，點點頭，沒有說什麼，轉身面對鄧鵬，指著港口裡的軍艦道：「怎麼樣？我的鄧大統領，還滿意麼？」

鄧鵬激動地道：「大帥，鄧鵬從沒有想過有生之年還能指揮如此強大的艦隊縱橫海上，劈波斬浪，這一切，全是大帥所賜，鄧某必不負大帥所望，定讓定州軍旗永遠飄揚於海上。」

「好！」李清讚賞地點點頭。

「一切都準備妥當了麼？」

「回大帥，後勤物資昨天便已裝船完畢，整裝待發，半個時辰之後，姜參將部將全部登船，我們便要揚帆起航了。」鄧鵬道。

「姜黑牛！」李清喊道。

站在過山風身後的姜黑牛一個大步跨到前面，躬身道：「大帥，黑牛在此！」

「此行任務你都明確了麼？」

「明白了！」

「你是前鋒，也是我們在向室韋人展示兵威，揚我大楚國力的第一炮，所以，你此行，其一是助茗煙完成平定室韋內亂，其二要讓室韋人對我們心生畏懼，為了達到這兩個目標，我給你配備了最好的鎧甲，最鋒利的兵器，你會讓我失望麼？」

「黑牛願拿腦袋擔保！」

李清哈哈一笑，「我要你腦袋甚麼？在過將軍的大部到達之前，你必須完成這兩個任務，我希望過將軍到達之日，就是我們與室韋聯軍出擊蔥嶺關的時間。」

「大帥請放心！末將一定能完成！」

「你們去吧！」李清揮揮手。

鄧鵬領著一干水師將領與姜黑牛一齊向李清行了一禮，轉身登船。號角聲響起，「伏波號」高大桅杆的刁斗上，信號兵拼命地揮舞起信號旗，向港口裡的船隻下達著一連串的命令。

李清站在碼頭上，看著「伏波號」樓船三層側舷上，一排排全副武裝的士兵森然而立，隨著「伏波號」緩緩駛離碼頭，港口中的船隻一隻接著一隻地離開了海陵，向遙遠的西方而去。

蒽嶺關，是草原蠻族賴以擋住他們眼中的野蠻人——室韋人的一道險要關口，室韋人與草原蠻族在數百年前爭奪草原的戰爭中失利，被逐到了這片窮山惡水之間，那場慘烈之極，為生存空間而拼死戰鬥的兩個民族都是傷亡慘重，室韋人固然敗逃，但蠻族也無力斬盡殺絕，於是在蒽嶺築起一座城，以此來抵擋室韋人的反撲。

如果讓大楚的任何一名將軍看到這座在室韋人眼中的險城，幾百年都無法攻破的城池，一定會當場笑倒在地，哪怕這數百年來，草原蠻族一直在對其進行加固，特別是到了巴雅爾時期，更是對其作了一番修飭，但他在見慣了險城雄城的大楚人眼中仍是不值一哂。

室韋人與蠻族一般，都是崇尚野戰，在馬上決勝負，對於守城攻城，基本上都是門外漢，蠻族在與大楚爭鬥多年之後，終於學到了一些淺薄的守城知識，便是依靠這些守城的技巧，他們便牢牢地鎖住了室韋人東進的道路。

室韋人所處的這片窮山惡水資源極其缺乏，一邊是汪洋大海，另外兩邊則是浩瀚大漠，中間狹窄的一片區域便是室韋人的地盤，為了生存，室韋各部落在數百年中不但聯合起來進攻蔥嶺關，也在自己內部展開弱肉強食，互相殘殺，幾百年的優勝劣汰之後，室韋只剩下比較大的三個部落：**蒙兀部，落坦部，達坦部。**

這三大部落中，尤其**又以蒙兀部最為強盛**，實力凌駕於落坦與達坦兩部總合之上，與草原蠻族出現了一個巴雅爾一樣，室韋人在這一代中也出現了一位英明的部落首領，蒙兀部的老王，幾十年的奮鬥之後，他將室韋統一整合在一起，形成了一個強大的政權，迫使巴雅爾將狼奔軍派到了蔥嶺關，以抵擋室韋人日益凶猛的進攻。

很可惜的是，天不假年，這位英明的老王突然離奇地死去，留下懸而未絕的王座，成了幾個兒子眼中的美味，人人都想座上那鑲金嵌玉的寶座。

誰坐上了蒙兀部的乞引莫咄賀（室韋人的首領稱呼）的位子，誰就將成為整個室韋人的王，而落坦部與達坦部的乞引莫咄賀，已明確表示在幾位繼承人的爭鬥中保持中立，不論是誰坐上蒙兀部乞引莫咄賀的位置，他們都將表示恭順。這更加劇了幾位繼承人之間的爭鬥。

當茗煙和她的隨從踏上這塊土地的時候，爭鬥的局面已呈白熱化，在幾位實力不濟的人相繼退出後，眾人的目光紛紛落在最後兩位爭奪者身上，老王的**大兒子札蘭圖**與**老四鐵尼格**兩個人的身上。

當茗煙看到室韋人的生存環境時，不由有些驚呆了，出生在富庶的大楚的她，從來沒有想到還有這麼貧窮與落後的地方。這還是一個以遊獵，游牧為生的人種，因為所處區域的狹小。

他們也發展起一些其他的生存方式來彌補游牧與遊獵的不足，靠海讓他們開始了捕魚，船是那種用整棵木料掏空了中心，所做成的勉強能稱之為漁船的東西，看到那些室韋人划著這種船出海捕魚，讓茗煙不禁擔心一個浪頭來便會將他們擊沉在海底。

也有一些農業耕種，主要是種植粟和麥。但由於嚴重缺乏鐵器，他們的耕種還處在非常原始的方式。看到這種狀況的茗煙，不由懷疑**這樣一個落後的民族能對大帥平定草原的大業有什麼助力？**

每年總會有一些船隻到這裡與室韋人交易，帶來室韋人需要的鹽，糧食，特別是鐵器，換走室韋人打來的珍貴動物的皮毛，或是從海裡撈起的珍珠等等。

每當有船隻到來的時候，總是這些室韋人最為歡樂的時候，因為這些大船能帶來他們極度缺乏的東西，而對方要的卻是他們根本不需要的東西，這對雙方來說都是皆大歡喜的事。

大船上陸續放下數艘小艇，不停地向岸上運輸著東西，今天，室韋人顯得非常地守規矩，因為他們尊貴的王子，老王的四兒子鐵尼格降貴紆尊，親自來到海邊，這也讓普通的室韋人非常奇怪，往年這些交易從來都沒有讓這樣級別的貴人來過。

匍伏在地上的室韋人偷偷地看著小艇向岸上運送著一口口的箱子和全副武裝的衛士，最後上岸的人更是讓他們眼前一亮，那是一個穿著雍容華貴，美豔不可方物的女子。

看到這個女子，鐵尼格眼前一亮，疾步走了上去，左手撫胸，彎腰道：「尊貴的天朝上國的客人，室韋鐵尼格歡迎你來到這裡。」

茗煙微微屈膝還了一禮，「尊貴的鐵尼格王子，大楚落難女子茗煙來此請求你的庇護，請不要拒絕一個弱女子發出的請求。」

鐵尼格眼中閃爍著喜悅的光芒，「這是我的義務，茗煙公主，鐵尼格已為你

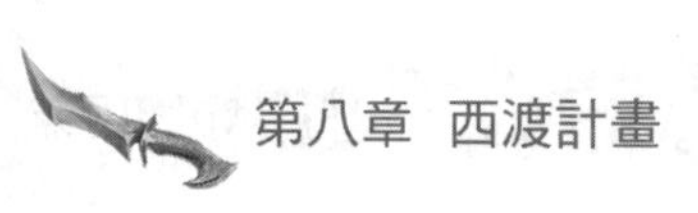

準備了最好的房子，最舒適的床榻，最可口的飯菜，足以讓你消除因長途跋涉而帶來的疲乏。」

看著大王子鐵尼格用最尊貴的禮節迎走了這個神秘的女子，海邊的室韋人都是驚訝不已，紛紛猜測這個神秘女子的身分。

看她的穿著，衛士身著精良的鎧甲，製作精良的腰刀，這些東西，即便是室韋貴人也不見得能擁有，而這些在室韋人眼中便是身分象徵的東西，居然隨隨便便地穿在這個女人的衛士的身上，可見這個女人的身分肯定貴重之極，而且**王子曾稱呼他為公主，難道是遙遠的天朝上國大楚的公主麼？**

統計調查司為茗煙安排的身分是大楚的公主，其爺爺輩因為企圖謀反而被誅殺滿門，只剩下她一位孤女在忠心衛士的保護下走脫，後來這位孤女長大，獲得了某位大楚邊疆重臣的幫助，因而得以西渡室韋避難，當然，這位邊疆重臣便是定州大帥李清了。

鐵尼格當然知道最近兩年聲名鵲起的李清，這是一個比自己小不了多少的年輕人，在不到兩年的時間裡，連續大勝室韋人最大的敵人蠻族，本著「敵人的敵人就是自己的朋友」這一原則，鐵尼格已是先入為主地將李清視為**潛在的盟友**，保護這位公主是小事，如果能與李清取得聯繫，從他那裡獲得幫助，對自己來說，可是了不得的大事。

只看李清能神不知鬼不覺地動用水師，將一位欽犯送到這裡來，便可知他的能力，既然能送人來，當然也能送其他的東西來。看著這位落難公主的衛士那身精良的裝備，鐵尼格便覺得心裡癢癢的。

蒙兀部落的所在地是一個兩山之間狹小的盆地，方圓數百里，是室韋人所佔有地盤中最為肥沃的一片土地，農業上的出產基本能滿足蒙兀部落的日常所需，這也是蒙兀部落的實力遠超其他兩部的根本原因所在，能很容易地填飽肚子，自然有精力去做更多其他的事。

鐵尼格所謂的最舒適的房子，也不過是一幢用巨石建造的房屋，簡陋的傢俱，最為原始的裝飾，看到那些掛在牆上，鐵尼格引以為傲的帶著血跡的鹿頭，茗煙不由有些作嘔。不過椅子上，床上，地上鋪著的銷好的珍貴獸皮，表明鐵尼格的確是用心在招持這位所謂的公主。

安頓下來的茗煙只用很短的時間，就讓鐵尼格死心塌地相信這位落難公主能為他帶來巨大的幫助，通過鄧鵬的水師，李清陸續為鐵尼格提供了一批定州淘汰下來的兵器，弓箭，這些武器為鐵尼格在擊敗幾位競爭對手時發揮了重大的作用，在他的一些兄弟們還在用角弓，骨箭的時候，鐵尼格的衛隊們已裝備上了鐵甲，鐵弓，清一色的鐵製兵器，輕而易舉地擊敗了幾位競爭者，從而正面對上了實力最為強大的兄長札蘭圖。

札蘭圖擁有蒙兀部落最強的實力，幾位被鐵尼格擊敗的競爭者也相繼投到了札蘭圖的麾下，這讓鐵尼格的日子難過了起來，現在的蒙兀部落，札蘭圖擁有三分之二的實力，而鐵尼格則勉強只能占到三分之一。

連續幾次的爭鬥都以鐵尼格的失敗而告終，眼看大局將定的落坦和達坦支持札蘭圖的意向日益明顯，這讓鐵尼格分外心焦，跑到茗煙這裡的次數也分外勤快起來，鐵尼格知道，自己的那幾個弟兄投降了大哥還會得到收容，而自己即便投降，大哥也不可能放過自己，如不能勝利，自己便只能是死路一條。

「放心吧！鐵尼格王子，**現在我們需要的只是時間**，用盡你的所能，**盡可能地拖延時間，時間越長，對我們越有利**，我已經向李清大帥發出了請求支援的請求，我想，用不了多久，你就會看到精銳的大楚士兵西渡室韋，這些裝備精良的士兵將會聚到你的麾下，將你的敵人殺得一乾二淨！」茗煙溫言細語地安慰著鐵尼格。

其實茗煙心裡也是焦心得很，通過統計調查司的情報系統，她也得知了定州在白登山失敗的消息，她不能肯定在這種情況下，定州還能不能抽調部隊西渡室韋。

好在她的疑慮在新年過後便煙消雲散，定州來人明確地告訴茗煙，定州的先頭部隊將於四月到達室韋人控制區，這讓茗煙鬆了口氣，更讓鐵尼格欣喜若狂。

當鄧鵬的龐大水師艦隊出現在海平線上時，鐵尼格與他的支持者們都是歡呼雀躍起來。開年過後，在茗煙的督促之下，鐵尼格動用了他所有能支配的資源，在海邊修建了一個簡易的碼頭，勉強能讓一艘五千料的大船靠岸，而這些行動都是在抵抗大哥札蘭圖的進攻中完成的，鐵尼格已經喪失了他的大部分領土，但他用盡了所有的力量保衛著海邊的這一片領地，將希望完全寄託在了定州援軍的身上。

鐵尼格明白，雖然自己竭力地封鎖消息，但札蘭圖肯定已知道了茗煙公主的消息，而對茗煙公主來說，無論是自己還是札蘭圖都能給她提供庇護，對於定州李清來說，支持自己和支持札蘭圖區別並不大。反正他需要的只是一支能打破蔥嶺關，從屁股後狠狠地戳巴雅爾屁股的軍隊。所以，在自己手裡還握有一定籌碼的時候，迎來援軍是不幸中的萬幸。

「伏波號」緩緩靠岸，巨大的船身讓岸邊的室韋人感到窒息，以前這樣的大船遠遠地停在海面上還不覺得它的威壓，但今天近在眼前的時候，才真正讓人感到它的龐大。

跳板放了下來，一隊隊士兵從「伏波號」上魚貫而出，姜黑牛臉色有些蒼白，深一腳淺一腳地從船上下到陸地上，猶自感到自己的身體還在一上一下地晃動，看看士兵們大都與自己一樣。

這一個月來，他的健銳營在海上可是吃足了苦頭，雖然已經在海陵作了一些適應性訓練，但真正到了海上，見識了海上的風浪之後，姜黑牛才明白，那些適應性訓練都是小兒科。

看到在滔天的巨浪中，自己眼中的巨舟如同玩具一樣的被拋上拋下，而那些打著赤腳的水師官兵兀自健步如飛地在甲板上操作風帆，固定器械，姜黑牛不由敬佩不已，這大概就是大帥所說的術業有專攻吧，要是自己，別說做事，便是想站穩也困難得很。

稍稍重新適應了一下踏上陸地的感覺，姜黑牛感到心裡踏實了不少，在厚實的土地上，才是自己的戰場，海上，就讓鄧鵬那些水裡蛟龍去做吧。

看到不遠處正向自己走過來的一位盛裝女子，姜黑牛心知那必然就是先期到達這裡的統計調查司的茗煙了，而與他並肩而行的一位青年男子，肯定便是鐵尼格了。

「定州李帥麾下參將姜黑牛，見過茗煙公主殿下！」姜黑牛單膝跪下，做足了禮節參拜茗煙。

「姜參將快快請起！」茗煙雙手虛扶道：「落難女子得李帥如此看重，實是茗煙的福分，更要感謝姜參將不遠萬里跨海而來，為茗煙排憂解難。」

姜黑牛站了起來，笑道：「不敢，李帥吩咐，黑牛此來，所有行動完全聽茗煙公主的指揮。這位是？」姜黑牛的目光轉向鐵尼格。

「這位便是室韋人未來的乞引莫咄賀，鐵尼格王子。」茗煙笑著介紹道。

「久仰大名！」姜黑牛抱拳行禮，「還要打擾王子殿下了，不知王子殿下可為我軍準備好了營地沒有？」

鐵尼格微笑點頭，看著正從船上魚貫而下的定州軍隊，雖然裝備精良，但怎麼都面色蒼白，踏上陸地之後東倒西歪，更有一些已是一屁股坐在地上，怎麼看也不像是一支精銳軍隊啊？

注意到鐵尼格的異樣，姜黑牛笑指著自己的部下，道：「王子殿下，末將的這些士卒都是陸上健將，在海上漂了一個月，可是吃足了苦頭，王子殿下容他們休息一日，明天您就會看到一支生龍活虎的軍隊了。」

鐵尼格笑道：「不敢，姜將軍，營地早就為貴軍準備好了，只是現在鐵尼格處境困難，營地裡很是簡陋。」

「無妨！」姜黑牛連連擺手，道：「只要有一塊地方便足夠了，其他的我們可以自己來！」說話間，「伏波號」已下完了人，緩緩離開碼頭，停在遠處的「劈波」「斬浪」開始依次靠攏過來。

碼頭上，健銳營的軍官們吹起尖銳的口哨，下船的士兵們迅速地擺好隊列，在軍官們的指揮下，由鐵尼格的嚮導引路，向不遠處專門為他們準備的軍營出發。

龐大的水師艦隊卸貨足足用了一天的時間，堆積如山的刀槍弓箭，蠍子炮，八牛弩，投石機，讓鐵尼格宛如身處寶山之中。

「公主殿下，這些東西能裝備一些給我的部隊麼？」他看向茗煙。後者的龐大物資器械讓鐵尼格不由有些傻眼。

茗煙笑道：「鐵尼格王子，這些都是屬於定州軍的，定州李大帥能應我的請求派出軍隊，已經讓我感激莫名了，這些東西，如果您想要，應當去向那位姜將軍請求，不過，我可以為你從中說合。」

「多謝公主！」鐵尼格感激地抱拳向茗煙行禮，從剛剛那位定州將軍對茗煙的恭敬態度上來看，他相信只要茗煙開口，那位將軍斷然不會拒絕的。

健銳營五千士兵到了自己的營地後，很快便在軍官的帶領下開始重新布置軍營，設置防務，這些日常工作在平常的訓練中早已是輕車熟路，做起來熟練之極。

到了落日時分，當水師卸貨完畢，大量的物資開始向軍營中運送之時，趕到這裡的鐵尼格基本上已經不認得這座營地是自己親自督造的，完全面目全非了，營地前，縱橫交錯的壕溝將地面分割成一塊一塊不相連的部分，只餘下一條寬約十數丈的通道正對著營地的大門，壕溝內插著亮閃閃的尖刀，拒馬，鹿角遍佈營前，幾座臨時搭起的哨樓上，閃著寒光的弩箭遙遙瞄準著任何一個隨意向大營靠近的人。

營地裡升起炊煙，健銳營開始埋鍋造飯，在姜黑牛的大帳中，他卻在一張鋪開的地圖上，研究起室韋人的勢力範圍，考慮即將開始的戰鬥。大帥的要求很明確，不但要幫助鐵尼格獲得這個撈什子的乞引莫咄賀，更要在這些室韋人中樹立起定州軍無敵的威勢。

仗要贏，還要贏得漂亮，而且必須在過將軍到來前完成，也就是說，留給自己的時間只有兩個月，兩個月後，過將軍的移山師到達，便要著手準備進攻蔥嶺關了，這是大帥對自己的信任，但也讓姜黑牛感到肩上的擔子很重。

蒙兀部控制著這片區域內最為富庶的盆地，在他們的周邊，便是尚且保持著中立的落坦部和達坦部落，鐵尼格王子的形勢其實已非常危急，他的勢力範圍已被壓縮到了沿海的一個狹長區域內，即將被逐出這片富庶的盆地，如果沒有定州軍的介入，可以說札蘭圖勝券在握。

看著地圖中那座象徵著蒙兀部落權力中樞的紅色小點，姜黑牛的手指狠狠地摁在上面，這個紅色小點是蒙兀部落的王庭所在……拉里城，現在已落到了札蘭圖的手中，姜黑牛決心直搗黃龍，直接進攻拉里城。

而要實現這一目標，首先便要取得落坦部和達坦部的支持，讓他們表明態度支持鐵尼格，從而分散札蘭圖的兵力，使拉里城變得空虛起來，只要自己佔領了拉里城，便可以將札蘭圖的勢力範圍從中一刀兩斷，截成兩個分散的區域，從而可以輕鬆地各個擊破。

對於鐵尼格的到訪，姜黑牛一點也不意外，武裝鐵尼格的部隊本就是計畫中的一環，不直接在碼頭上移交那些本就準備交給鐵尼格的裝備，只是為了將鐵尼格更牢地綁在定州軍的戰車上。

鐵尼格乘興而來，滿意而歸，姜黑牛答應首批武裝鐵尼格的部屬三千人，從武器到盔甲一應俱全，當然，如果鐵尼格的部隊在隨後的戰鬥中表現出了相應的戰鬥力，相信大帥會為他裝備更多的士兵。

鐵尼格離去，茗煙卻留了下來，她還要與姜黑牛商量一些具體的行動細節。

「姜參將，你真準備直搗黃龍麼？」茗煙看著姜黑牛，有些擔心，「札蘭圖手中的兵力如果完全集合起來的話，恐怕不會少於三萬人馬，而鐵尼格這邊連番大敗後，我看他最多能集合起萬把人的隊伍就不錯了，加上你的健銳營五千人，在軍力上明顯是處於下風啊！」

姜黑牛笑道：「茗煙小姐，大帥說過，**軍事從來都只是政治的延續**，我們定州軍大舉來此，便表明了我們的態度，想必落坦和達坦部落的人已經知道，如果茗煙小姐會同鐵尼格，能去拜訪一下這兩位首領，許一些讓他們不能拒絕的願，我想讓他們完全倒向我們不是不可能，他們二部倒向我們後，札蘭圖便不得不分兵提防他們，此時，他能集合起來對付我們的兵力便不足了，更何況，看看他們的裝備，完全還是原始的配備，如果這樣還不能將其一舉擊潰的話，那我姜黑牛真要抹脖子去了。」

茗煙嫣然一笑，「這些室韋人雖然裝備簡陋，但打起仗來那股悍勇之氣卻是讓人不敢小覷，我曾目睹鐵尼格與札蘭圖的兩場小規模的衝突，說實話，場面的血腥讓我一連好幾天都做惡夢。」

姜黑牛哈哈一笑，豪氣地道：「悍勇血性彌補不了武器上的巨大差距，茗煙小姐，讓我們用百發弩來將他們的悍勇完全打掉，讓他們以後一見我們定州軍便渾身發抖。」

「那好，既然將軍已下定決心，我明天便與鐵尼格去拜訪落坦、達坦兩位部落首領。」

拉里城。

札蘭圖很憤怒，今天得到的消息讓他坐立不安，遙遠的大楚，那個傳說中的富庶無比的國家悍然地介入到室韋人的王位爭鬥戰中，可惜的是，他們支持的不是自己，而是弟弟鐵尼格，而且很明顯，落坦部落與達坦部落也知道了這個消息，原本派來與自己商量在他登上大位後的二部的利益使者，忽然語焉不詳起來，剛剛更是聽到這兩部的使者已連夜離去了。

對於那個遙遠的國度，札蘭圖並不清楚，只知道他們很富有，很強大，這從鐵尼格那裡便可以得到驗證。

在自己與鐵尼格爭端初起的時期，鐵尼格只零星地得到他們的一些武器供應，但就是這些武器，便給自己的部隊造成了巨大的傷害，雖然自己的實力比鐵尼格強過太多，但現在大楚軍隊進入，勝負已不可預期。

「大王子，勝負就在朝夕之間了。」蒙兀部的薩滿莫霍憂心忡忡地看著暴怒的札蘭圖，「如果我們不能儘快地解決掉鐵尼格，一旦拖延下來，大楚的軍隊會源源不斷地湧入室韋人的地盤，到那時，不但您的位置不保，便是我們室韋也將不會存在了！鐵尼格已投入了他們的懷抱，他只看到大楚人能幫他登上乞引莫咄賀的位置，卻沒有看到大楚人同樣對我們室韋也是虎視眈眈啊！」

「薩滿大人，依你說，我們應該怎麼辦？」札蘭圖道。

「根據我獲得的情報，今天剛登陸的那批大楚軍隊明顯不適應海上的風浪，現在是他們最虛弱的時候，如果我們此時大膽出擊，將他們殲滅，則大勢已定。」

札蘭圖靠在虎皮交椅上，猶豫道：「薩滿大人，我也明白這一點，但是我擔心，我們如果殲滅這股大楚軍隊，惹惱了遠方的那個巨人的話，他們源源不斷地派來大軍，那我們就大難臨頭了。」

莫霍搖頭道：「不用擔心這個，大王子，據我所知，支持鐵尼格的是定州邊軍統帥李清，他為什麼要支持鐵尼格，無非就是想鐵尼格登上乞引莫咄賀的位子之後，率領我們室韋人進攻蔥嶺關，分擔他與蠻族作戰的壓力。**鐵尼格能做到這**

一點，我們難道不能做到嗎？我們先拖垮他這批部隊，讓李清知道，我們的力量比鐵尼格要強得多，這時，我相信李清肯定會改弦易轍，轉而支持我們，至於這些被消滅的士兵，你認為在李清這樣的人的眼中，又算得了什麼呢？」

聽了莫霍的一番話，札蘭圖不由興奮起來，「薩滿大人，你有這個把握？這些大楚軍隊裝備精良，遠非我們能比，我們有把握打垮他們嗎？」

莫霍笑道：「軍事上的東西我不懂，但我知道，這些大楚人現在是最虛弱的時候，拖的時間越長，他們就越強壯，如果我們將拳頭捏起來，以迅雷不及掩耳之勢砸過去，我相信他們一定擋不住。只要我們打勝一仗，即便不能完全消滅這支部隊，也能讓落坦部和達坦部重新倒向我們，而此時我們再派出使者與對方交涉，鐵尼格答應的條件我們也完全可以答應，如此，大事定矣！」

啪的一聲，札蘭圖一拍桌子，「薩滿大人說得有道理，便是這樣，明天我就集結軍隊，全力進攻，至於落坦和達坦，哼，我料定他們只會在一邊看熱鬧，如果這一仗我打輸了，他們自然會落井下石，但如果我贏了，他們便會毫不猶豫地支持我。」

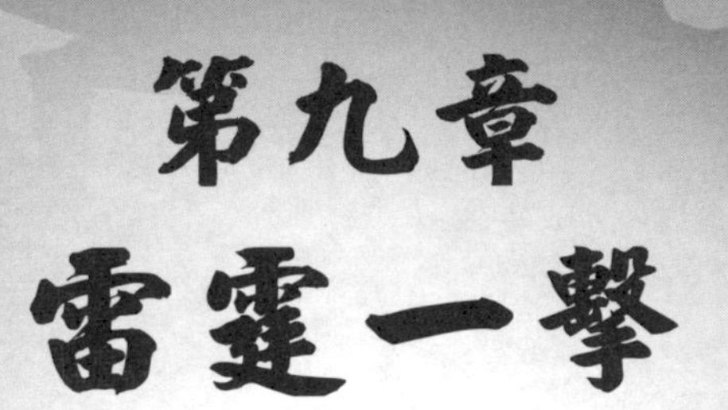

第九章 雷霆一擊

「你們三人輪番帶隊出擊，每次帶上一到兩千人，但回來就不必這麼多了，等我們湊足了三千人的隊伍，便對這裡實施雷霆一擊。」虎赫一拳擊在案上，震得上面的東西都跳了起來。

「虎帥高明！」三人都豎起了大拇指。

天濛濛亮時，健銳營中響起了悠長的號角聲，一隊隊的士兵全副武裝從帳篷裡鑽出來，準備開始他們一天中的第一場訓練，雖然在海上漂泊了一月之久，大部分的士兵極不適應，但在海陵的訓練還是起了作用，經過一夜的休息，絕大部分的士兵已恢復過來，精神抖擻地挺立在隊伍中。

姜黑牛與普通士兵一樣，每天都照樣早課，一身短打裝扮的他提了一柄大刀，正準備下令開始早練的時候，一匹奔馬狂奔到營地門口，一人飛身下馬，向著營門口的哨兵亮出腰牌，大聲道：

「統計調查司外情署特勤，有急事晉見姜參將！」

姜黑牛看完這名外勤署的特勤送來的急件，笑著搖著手裡情報，「這個札蘭圖時機還是抓得挺準的啊，可惜我們要讓他失望了，本來還想讓大家好好休息一下再去教訓他，現在看來札蘭圖已是迫不及待了，好啊，那就這樣，讓札蘭圖見識一下現代戰爭是怎樣打的吧！」

身邊的將領們都是大笑起來。

「傳令全軍集結，準備戰鬥！」

健銳營這架戰爭機器隨著姜黑牛的一聲令下，緊急而有序地運作了起來。

作為王啟年天雷營的老部下，姜黑牛深諳以步破騎的要領，健銳營也是以步卒為主，只是配備了一個側翼掩護的騎兵翼，但他們的裝備卻是極為精良，李清為了確保第二戰場的順利開闢，優先將最好的兵甲武器裝配給了這個先鋒營，整個健銳營便如同一架鋼鐵怪獸一般，簇擁著無數的器械湧出了營盤，向戰場開拔。

札蘭圖集結了他所有的三萬軍隊，完全不管落坦和達坦會不會襲擊他的側翼，他只想一舉擊潰遠道而來的大楚軍隊，打垮了他們，則其他的都不會是問題。

他預先設定了戰場，此時，他的三萬軍隊居高臨下地看著遠處，自己的兄弟鐵尼格的部隊，眼睛微微地瞇了起來。

中間那鐵尼格飄揚的大旗下，**那一片深黑色讓他緊緊地咬住了嘴脣**，室韋人資源極其缺乏，絕大數的士兵連皮甲都不能配備，自己三萬人馬中，配上鐵甲的不過千餘人，而眼下對面，鐵尼格的軍隊中，全身鐵甲的士兵不下三千人，這肯定是那些可惡的大楚人為他裝備的。

札蘭圖怒火中燒，等自己擊敗了鐵尼格，大楚人也會求著自己，主動地來為自己裝備部隊的。

遠處一片黑色的洪流迅速靠近，鐵尼格部大聲歡呼起來，那是健銳營在迅速地接近戰場，看到那一片鋼鐵洪流，札蘭圖不由倒吸了一口涼氣，這支部隊即便是一名普通士兵，也渾身籠罩在鐵甲之中，臉部也被鐵甲遮得嚴嚴實實，使他們整個看起來便像是一個移動的鐵塊。

「那些走在最前面的鐵箱子是什麼？」札蘭圖指著一個個步兵方陣前方，裝在車上隆隆推進的東西，問莫霍道。

莫霍搖搖頭，「不知道，也許這是大楚人的武器。」

姜黑牛看著遠處札蘭圖那斑駁不一的軍隊，搖搖頭，對傳令兵道：「給鐵尼格發信號，讓他讓出正面戰場，準備出擊側翼，正面交給我們了。」

隨著鐵尼格的部隊緩緩向側移動，札蘭圖的眼睛又眯了起來，這是赤裸裸地蔑視，對方要以五千之眾硬捍他三萬騎兵，大怒之下的他陰沉地看著對方那一個個整整齊齊的小方陣，道：

「大楚人，今天便讓你見識到室韋人的悍勇和不怕死亡的決心。」

「全軍進攻！」

隨著札蘭圖一聲令下，洪流一般的騎兵在廣闊的戰場上奔騰起來，猶如一波又一波的洪水，捲向不遠處的健銳營。

姜黑牛看著席捲而來的騎兵，笑道：「難怪大帥一定要將室韋人拖到這場戰爭中來，看他們控馬的技巧，果真是不輸於草原蠻族啊，一品弓準備，仰射，十發連擊！」

黑色的洪流之中，一片箭雨在崩的一聲鬆弦之下衝天而起，飛到高點，猛的落下，毫無阻礙地鑽進缺乏防護的室韋騎兵身上，帶起一蓬蓬血花，一片片的人栽下馬來，將衝鋒的隊伍中掃出大片大片的空白。

「百發弩，準備！」姜黑牛下達命令。讓紅部代善與虎赫吃了大虧的百發弩再一次露出猙獰的面目。

密集的箭雨橫掃整個戰場，沒有盔甲保護的士兵往往被百發弩洞穿之後再射進身後同伴的身體，如同割韭菜一般，將室韋騎兵一排排地掃下馬來。

姜黑牛將騎揮動，一個個小方陣迅速奔跑起來，眨眼之間便匯合成一個龐大的方陣，槍矛如林，在哨音中，邁著整齊的步子向前緩緩推進。

發射完畢的百發弩迅速後退，早有技師抱著一個個的匣子，將弩箭再一次裝填進百發弩櫃中。被抑制住衝鋒勢頭的騎兵迅即被定州步卒切入，分割，殲滅。

兩者之間裝備上的差距在此時便顯現了出來，一刀下去，定州兵只稍微偏一下，讓這些刀斜斜砍下，更在盔甲上留下一道痕跡，對士兵不造成任何傷害；但騎兵只要中了一刀一槍，便立即失去了戰鬥力。

更可怖的是，這些步卒居然也裝備了手弩，在手弩強力的突襲下，騎兵們一個個地倒栽下馬，根本無法發揮騎兵的優勢。

札蘭圖驚呆了，鐵尼格驚呆了，他們所信仰的戰鬥方式在這些大楚軍隊面前如此不堪，還沒有接觸到對方的士兵，已經損失如此嚴重，戰場上，橫七豎八躺倒著無數的士兵屍體和馬屍。

當第一波攻擊結束，定州軍的陣形重新形成，那些百發弩再一次地出現在步卒的前方時，札蘭圖的軍隊終於失去了戰鬥的意志，發一聲喊，撥馬便向回逃。戰鼓聲隆隆響起，步兵方陣邁著整齊的步伐向前步步推進。而側翼，興奮的鐵尼格指揮著他的騎兵，切進了札蘭圖的側翼。

姜黑牛微微搖頭，慨嘆道：「大帥說得真對，打仗就是打的銀子啊，像我們這樣一陣狂射，每一支箭出去，可都是差不多幾錢銀子，這些士兵的盔甲，哪一副不要幾十兩銀子，還有這瞬息間便射出去的數萬支箭，嘖嘖，窮人還真是打不起仗啊！」

用**兵敗如山倒**來形容札蘭圖此時的狀況一點也不為過，被定州健銳營正大光明地在正面戰場上擊敗，**悍勇和血性眨眼之間便被對方的強弓利弩擊得粉碎，只剩下了驚惶與恐懼**。鐵尼格乘勢自脅部切入，健銳營穩步推進，頃刻之間，**札蘭圖的三萬大軍便成了滿山奔跑的羔羊**。

而一直在觀望局勢的落坦部落與達坦部落此時的行動也快捷了起來，兩部盡起精銳，四面攔截札蘭圖的敗兵，最後除了札蘭圖帶領著少數心腹手下狼狽逃走之外，整個蒙兀部落已完全落入了鐵尼格的手心。

在健銳營的護送下，鐵尼格踏進了拉里城，坐上了象徵著最高權力的那把虎皮大椅，正式成為室韋部落的乞引莫咄賀。

健銳營一戰便確立了定州軍的赫赫威名，現在所有的室韋人看到定州軍的士兵，臉上都是不由自主地露出畏懼的神色，而健銳營的營塞四周，根本看不到一個室韋人。

鐵尼格開始整合室韋部，伴隨著這種整合的，大都是血腥的清洗，姜黑牛不願意捲進這樣的事件中去，撤兵回到海邊的營寨，在這裡，他指揮著健銳營和一批室韋民夫，開始整修擴建碼頭。

又是一個風和日麗的晴天，姜黑牛舒服地盤坐在一塊大礁石上，看著一波波的海浪湧來，打在礁石上，高高濺飛的白色浪花在陽光的映照下，反射著七彩的光芒，遠處，室韋人那種很特別的小船，箭一般地在海上竄行，船後拖著的魚網裡不時有魚兒掙扎地蹦噠幾下，姜黑牛饒有興味地打量著這種小船，速度可真快啊！

茗煙臉色蒼白地走了過來，自顧自地在礁石上鋪了一塊錦帕，坐了下來，雙手托腮，看著風起雲湧的海浪，默不作聲。

「你可是有著公主的身分，這樣坐在這裡和我說話，是會被人說閒話的！」姜黑牛開玩笑地道。

茗煙嘆了口氣：「任務已基本完成了，這公主身分還有什麼緊要的！再說了，這四周哪裡不是我們定州軍，有什麼好顧忌的。」

看她心情不好，姜黑牛奇怪地道：「你不是去拉里城協助那個鐵尼格整合室韋部麼，怎麼今天有空到我這裡來了？」

茗煙看著大海，道：「我受不了了，所以到這邊來散散心，黑牛，我在那些室韋人中，感覺自己像是處在一群野獸中一般。」

姜黑牛嚇了一跳，「這是什麼意思？茗煙，他們可是我們的盟友，你這樣評價他們，傳到他們耳中可不好。」

「你知道他們是怎麼對付札蘭圖的麼？」茗煙道。

「抓到札蘭圖了？」

茗煙不自然地笑了笑，「幾個室韋人為了一百頭羊和十頭牛的賞格，將躲避在他們那裡的札蘭圖綁起來送到了拉里城。」

「這是很正常的事啊，你不知道，一百頭羊和十頭牛對窮人來說，是一筆不得了的大錢，想當初，我家便連一頭牛也買不起！」姜黑牛感慨道。

茗煙搖頭，「我不是說這些人出賣札蘭圖，而是說鐵尼格對付他兄長的手段讓人不寒而慄。」

姜黑牛訝道：「這有什麼好奇怪的，鐵尼格自然要一刀砍翻札蘭圖，反之，鐵尼格落到札蘭圖的手中，還不是一樣的下場。」

茗煙苦笑了一笑，「哪有這麼簡單，鐵尼格將札蘭圖的一些心腹部將和他的家人都綁了來，脫得赤條條的，活生生地將人扔進大鍋裡烹熟了，然後撈起來淋上佐料，分給自己的部將和士兵們，他居然逼著札蘭圖吃自己兒子的肉！」

茗煙臉色蒼白，說到這裡，一手捂住嘴，不停地乾嘔起來。

姜黑牛張大了嘴，直愣愣地看著茗煙，不敢相信這是真的。**這還算是人嗎？**

「最後札蘭圖被鐵尼格親手砍斷四肢，就這樣仍在野地裡，慘嗥了幾個時辰才死去，拉里城中，人人面無人色。」

姜黑牛砰地一拳擊在礁石上，「這鐵尼格看起來彬彬有禮，居然如此禽獸不如，我……」一霍地站了起來，但旋即又洩了氣，一屁股坐在礁石上，不停地喘著粗氣。

茗煙看著潮起潮落，幽幽地道：「我不知道大帥**為了消滅一頭餓虎，是不是**

又引進了一隻更貪婪的惡狼？」

姜黑牛磨著牙道：「餓虎勢力大了，不得不引進這條惡狼，但餓虎一死，惡狼還用留著嗎？!」

茗煙震驚地看著姜黑牛，不知道這是他的意思，還是定州李帥的意思？

看著茗煙的神情，姜黑牛不好意思地一笑，「這是我瞎想的，你別想多了，我就是聽了你的話，心裡驚得慌，你想，巴雅爾的蠻族雖然凶殘，但也沒有聽說過吃人啊？這些室韋人比蠻族還要野蠻，如果擊敗了蠻族，卻又讓這些室韋人佔據了草原，也許現在他們無比恭順，但說不定哪一天，他們覺得有實力跟我們叫板的時候，便會露出獠牙的，所以，還是趁他們羽翼未豐之際斬草除根的好！」

茗煙看著姜黑牛，有些驚異於他的變化。姜黑牛並沒有讀過多少書，是在加入大帥的親衛營後，方才開始認字寫字，所以哪裡談得上什麼見識，但是一旦讓他撥開了擋在他面前的那層薄紗，他的才華便不可抑制地源源而出。

茗煙在這一點上非常佩服李清的識人功夫，無論是過山風也好，姜黑牛也好，都是李清一手提拔起來，現在兩人也都成長為獨當一面的大將，姜黑牛總有一天也會一飛沖天。

被茗煙看得有些不好意思的姜黑牛，不自然地說：「茗煙姑娘，莫非我臉上開了花不成？」

茗煙噗哧一笑，道：「你說得也有道理，但這不是我們能做主的事，還是交給大帥去煩心吧，對了，你說我們現在還在不停地武裝室韋人，這不是為老虎裝上翅膀嗎？」

姜黑牛搖搖頭道：「打仗固然是要武器鋒利，但還有很多其他的因素在內，我們武裝室韋人，是為了他們能在接下來對蠻族的戰爭中發揮巨大的作用，如果真有那麼一天，我們要對他們動手的話，你想一想，遠離故土的室韋人，後勤、情報，一切都依靠我們，便算給他們最好的武器又能怎樣？餓他們三天，老虎也變成一隻病貓啦！」

鐵尼格恐怕做夢也沒有想到，剛剛幫助他登上乞引莫咄賀的最大的兩個助力，居然在一個風和日麗的天氣下，坐在海邊的礁石上討論著以後要怎麼收拾他。而他，此刻正興奮地派出使者來邀請茗煙與姜黑牛參加他的就位大典。

蔥嶺關。

現在的元武帝國的正青旗旗主，巴達瑪寧布站在蔥嶺關上，看著這一片窮山惡水，心頭一陣悲哀，自己和青部不知要守到何年何月才是盡頭啊。

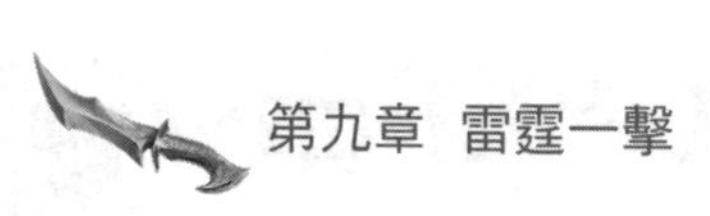

父親在出發前突然遇刺，讓這幾年多災多難的青部更是雪上加霜，到底是定州李清還是巴雅爾遣人刺殺了自己的父親，隨著那幾個刺客的自毀容顏已成了無頭公案。

雖然定州在幾天後大吹大擂這是定州抗擊蠻族的又一偉大勝利，但現在的巴達瑪寧布已不相信這些表面上的東西，**李清的確有很多的理由要幹掉自己的父親，但巴雅爾同樣也有。**

年輕的他擔負著十數萬青部部民的生存，這讓他感到呼吸都有些困難，黃部換防時，帶走了這裡一切能帶走的東西，留給他的只是一座空城，可惡的伯顏！巴雅爾的忠實走狗。巴達瑪布在心裡恨恨地罵著。

將十數萬部民在這片窮山惡水安頓下來不是件容易的事，幸虧青部這些年還算頗有家底，一個多月的忙碌之後，青部終於穩住了陣腳，算是在這裡安下了家。

也直到這個時候，巴達瑪寧布才有閒心派出探子出關，去探聽有關室韋人的消息，畢竟自己駐紮在這裡，最大的敵人便是這些室韋蠻子，雖然以他們的裝備和戰力，想攻破蔥嶺關純屬癡心妄想，但小心無大錯。

這一個多月來，青部與黃部忙著換防，對室韋人發生的驚天動地的大事居然毫無所覺。此時，定州軍已幫助鐵尼格統一了室韋，整頓大軍已是蓄勢待發；在海上，過山風的移山師一萬五千人正在遮天蔽日的船隊護送下，源源不絕地西渡著，當大戰一觸即發之時，巴達瑪寧布還站在空蕩蕩的城牆上大發著感慨。

四月，正是草長鶯飛的時節，節節拔高的牧草生意盎然，隨著微風翩翩起舞，小動物們在草間快活地奔跑，空中的鷹隼們睜大銳利的眼睛，搜索著自己的目標，時而俯衝而下，在緊臨牧草的瞬間一掠而過，繼續著自己的捕食過程。

不出李清所料，巴雅爾果然派出了自己最得力的大將虎赫兵臨上林里，在距上林里城五十里左右紮下大營，站在上林里城頭上的呂大臨，看著遠處隱隱可見的虎赫大營的旗杆，嘴角噙著冷笑。

定州已做好了戰爭準備，上林里也是萬事俱備，延伸出去的圍屋與上林里主城、衛堡已構成了一個完整的防禦體系，最周邊的圍屋已經放棄，所有的武裝屯民都向內收縮，現在臨近上林里的圍屋裡，每一幢都大約集中了上百名武裝屯民，每間圍屋的樓頂，都有大約十餘架強弩。

流過上林里的小河被呂大臨強行挖開河道，生生地讓小河拐了一個大彎，繞著上林里的防禦體系轉了一個半圓，形成一道天然的護城河，雖然冬季這條小河經常性的斷流，但一到春夏，這條河便奔騰呼嘯起來，攻打上林里的軍隊想要渡過這條河，首先便必須拿人命來填。

不怕你來打！呂大臨在心裡冷笑。

虎赫根本沒有攻打上林里的打算，現在鋪在他的大案上的，便是上林里的防禦圖紙，雖然只是從外觀上大致地描繪出了上林里的防禦體系，但虎赫憑著多年的征戰經驗，便知道上林里絕不是可以輕易打下來的。用人命去填麼？姑且不說能不能打下，便是能，自己也萬萬捨不得用狼奔去填這個無底洞。

上一次攻打撫遠要塞，蠻族已經見識過了撫遠那種新型要塞的威力，幾百人駐守的城堡數千人攻打，付出了極大的代價也沒有完全佔領，最後還是敵人主動放棄，而現在，定州已為這場戰爭準備了足足一年的時間，可以想像在這座防禦體系中，有多少威力極大的武器正在瞄準著自己的兒郎。

「呂大臨想要我去攻打，但我絕不會給他這個機會，如果他敢與我出城野戰，我倒是樂意奉陪，但要我去強行攻打這種堅城，那我可是敬謝不敏。」虎赫對他的手下大將們道。

與定州有過多次交鋒的諾其阿，虎赫的兒子安普，巴雅爾的長子納吉，都笑了起來，「大帥想必已是胸有成竹了。」

納吉道：「大帥，我們屯兵於此，但一直不出兵也沒有道理，不知大帥有何謀算？」

虎赫點點頭道：「現在已是兵臨城下，但如果長期不打一仗，對士氣可不是什麼好事，所以對上林里，我們是大打沒有，小打麼，可就要天天不斷了。你們來看！」

眾人都圍了上來，虎赫手指指著一道被描黑的粗線，道：

「這是上林里直通撫遠的馳道，上林里所需的軍械物資都從這條馳道運送，我們的打擊目標便是這條馳道，派出小股部隊，每天去騷擾，去消滅任何在這條馳道上行動的任何人。」

諾其阿沉思片刻道：「大帥，上林里想必對這場戰爭早有準備，物資貯備一定非常充足，一兩次打擊自然可以奏效，但次數多了，可就是白費力氣，得不償失了。」

虎赫狡黠地一笑，「打擊馳道自然不能持久，不論是上林里還是撫遠，都會派出部隊來與我們的部隊作戰，而我們大隊人馬也不可能插進上林里與撫遠之間，但是，我打擊馳道是**醉翁之意不在酒**，你們想想看，**我的真正目標是哪裡？**」

眾人的目光注視著地圖，在地圖上搜索著虎赫想要打擊的目標。

半晌，諾其阿眼前一亮，驚道：「大帥，原來你是想……」手指重重地指在一個地方。

虎赫哈哈大笑起來，「你們三人輪番帶隊出擊，每次帶上一到兩千人，但回來就不必這麼多了，等我們湊足了三千人的隊伍，便對這裡實施雷霆一擊。」

虎赫重重地一拳擊在案上，震得上面的東西都跳了起來。

「虎帥高明！」三人都豎起了大拇指。

虎赫狼奔出兵上林里，對上林里的數萬定州兵形成牽制，而巴雅爾的主攻方向卻是放在定遠威遠一線，正黃旗伯顏，正紅旗富森，正藍旗肅順，約八萬精兵，再加上龍嘯軍的二萬精銳，共十萬人壓向定威一線，由正黃旗的伯顏統一指揮，而巴雅爾坐鎮王庭，居中調配，供應物資，巴雅爾這一次是下定了決心，集整個草原之力，力求一戰之下佔領定州，打通進攻中原的道路。

而定州方面，卻是採取以前的戰略，以定遠、威遠、鎮遠三座要塞，形成一道防禦鏈，每座要塞內駐軍五千，這三座要塞不需要出塞作戰，只要穩守要塞不失，李清給他們的指令便是，要像大海中那些頑強的礁石一般，不管海浪有多大，都得穩穩地矗立在那裡，讓蠻族的大軍不能揮軍直入。

而定州軍的主力啟年師則在沙河鎮布置第二道防線，**這道防線才是真正抵禦**

蠻族入侵定州的關鍵所在，沙河鎮已成了一座軍事堡壘，雖然這裡並沒有構築要塞，但三萬精銳部隊便如一座大山擋在蠻族進攻定州城的道路上，想要長驅直入，即便不管身後的三座要塞，也必須先將其拿下。

重建的旋風營和常勝營作為機動兵力，由李清親自統率，視戰場情況隨時投入作戰。

而在沙河鎮，戰前的最後一次會議正在召開，定州的將領雲集於此，旋風營參將姜奎，常勝營參將王琰，定遠守將獨臂關興龍，震遠守將趙力，威遠守將黃威，再加上啟年師一眾高級將領，臨時議事廳中被擠得滿滿的。

「各位！」李清掃視著下首的各位將領：「這一次草原蠻子傾盡全力，想畢其功於一役，與我定州作殊死之鬥，這一天，想必各位也等了很久吧！」

帳下眾將轟的一聲笑了起來，氣氛很是輕鬆，這讓李清很滿意，草原與定州從力量對比上來講，還是草原佔據上風，定威一線，李清竭盡全力也只能維持五萬兵力，這還是在定州城幾乎空虛的情況下，龐大的定州城只留下了馮國的磐石營一個營五千人的兵力防守。

但定州卻有著一個巨大的優勢，那就是依城作戰，所謂攻城之戰，五倍圍之，十倍攻之，三座要塞裡雖然兵力都只有五千，但以蠻族的攻城水準，幾乎沒

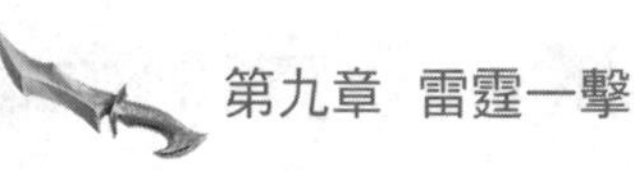

有拿下來的可能，更何況他們在攻打這些要塞的時候，還必須時時分出一隻眼睛來盯著沙河鎮的定州大軍。如果拋開這三座要塞，直撲沙河鎮，他們又不得不擔心這三座要塞襲擊他們的後勤，襲擊他們的糧道。

「蠻兵兵勢雖猛，但我們卻有**主場優勢**，更何況，**時間是站在我們這一邊的**。」李清雙手虛按，示意眾將保持平靜，「這兩年來，我們持續對草原保持著打壓之勢，不斷地將定州邊境的蠻子驅向草原深處，對草原實行了嚴厲的物資禁運，所以，巴雅爾在後勤上壓力是很大的，這場仗得得越久，勝利的天平便會向我們定州傾斜得更厲害。今天在這裡，我還要向眾將宣布一個消息。」

李清賣了個關子，看著眾將，稍稍停頓一下才道：「大家一定很奇怪，這一次的軍力部署，過山風將軍的移山師哪裡去了？」

除了極少數定州的核心人物，過山風的去處的確是個謎，前段時間神龍一現，在草甸狠狠地挖了虎赫一塊肉，轉眼之間又不知去了哪裡。

「過山風率領他的移山師西渡室韋，聯合室韋人將從草原的屁股後面發動強大的進攻，當我們這邊打響之後，草原蠻子的後院也將起火，**我們兩面夾攻，在今年將草原蠻子徹底平定！**」李清大手用力向下一斬，大聲道。

轟的一聲，帳內頓時亂了起來，眾將又驚又喜，巴雅爾將幾乎所有的草原精銳押到定州邊境，後方必然空虛，如果這時候有一支勁旅出現在蠻子的後方，對方顧此失彼，如此之下，大勝可期。

「當然，過山風聯合室韋人進攻，不可能在短時間內便發揮作用，所以在戰爭的前期，便靠我們在座的各位抵擋住蠻子的強攻，將他們死死地拖住，不斷地消磨他們的兵力和銳氣。關興龍！」

獨臂的關興龍霍地站了起來：「大帥！」

「你的定遠要塞在這次大戰中首當其衝，你可有信心守住？」李清問。

關興龍呵呵一笑，「大帥，野戰末將還真不敢打包票，但只是守住要塞，定遠五千守軍綽綽有餘。」

「很好，各位，你們要做的，便是守住你們的要塞，保證糧道暢通，物資供應不缺，將由旋風營和常勝營擔任，姜參將、王參將！」

姜奎和王琰同時站了起來。

「你們二營將是我們定州的機動兵力，要準備隨時支援任何出現危險的地方，還要清剿小股侵入後方的蠻子。」

「是，大帥！」

「各將安守本位，只需做好你們自己分內之事，那我們勝利可期。」

當軍議結束，各將紛紛上馬，奔回自己的崗位的時候，李清轉身對身邊的尚海波道：「尚先生，定州城就交給你與路大人，所有的後勤統籌，安置後遷的百姓，千頭萬緒，你們要多費心了。」

尚海波笑道：「大帥放心作戰吧，後方軍事上有我，民事上有老路，一定會讓大帥舒舒服服的，我二人只候佳音了。」

李清一笑，「這一仗，只怕要打不少日子，但願當今年過年，我們能漂亮地結束這場戰爭！」

相較於重兵屯集的定威一線，上林里戰線反而率先爆發，小規模的衝突不斷加劇，在虎赫大營與上林里之間方圓五十里的土地上，斥候間的相互絞殺已到了白熱化的程度，幾天下來，斥候營損失數百名精銳士卒，而虎赫的狼奔軍損失人數也不在此數目之下。

「呂將軍，如此大的無謂損耗完全是沒有必要的。」斥候營參將劉樂找到呂大臨。

一連幾天，出去的斥候能完好無損回來的極少，這讓他心疼不已，這些都是上林里的精銳啊，既然定州軍的整體作戰是防守，那麼在這區區五十里的範圍內，完全沒有必要讓精銳的士兵去做這種亡命搏殺。

「劉將軍！」呂大臨嚴肅地看著心急火燎的劉樂，「你損失了數百名士兵，那狼奔軍呢？」

「呂將軍，狼奔軍的損失絕對不會低於這個數目。」劉樂昂起頭，要說安慰，這算是唯一能給他帶來一點安慰的地方了。

「既然雙方損耗差不多，為什麼虎赫依然不斷地派出斥候？難道他死的就不是精銳麼？」

「這……」劉樂不由語塞。

「守城最忌悶守，圍城也最忌悶困，虎赫現在擺出的就是圍城的架式，只不過他是只是正面的威脅而已，他如果不為士兵找點刺激，長久下去，士兵們必然生起厭戰心理，而我們也是一樣，面對強敵，一味龜縮不出，只能讓我們的士兵士氣日益下降，所以，劉參將，你的犧牲是值得的，不管你斥候營死多少人，我這裡便給你補多少。」呂大臨道。

「是，呂將軍！」劉樂怏怏退走，大將軍發了話，那麼這場殘酷的絞殺戰就還要持續下去。

「死蠻子，你要打，老子就奉陪！」劉樂在心裡恨道，他決定擴大出城斥候的規模，每百人一隊，「要來就來點狠的！」

劉樂知道，隊伍規模越大，定州兵反而越佔便宜，因為定州兵在裝備上，即便是巴雅爾的核心力量狼奔與龍嘯也是瞠乎其後的。

隨著雙方在兵力上的增加，定州兵開始占據優勢，而狼奔則避免與定州斥候隊正面接觸，而是拉開了架式，長途奔襲上林里與撫遠之間的馳道，呼嘯而來，一觸即走。

劉樂絞盡腦汁地想堵住這些狼奔斥候，但十次裡成功不了一到兩次，即便堵住，對方也是絕不戀戰，一沾即走，有時往往付出扔掉後衛的代價也絕不與定州兵熬戰。

這種打法讓劉樂驕傲地自認為打擊了對方的囂張氣焰時，也有些迷惑不解，**狼奔軍不應是怯戰之師，為什麼會這樣呢？**

虎赫似乎在拖延時間，而呂大臨更想拖延時間，雙方主將倒似一拍即合，雖然小部隊之間打得如火如荼，但雙方的大部隊卻極為默契地都按兵不動。

十數天之後，虎赫吩咐納吉道：「納吉，是時候了，你出發吧，給我將李清的匠師營滅了。」

納吉興奮地道：「虎帥放心，這一次我們出其不意，一定會大獲全勝。」

虎赫道：「不要大意，這次的戰鬥便勝在一個快字，這十幾天裡，我們聚沙成塔，悄悄地隱藏了三千虎賁，繞過撫遠要塞，直奔設在撫遠的匠師營，你要以迅雷不及掩耳之勢，將李清的武器生產基地燒成一片白地，打下匠師營不是難題，那裡基本上沒有定州的正規軍，但回來的路上卻是險阻重重，不論是撫遠楊一刀的選鋒營，還是上林里的呂大臨，都會派出軍隊阻截你，你要小心。」

納吉重重地點點頭，「虎帥，我明白的，快去快回，絕不戀戰。」

這十幾天裡，虎赫利用小股部隊的絞殺，大隊出，小隊回，在上林里和撫遠之間的空白地段悄悄地隱藏了數千騎兵，就是準備實施這雷霆一擊，給定州造成無可挽回的損失。

虎赫非常有信心，從呂大臨的反應上來看，對方完全沒有察覺到自己的小動作。

定州，統計調查司。

清風從堆積如山的案卷中抬起頭來，臉上掩飾不住的疲憊之色，戰事一觸即發，統計調查司裡的每個人都是忙得連軸轉，雖然李清準備設立軍情調查司，但由於軍情司的人選遲遲沒有決定下來，這一塊現在仍然是清風在負責，現在大戰在即，忙碌可想而知。

紀思塵匆匆地跑了過來，雖然知道清風司長已是一夜未睡，但紀思塵覺得手裡的這幾份情報太過重要，他只能跑來找清風。

現在紀思塵已經接替肖永雄，擔任策劃分析署的署長，想不到他居然如魚得水，他的能力也不是肖永雄能比擬的，不但見多識廣，而且由於長期處於統治階層的高端，對於很多事情比清風看得還要透澈，分析得更加明瞭，這也讓清風更加地器重他。

上一次尚海波提議由紀思塵擔任新成立的軍情調查司司長，與清風分庭抗力，將紀思塵嚇得半死，幸虧清風不吃尚海波這一套，依然委以重任，這讓紀思塵感激涕零，心裡也將尚海波恨得夠嗆。

在陰謀詭計中打滾了大半輩子的紀思塵當然知道，尚海波的提議可不是對自己施恩，而是一箭雙鵰之策，自己與他無怨無仇，憑什麼這樣暗算自己，將自己架在火堆上烤?!這也就是清風心裡明白，換一個主子，只怕立馬便會收拾了自己。

「思塵，出了什麼事？」清風看到匆匆趕來的紀思塵問道。伸手揉揉掛著兩個黑眼圈的眼睛，拍拍臉頰，讓自己更清醒一些，站起來大大地伸了個懶腰。

「司長，你瞧瞧這幾份情報，我覺得很有問題。」

清風接過紀思塵手裡的卷宗，看到上面有些地方畫了重點，不由衝紀思塵讚賞地點點頭。

看完情報，清風在屋裡來回踱了幾圈，問道：「你認為這裡面有問題？」

紀思塵道：「不錯，這裡面肯定有貓膩，你瞧，這幾份情報裡明確地標注了狼奔軍出軍的數目以及返回的數目，但與上林里的軍報相對照，便能發現這數目不對！」

清風返回桌邊，翻出上林里發回來的軍報，兩相對照，臉上不由一驚，馬上明白紀思塵想說什麼：「你認為虎赫出多回少，悄悄地集結了一支軍隊在上林里與撫遠之間？」

紀思塵點頭道：「我是這麼認為，只是不知道他們的目的是什麼？襲擊撫遠？不可能，這點人馬根本不可能造成威脅！奔襲定州，那更不可能，虎赫究竟想幹什麼呢？」

清風閉目凝思，虎赫此舉，蓄謀已久，如果他想要打擊什麼，那一定是定州的軟肋，而**在這塊區域，定州的軟肋在哪裡呢？**

上林里，撫遠，匠師營，宜陵鐵礦……清風在嘴裡念著，對了，匠師營！清風的臉色刷地白了，對方的目標一定是**撫遠的匠師營**！她一把抓起情報，大步地向外奔去。

「司長，你去哪裡？」紀思塵大叫道。

「我去找尚海波！」清風疾步如飛，鍾靜亦跟著清風疾步而去。

「你確認你沒有搞錯？」尚海波手有些發抖，看著清風，疑惑地道：「前線的呂大臨居然一點察覺也沒有？」

清風盯著尚海波，道：「絕對沒有搞錯，就算我搞錯了，這種事情，寧可信其有，不可信其無，尚參軍，將軍不在，你是定州主持大局的人，現在怎麼辦？」

尚海波長長地吐了一口氣，思索片刻道：「立即傳令撫遠楊一刀，即刻增援匠師營，力爭將這股敵人找出來消滅掉。」

清風盯著尚海波瞧了半晌，忽地笑道：「尚參軍，你如此做，這支蠻子很可能看到風聲不對，轉身便逃，我們什麼也撈不到。」

「你想幹什麼？」尚海波瞪起眼睛，「匠師營事關重大，出不得半點紕漏。」

清風冷笑道：「虎赫能將這樣一支軍隊隱藏起來，不用說，這支軍隊一定是他精銳中的精銳，他既然鑽進了我們肚子裡，又被我們察覺，我們憑什麼不吃掉他，將他消化掉?!」

「我難道不想吃掉他嗎？但我從哪裡調兵去，定州城裡的磐石營是萬萬動不得的。」

清風思索片刻，微笑道：「匠師營裡重型器械比比皆是，只要事前準備妥當，然後將對方引誘過來，抵擋住對方的攻擊，讓對方打不進去，而此時楊一刀封住他的退路，咱們在撫遠便可以吃了這一股敵人。」

尚海波吃了一驚，「難道依靠那些匠師？」

「這些匠師操作這些器械，只怕比軍中的士卒更加精擅。」

「不行，這太冒險了，我不能同意！」尚海波斷然拒絕。

清風看了一眼尚海波，「尚軍師，這是千載難逢的機會，敵人對我們一無所知，而我們卻對他們的行動瞭若指掌，還有比這更好的機會嗎？你若不放心，我親自去匠師營。」

「你？」尚海波吃了一驚。

「不錯，我率領統計調查司的行動署去匠師營組織防守，行動署的戰鬥力想必你也很清楚，守住匠師營完全沒有問題。」

尚海波搖頭道：「兵無常勢，世上沒有完全保險的事情，兵凶戰危，說不定便有什麼危險，你去，萬一出了什麼岔子，我怎麼向大帥交代？」

清風嫣然一笑，「尚海波，如果我死了，你不是正好稱心麼！就這樣說定了，我馬上出發，你快馬通知楊一刀吧，如果你真想我死，不妨讓信使晚一點出發。」

看到飄然而去的清風，尚海波恨恨地一跺腳，「唯女子與小人難養也，來人啊！」

納吉是巴雅爾的長子，一直以來，都在虎赫的狼奔軍中效力，與狼奔軍中的另一員大將豪格一向並稱狼奔雙英，不過由於他身分貴重，在狼奔軍中一直便是虎赫之下第一人。至於諾其阿，在狼奔軍中反而是一個外來者，遠不及納吉與豪格一向便在狼奔軍中東征西討。

巴雅爾登基稱帝，納吉嫡長子的身分一下子更加顯貴起來，但納吉很清楚，一直待在父親龍嘯軍的幾個弟弟，每一個都不是省油的燈，父親當了皇帝，而他定下的皇位繼承制又明確承諾了立賢不立長，這讓納吉很有一種危機感。

虎赫當然知道納吉的心思，對於這個侄子一般的王子，虎赫一向是愛護有加，虎赫也清楚巴雅爾還是傾向於納吉的，否則就不會讓他一直待在狼奔軍中，自己老後，狼奔軍自然要交給納吉，而巴雅爾將諾其阿派來，更是大有深意。

諾其阿一直便是龍嘯軍中的驍將，在龍嘯軍中有很高的威望，將他調任狼奔，就是為納吉創造一個結交他的機會，到了一定的時候，諾其阿重返龍嘯，必定會手握大權，加上納吉從自己手中接過的狼奔，他的位置將無可動搖。

當然，納吉也必須要有顯赫的功績讓眾人心服口服，所以虎赫費盡心機麻痺了呂大臨，創造了這樣一個絕好的戰機後，馬上便想到了納吉。孤軍深入，直搗敵人軍方重地，重創定州的武器生產基地，這一功勞，絲毫不亞於臨陣斬將。

孤軍深入，危險當然是有的，對於這一點，虎赫嗤之以鼻，一名優秀的將軍，哪一個不是從屍山血海中爬出來的，他相信納吉的能力，也相信這一次絕對不會有什麼大的危險，最大的可能便是在回程中遭到攔截，但自己也作了相應的布置，至少呂大臨的上林里駐軍不可能大規模出動，至於撫遠楊一刀的選鋒營，虎赫知道，那是一群新兵蛋子，而且以步卒為主，兩條腿想趕上四條腿，那是笑話，讓他們在馬屁股後面吃灰去吧。

雖然深信定州方面對於這一次的行動毫無所覺，但納吉還是小心翼翼地派出斥候在隊伍四周游弋，一旦發現定州方面的斥候，務必要將其全部攔截下來。

但讓納吉吃驚的是，一天下來，他連一個當兵的影子都沒有看到，三千鐵騎居然暢通無阻地在撫遠狂飆直進，第二天中午的時候，他終於看到匠師營那龐大的營地，高高的煙囪。

「定州人當真狂妄自大，居然以為憑藉著上林里和撫遠兩座堡壘，就可以將我們完全攔在外面，在內裡居然毫不設防，當真是天要將其滅亡，必先使其瘋狂，兒郎們，準備衝鋒吧！」

騎在馬上，看到匠師營周邊的那個小集鎮裡居然還是人影幢幢，納吉臉上不由露出了微笑，幾年前，李清突襲安骨，將安骨殺得雞犬不留，三十年風水輪流轉，這一次輪到我們來偷襲你了，匠師營，我也要將你殺得雞犬不留！納吉在心裡道。

「衝鋒！」隨著納吉的命令，三千鐵騎席捲而來，隱隱聽到對面報警的號角聲淒厲地響起，小鎮裡兵荒馬亂，人流四處亂奔。

匠師營。

端坐在哨樓上的清風看著奔湧而至的草原鐵騎，笑顧身邊的任如雲和鍾靜道：「天要將其滅亡，必先使其瘋狂，這個納吉，傳聞也是草原名將，不過如此，一天之內，深入撫遠如此之深，連一個定州斥候也沒有碰到，他當真以為我們定州人都是豬麼？哼，這個楊一刀還是婦人之仁，露出如此大的破綻，要是換了諾其阿或是虎赫，必會看出這其中的問題，那我們這一次的精心策劃可就落了空了。」

任如雲臉上冒著汗，神情卻有些亢奮，聽到清風批評楊一刀，不由道：「楊將軍也是不願將手下精銳的斥候白白地送去讓他們殺啊！好在這納吉白癡一般，還是上當了。」

清風冷笑道：「這一次是成功了，但楊一刀還是這般的話，終究成不了一代名將，慈不掌兵，枉費了將軍對他的一片栽培。幾十個斥候的死亡和殲滅數千蠻子精銳這筆帳，難道他算不過來嗎？」

任如雲不敢再替楊一刀辯護，小聲道：「司長，您還是去後面安全的地方吧，這裡已布置妥當，有我在此督戰，你儘管放心吧！」

清風仰起臉，神色堅定，「不，我就在這裡看著，看著這些蠻子一個個死在我的面前。鍾靜，行動署的人布署好了麼？」

「小姐，每個重要的位置上都放上了一隊行動署的精悍人員，已全部到位。」鍾靜一手提著鐵盾，一手提著長刀，大聲道。

「很好，任大人的手下雖然精擅操作器械，但白刃格鬥卻不是他們所長，而且這些匠師都是將軍的寶貝，要是死得多了，將軍會不高興的。」清風道。

聽到清風如此形容自己這些匠師，任如雲臉上露出一絲苦笑，不過他也承認清風說的是事實，匠師營裡匠師上萬，其中一大批力氣是有一把的，但卻從沒有接受過正規的軍事訓練，曾經協助王啟年在宜安用百發弩擊敗紅部的任如雲知道，兩軍交戰可不是一群蠻漢打架，光有力氣那是不成的。

昨天深夜，清風趕到後，立即接管了匠師營的最高權力，將匠師營的守衛和他的行動署總共算得正規軍的五百人整編成五個小隊，分配到匠師營的各個要點上，再將匠師營裡年輕力壯的匠師組織起來，整編成隊，每隊配備了一名軍官。好在匠師營裡盔甲武器多的是，將武庫打開，將他們武裝起來，不知內情的人，一看這一片黑壓壓裝備精良的傢伙，還真以為這是一群訓練有素的軍隊。

而其餘的技師則將匠師營裡打製完畢的大型器械迅速組裝起來，若要論起對這些器械的操作熟練程度，這些技師比起軍隊裡的士卒那是強了一個檔次。

陷阱早已布置妥當，就等著納吉義無反顧地一腳踩進來。現在，納吉已經來了，清風嘴角噙著冷笑，對於蠻子，她恨不得將他們一個個殺得精光，能看到蠻子渾身浴血倒在她的面前，於她而言，便是莫大的喜悅。

一身白衣素裙的她端坐在高高的哨樓上，在她的前面，一架改裝過的八牛弩正在幾個技師的熟練操作中搭箭上弦，這種八牛弩其實與大楚傳統的八牛弩有了很大的不同，改動最大的地方，便是一次可以同時上四支長箭，雖然說是箭，但在清風看來，那箭便跟長矛也相差不大。

鍾靜則警覺地提盾拿刀，衛護在她的身邊。

納吉的三千鐵騎洪流一般地衝進了匠師營前的小鎮，想要攻擊匠師營，必須要經過這座小鎮，讓納吉驚訝的是，先前還看到的慌亂的人群，此時已是蹤影不見，居然空蕩蕩的看不到一個人。

「跑得倒快！」納吉冷哼道，不過這樣也好，雖然不能殺人洩憤，但也節省了時間，可以直接攻擊匠師營了。

三千騎兵在小鎮裡開始整頓隊形，在他們看來，匠師營那並不算高的圍牆，根本算不上什麼障礙，一些騎兵找來一根根巨木，用繩索拴好，幾名騎兵一個牽著一個繩頭，準備借助衝鋒時的馬力來擊打圍牆和大門。

匠師營內響起隆隆的戰鼓，納吉殘忍地道：「進攻！」拖著巨木的騎兵開始擢動馬匹，小跑起來。

幾塊巨石從天而降，落在小鎮上，「投石機！」納吉眼角收縮，這是對方在測試射距。

「進攻！」他拔出刀來，率先向前衝鋒。

耳邊忽地傳來一陣天崩地裂般的巨響，納吉抬頭看時，一片火紅完全佔據了他的視野，從匠師營射出來的不是石頭，而是一個個燃燒著的火團。

「不好！」納吉心裡忽然閃起一個念頭。

火團砸了下來，有的砸在街道上，有的砸在馬隊中，將馬上的騎士打下馬來，更多的火團是直接砸破了小鎮上屋頂，落在了密密麻麻的屋裡，在眾人有些茫然的眼光中，小鎮各處突然冒起熊熊火光，大火一起便無法收拾，以奇怪的速度開始在小鎮上蔓延，很快，突入小鎮上的騎兵們便身處火海。

匠師營裡的投石機還在不停地向外投擲，這一次卻是一些落地就碎的瓦罐瓷瓶之類的東西，落在地上便破裂開來，流出來的東西卻讓每個蠻族騎兵大驚失色，都是些油脂之類的易燃物，一旦沾上一點火星，便騰地一聲冒起熊熊火光。

納吉心裡一片冰涼，這所有的東西是對方早就準備好的，先前自己看到的都是假象，是對方特意做給自己看的，這時的他，終於明白為什麼在撫遠境內跑了一天，居然沒有發現半個對方的斥候了。

「撤兵，撤兵！」他大吼道。

「大王子，撤不了了，我們的後面全都是火！」一名親衛大喊道。

納吉回身望去，他們的身後，完全被熊熊的火光所淹沒，來不及躲避的騎兵們慘叫著身陷火海，和他們的馬匹一齊在火中慘叫，掙扎。原本整齊的隊形現在已完全亂成了一團。

「向前，進攻，想要活命，就打破匠師營！」納吉狂吼道。

第十章
巾幗不讓鬚眉

「清風司長雖是女流，但卻巾幗不讓鬚眉，戰場慘烈，箭如雨下，但清風司長穩坐哨臺，鼓舞士氣，以不足五百兵員和一群從沒有受過軍事訓練的匠師，擊敗三千狼奔精銳，這其中的運籌帷幄，實在是讓人佩服之極。」

匠師營石壘的院牆上是不能站人的，除了幾座哨樓上的士兵，牆內的匠師營匠師們將攻城車一架架地推出來，高大的攻城車第二層已堪堪與院牆平齊，第三層已是高出甚多，匠師們站在攻城車上，操作著強弩與長弓，向牆外的蠻兵射擊，牆外後無退路，前有阻截的蠻兵亡命地衝擊著院牆，在馬上彎弓搭箭，向攻城車上和哨樓上的定州人射擊，不時有人慘叫著從攻城車上掉落下來。

坐在哨樓上的清風紋絲不動，外面熊熊大火將他的臉孔映得一片緋紅，不時有冷箭射向哨樓，身邊的鍾靜提著盾牌將箭支一一擋下，哨樓上的八牛弩帶著嘯聲射出，被大火逼得擠成一團的蠻兵，被強勁的八牛弩一射，便是如糖葫蘆般的倒下一串。

清風絲毫沒有指望楊一刀能按時趕到，**她不能肯定尚海波會不會借刀殺人**，所以當她來到匠師營後，所有的一切布置都是為了獨立地消滅偷襲這裡的蠻兵，將外面生活區裡所有的人員全都撤到匠師營內，在街道上，房屋裡遍設易燃之物，將蠻兵誘進小鎮後，立即便舉火焚燒，斷其後路。

看著院牆內已密密麻麻地排成整密隊形的匠師，再看看外面已是七零八落的蠻族騎兵，清風臉上露出一絲笑容，納吉，今天便是你的死忌，這裡的蠻兵沒有一個人可以活命。

牆外的蠻兵已沒有退路，後面是步步迫近的大火，而牆內的投石機還在不斷地投擲著油脂，大火映紅了天空，一股股燒肉的味道在空氣中蔓延。

「衝垮圍牆！」沒有退路的蠻兵們紅著眼睛，拖著巨木一次一次地擊打著圍牆，終於，在轟隆一聲巨響之後，石壘的圍牆被撞塌了十幾丈長，靠近這一段院牆的好幾輛攻城車登時被撞塌，慘叫著跌落下來。蠻兵們歡呼著從這一缺口裡蜂湧而入。

納吉來不及喜悅，因為他的喜悅被飛蝗般撲來的弩箭生生地澆滅在心頭，牆內早已準備好的百發弩向著這一段缺口密集攢射，衝進去的騎兵們連人帶馬，身上密密麻麻地插滿了箭支，如同刺蝟一般。

前面的蠻兵倒下，後面的蠻兵還在不停地湧入，因為身後的大火已是愈燒愈近，那帶著燒肉味的大火比弩箭更加讓人恐懼。

一批批的湧進，一批批的倒下，頃刻之間，那十幾丈的缺口已被人馬的屍體填滿。

楊一刀心急如焚，接到尚海波的八百里加急命令後，他率領著麾下一千名騎兵先行，步卒隨後跟上，離著匠師營還有十數里地時，看到匠師營那邊沖天而起的大火，一顆心更是提到了嗓子眼上，**那邊能不能頂住？**

匠師營裡的圍牆一段段地被擊垮，越來越多的蠻兵開始衝進牆內，百發弩發射數次之後，終於開始告罄，再也來不及填裝弩箭，技師們急急地拖著百發弩後退，在長臂弓的平射當中，步卒們排著密集的陣形，開始向前挺進。

這些由技師們組成的軍隊沒有受過任何的作戰訓練，只能依靠人數的優勢，鎧甲的精良，用人海戰術淹沒對方。

納吉看著身邊的騎兵，眼下已去了近一半人，看到對面那黑壓壓的一片鐵甲步卒，心裡充滿苦澀，**原本以為是手到擒來的一大功勞，如今卻是踏入死亡深淵的第一步，今日再也無法生離此地了。**

對方既然在這裡布下圈套，可想而知，即便自己衝出了這裡，在外面只怕早有伏兵在等著自己，更何況，他看了看身後的大火，嘴角牽了一下，也不可能衝出去了。

抱著一絲希望的部下們正鼓起勇氣向對面整裝部卒發起衝擊，但納吉知道，**失敗將無可避免**，沒有衝鋒速度的騎兵面對著嚴陣以待的甲卒，面對著那長長的鋒利的長矛，**結局早已註定**，更何況，他看到在步卒的身後，那恐怖的百發弩已開始裝填弩箭了。

事實也正如同納吉所看到的那樣，雖然匠師營的匠師沒有受過任何的軍事訓練，但他們有的是力氣，有的是精良的鎧甲，鋒利的武器，大家夥兒緊緊地擠在一起，將本就不大的戰場填得滿滿的。

後無退路的蠻族騎兵被無數的步卒擠得動彈不得，絕望地揮動著戰馬胡亂劈砍，除非砍到要害，否則很難一刀致命，而那些胡亂攢刺的長矛卻根本讓人無法招架。

匠師們沒有什麼軍事素養，他們勝在人多，有的戳人，有的刺馬，一個接一個的騎兵被連人帶馬戳翻在地，被從場地上迅速地清空。

納吉眼中的神采慢慢消失，變得有些空洞，任由戰馬在戰場上逡巡，完全不管手下騎兵們正在前赴後繼地拼死廝殺，結局已不可逆轉，一切努力只不過是垂死前的掙扎了。

他抬頭看到不遠處的哨樓上，一個白衣麗人正站在哨樓的邊上，雙手緊緊地抓住欄杆，臉上帶著仇恨，帶著譏誚，正冷冷地看著他。

統計調查司司長清風！納吉恍然大悟！

定州的重要人物，在草原都有他們的畫像，**想不到虎帥精心策劃的攻勢，瞞過了呂大臨，瞞過了楊一刀，卻栽在這樣一個女人手裡。**

納吉心裡一股恨意不可扼制地升了起來，**殺了她！**一個聲音在他的心裡叫喊起來，兩腿一夾馬腹，催動馬匹，讓戰馬加速，同時手上夾上了三支長箭，挽弓上弦，弦響三聲，連珠箭發。

鍾靜一直在小心地警戒著，當納吉向這邊奔跑時，她已提高了警覺，當一道黑線猛的出現在她的眼簾時，鍾靜心中一抖，好快的箭！盾牌一舉，擋在清風的身前，噹噹噹連續三聲，鍾靜手臂發麻，虎口劇震，盾牌已是被震飛。

眼見對方又是連珠三箭，大叫一聲，顧不得別的，一手抓住清風，合身一撞，將清風撞倒在地，將她壓在身下，不待爬起來，大聲下令：「殺了他！」

看到清風倒地，哨樓上的士兵們無不魂飛魄散，數支八牛弩同時對準了納吉，十數支長弩同時射出。

納吉來不及看到他的戰果了，他只來得及揮動手裡的長弓去擊打長弩，但八牛弩的力量豈是人力能夠抗衡的，雖然他用盡了全身的力氣，也只是讓長弩稍微偏轉了一下，仍是閃電般地扎進了他的身體，緊接著，八牛弩箭將納吉連人帶馬生生地釘在地上，長弩穿透過人體和馬，讓納吉雖然已死透了卻沒有倒下，和戰馬一起被架在當地。

納吉身死，蠻騎戰意頓消，開始四散奔逃，更有的不顧大火熊熊，縱馬躍入大火。

清風好整以暇地從地上爬了起來，整理了一下衣服，看了看大局以定的戰場，冷冷地下令，「統統都殺了，一個不留。」

楊一刀趕到戰場的時候，戰鬥已基本結束了，匠師們正拖來水龍，撲滅外面的大火，更多的匠師在收拾戰場，將死難的同伴用白布裹好，整齊地放在一起，受傷的同伴則趕緊抬走救治，至於蠻騎，則一堆堆地堆在一起。

楊一刀緩緩地走進匠師營，看到慘烈的戰場，有些目瞪口呆，他已是拼命地兼程趕來，想不到戰事在他到來之前便結束了。

看到被長弩架在戰場中央的納吉的屍體，他不由一陣心旌神搖。再看向哨樓上長裙飄飄的清風，立即翻身下馬，疾走到哨樓下，抱拳躬身道：「楊一刀見過清風司長。」

清風俯身向下，居高臨下地看著楊一刀，嬌笑道：「一刀，你還是來晚了，戰鬥結束了。三千蠻兵無一走脫。」

楊一刀微笑道：「賀喜司長，算無遺策，一戰功成，滅殺巴雅爾長子納吉，為我定州立下大功，大漲定州士氣。一刀本來想翼附司長身後，也撿一些戰功，想不到緊趕慢趕，還是沒有撈著，司長的手可也太快了些。」

清風呵呵笑了起來，「納吉麼？一刀，將這個傢伙的屍體收拾一下，送到上林里前線去，讓呂大臨還給虎赫，我倒真想看看不可一世的虎赫看到納吉的屍體時，臉上有什麼表情，哈哈哈！」

虎赫設下計謀，險些讓李清殞落在白登山，清風一直懷恨在心。

殲滅來犯的蠻騎，清風收拾了納吉的屍首，在楊一刀的陪同下向著上林里進發，而被破壞得一片狼藉的匠師營生活區及推倒的圍牆，自有任如雲去處理。

早已得到消息的呂大臨如坐針氈，數千騎兵突襲匠師營，著實讓他出了一身冷汗，好在統計調查司及時發現了對方這一行動，事先準備，反而將一件大大的壞事變成了好事。

當聽到飛騎趕來報信的斥候報告已盡殲潛入的蠻騎，陣斬賊酋納吉的時候，呂大臨終於放下心來。

虎赫，這一次讓你偷雞不著蝕把米，看你怎麼向巴雅爾交代！呂大臨的臉上露出笑容，**如果這一失敗能讓虎赫失去理智，那就更好了！**

狼奔軍中軍大帳，死一般的沉寂，一眾將領垂首而立，都是臉有戚色，潛入撫遠偷襲失敗的消息已經傳來，上林里主城上懸掛著的一排排首級，讓所有的將領怒火中燒，大王子鐵定已經凶多吉少了。

對於這一次的失敗，眾人都是不明所以，很明顯，上林里的定州守將呂大臨已完全被迷惑了，探子也沒有發現撫遠有出兵的跡象，那在匠師營那邊殲滅納吉三千鐵騎的部隊是從哪裡鑽出來的？**那可是狼奔軍的精銳啊，怎麼可能全軍覆滅，一個也沒有逃回來？**

虎赫靠在虎皮交椅上，閉著眼一言不發，自從上林里懸掛著那一個個的首級，虎赫便這樣靠在那裡，精神一下子似乎全垮了，整個人看起來也似乎老了好幾歲，原本不顯眼的皺紋此時看起來分外醒目。

「虎帥，發動大軍，強攻上林里，給大王子復仇啊！」豪格一步跨了出來，噗通一聲跪倒在大帳中央，聲淚俱下。

「虎帥，出兵，血債血償，攻破上林里，雞犬不留！」眾多的將領一齊跪倒在虎赫面前。

虎赫慢慢地睜開了雙眼，看了一眼帳下跪倒的將領，臉上肌肉抽搐了一下，很輕很輕，又像是在自言自語地道：「將不因怒興兵，這一戰，是我敗了，輸得無話可說。諾其阿，給陛下的信送出去了麼？」

諾其阿向前膝行一步，抬首道：「虎帥，清晨便已送出，料想最快今夜，最遲明天便可以得到回信了。」

改變。

虎赫點點頭，「我已向陛下請罪，你們先都下去吧，我要好好地靜一靜！」眾將心有不甘地站起來，大家都知道虎赫的性格，一旦做出決定，便不會作改變。

正當將領們準備出帳的時候，一名狼奔軍低級軍官疾奔而來，向上首的虎赫行了一禮，道：「虎帥，上林里那邊來人了，送來了一副棺柩，說是大王子的。」

虎赫霍地站了起來，帳中的將領們都嗡地一聲叫出了聲，如果說先前大家心裡都還抱有一絲幻想的話，現在所有的想法都已破滅，能讓定州這樣大張旗鼓地將屍體送還回來的，**除了大王子，還能有誰**？眾人的目光一齊轉向虎赫。

虎赫的身體晃了晃，險些摔倒，臉也變得蒼白起來，雙手據著虎案，久久不願出聲。

「虎帥，定州殺了人，還送回屍首示威，要將這些定州人全都殺了給王子陪葬！」豪格目露凶光，惡狠狠地道。一時之間，帳中眾將一齊附和。

諾其阿張著嘴，看著帳內群情激奮，只得將到了嘴邊的話又咽了回去。

「住嘴！」虎赫用力地一擂大案，砰的一聲，帳內眾將嚇了一跳，從來沒有看到虎赫發過如此大的脾氣。

「你們想幹什麼？定州人將大王子的遺體送還，不論是何用意，我們都要承這個情，納吉是光榮戰死的，對方將他的遺體送還，說明還是很尊重他的，你們難道想納吉的腦袋也高高地懸掛在上林里城頭麼？我們這一仗的確是輸了，輸得無話可說，難道你們還要將臉面也輸出去嗎？」

虎赫喝罵完，一甩袖子，大步走出帳去，眾將面面相覷片刻，也一一跟了出去。

狼奔軍大營外，一行十餘人騎在馬上，隨行的一輛馬拉板車上，拖著一副棺木，為首一人長袖飄飄，赫然是統計調查司策劃分析署的署長紀思塵。

看到虎赫親自出迎，紀思塵微微動容，翻身上馬，向前走了幾步，迎著虎赫抱拳一禮，「定州紀思塵，見過虎帥大人！」

「你認得我？」

虎赫看著這個手無縛雞之力的書生，在千軍萬馬之前仍是一副從容的神態，不由暗嘆大楚果真人才輩出，便是這樣一個名聲不顯的人，在自己面前也是一副不卑不亢的神情。

「你膽子很大，難道就不怕我憤怒之下，一刀殺了你麼？」

紀思塵灑然一笑，道：「兩軍交戰，生死各安天命，我們將納吉王子遺體送還，是對虎帥表示尊重，對納吉王子的慷慨赴死表示欽佩，要知道，他本來是可以投降以求活命的，如果虎帥要殺我的話，那您也就不配是鼎鼎大名的虎帥了。」

虎赫冷笑了一下，「你倒是看得起我？」

紀思塵笑道：「虎帥威名，我們定州上下都清楚得很，李大帥也曾說過，虎帥是我們定州平定草原的第一敵人，排名尚在巴雅爾大汗之上。」

虎赫嘿嘿一笑，不置可否，紀思塵這話中的挑撥之意太過於明顯，他懶得回應。

「納吉王子的遺體已經送還，紀某這就告辭了！」紀思塵抱拳一揖，便待轉身離去。

「且慢，我有一事相詢！」虎赫忽然開口道。

紀思塵略感詫異，「虎帥請講！」

「我偷襲匠師營，已經瞞過了呂大臨與撫遠楊一刀，這兩地都沒有出兵，你們定州哪裡還來的兵在匠師營設伏？你們是怎麼看破我這一策的？」

紀思塵哈哈一笑，「虎帥太小瞧我們定州了，不瞞虎帥說，殲滅納吉王子一戰，定州正規軍沒有出動一兵一卒，僅僅是我定州統計調查司清風司長一人坐鎮指揮，所轄之部不過五百餘守衛外加匠師營的匠師。」

虎赫眼光收縮，「就是如此？能否詳細講講當時的情況？」

紀思塵點點頭：「果然如此，來時司長曾告訴我，如果虎帥相詢，不妨直言相告！想不到虎帥真有此一問。」當下將匠師營的戰鬥詳情事無巨細，一一講與虎赫。

聽完戰況，虎赫一動不動呆了半晌，方點頭道：「清風司長，一個弱質女子當真是好手段，好，我記住她了！」

紀思塵笑道：「清風司長說，如果虎帥問起這一戰的詳況，可以告訴他，同時還有一句話囑我贈奉虎帥。」

「什麼話？」

「區區草原蠻子，也敢同我煌煌大楚玩弄心計，不要班門弄斧了，還是明刀明槍，與我定州兒郎一較勝負吧！再有如此大禮送上，清風當仁不讓，必將一一笑納！」雖是轉述清風的話，但紀思塵臉上的不屑，仍是一望無遺。

嗆啷啷一片拔刀聲，一眾將領大怒欲狂，紛紛拔刀出鞘，只等虎赫一聲令下，便要將這個大言不慚的定州使臣斬成肉醬。

虎赫臉上陰晴不定，看著紀思塵，揮手道：「你走吧，轉告清風司長，棋尚未開盤，虎某雖有小挫，但不礙大局，總得至終盤之時，方可明瞭誰勝誰負，此時得意忘形，未免得意太早了！」

看著紀思塵一行人消失在視野中，虎赫古井不波的臉上終於露出了悲傷之色，步履艱難地走到馬車前，揮手道：「開棺！」

棺蓋緩緩移開，納吉死不瞑目的屍體呈現在虎赫的眼前，身上那數個酒杯粗細的創口觸目驚心，血早已流乾，看著那雙瞪目怒視的眼睛，虎赫的眼中終於落下淚來，伸出手去，替納吉合上雙目，道：

「送王子回營，全軍舉哀！」

狼奔軍所有的旗幟，將士們的頭盔上都纏上了白布，三軍舉哀，為納吉舉行葬禮，上林里呂大臨再三窺視，本想打一次襲擊，但虎赫防範甚嚴，終是無隙可乘。

與狼奔軍大營的三軍皆哀不一樣，上林里卻是一片歡騰，大戰尚未開啟，便已取得如此大捷，怎麼能不鼓舞人心，這一次斬殺的可不是完顏不魯那樣級別的人物，即便是青部貴人哈寧壽也無法與之相比，那是新成立的元武帝國皇帝的長子，放在大楚，那就是太子殿下了。

呂大臨在上林里擺開宴席，相請特地趕到上林里來的參軍尚海波與清風，李清也從沙河鎮派出了貼身護衛唐虎，以示慶賀。

呂大臨喜氣洋洋，身為地主的他，端著一杯酒站了起來，大聲道：「各位，第一杯酒我們要為李帥賀，願我們在李帥的帶領下，平定蠻族，立不世之功！」

眾將轟然起立，同聲應和：「為李帥賀！」

呂大臨笑對唐虎道：「唐將軍，李帥不在，你是李帥的貼身護衛，這一杯酒，便請你代飲了吧！」

唐虎連連擺手，「呂將軍，我就一侍衛，這酒可是代不得的。」說著話，眼光卻瞄著清風。

清風低眉順眼，裝作不見，一邊的尚海波心中卻是一沉，唐虎這夯貨，不知道這其中的關竅，但他的這一動作卻瞞不過堂中的有心人，作為大帥的貼身侍衛，**豈不是在告訴堂中人，這裡最能代表大帥的是清風麼?!**當即道：

「虎子，你今天是代表大帥來的，當然便算得是大帥的替身了，怎麼喝不得？喝！」

唐虎對尚海波卻是很敬畏的，當下道：「既然參軍說喝得，那虎子就喝了！」仰頭將一大杯酒灌進嘴裡，卻是一滴也沒有灑出來，堂中登時傳來一片叫

好聲。

「第二杯酒，我卻是要敬清風司長了！」呂大臨環顧四周道，向清風舉起手中的酒杯。

清風微笑著站了起來，道：「不敢當呂將軍敬酒！」

呂大臨搖頭，目視眾將，道：「論起統兵打仗，在定州這地方，我唯獨佩服兩人，一個便是我們的大帥，這就不用說了，另一個便是草原虎赫，雖然我們是敵人，但他的才能卻讓人不得不服，我這一次是被他騙得心服口服，讓他暗地裡隱藏起一支兵馬，潛入撫遠，要不是清風司長獨具慧眼，恐怕如今又是另一番局面。」

呂大臨臉有愧色，「如果真讓匠師營被虎赫偷襲得手，不用我說，大家也知道後果的嚴重，那呂某便是百死也不能贖其罪。所以，這一杯酒，我是一定要敬清風司長的。」

堂內眾人轟然應是，楊一刀微笑著把玩酒杯，若有所思地看著尚海波，而尚海波則沉著臉，此時此景，他什麼也不能說，也不好說。清風的確是在此一役中立下了大功。

「而且，清風司長雖是女流，但卻巾幗不讓鬚眉，戰場慘烈，箭如雨下，但清風司長穩坐哨臺，鼓舞士氣，以不足五百兵員和一群從沒有受過軍事訓練的匠師，擊敗三千狼奔精銳，這其中的運籌帷幄，實在是讓人佩服至極。」

呂大臨向清風舉起酒杯，道：「清風司長，請了！」

清風笑著端起酒，「生受了！」以袖掩面，將杯中酒喝了下去，白皙的臉龐上霎時間浮上一層紅暈，笑意盈盈之間，豔光四射，眾將不敢正視，借著仰脖喝酒之機，將視線移開。

尚海波悶悶地喝下這一杯酒，心中直道：「紅顏禍水！紅顏禍水！」這一次危機突生，清風的決然請纓，讓他也不得不同意，當時的情況之下，委實也別無他法。而那時卻沒有想到，清風一戰功成，呂大臨不得不承清風這個人情，而且是天大的人情。

本以為在匠師營是一場苦戰，清風守住匠師營，她手下的行動署也將元氣大傷，等到楊一刀趕到再結束最後的戰鬥，但尚海波萬萬沒有想到，清風居然利用匠師營外的生活區設下陷阱，將居民統統遷走，再設以引火之物，將納吉誘入之後，一把火便將納吉的後路斷了，讓納吉退無可退，損失慘重，戰事在楊一刀趕到之前便已結束，所有的功勞都將歸於清風。

這讓尚海波很無奈，他不得不正視清風的才能，**如果她不是大帥的女人那該**

有多好啊！尚海波在心中暗嘆道。

以前自己與清風的交鋒，在大帥或明或暗的支持下，自己總是占得上風，但這一次，便是大帥也不能掩蓋清風立下的功勞了。尚海波已經可以想像到，清風將會以此戰行動署損失過大為由，要求擴充行動署了。怎麼辦呢？

其實就清風本人和她現在的表現來看，尚海波並不認為她已經出格了，自己步步緊逼，她步步退讓，看似無害，但是自幼便學屠龍術，一心要輔佐一位明主一展抱負的他來講，清風本能地便讓他感到警覺。

尚海波是那種走一步看三步的人，目光放得極遠，眼下清風的確能與自己，與定州一致對外，但**將來呢？**如果大帥真有那麼一天，而清風作為大帥的女人，**一旦有了子息，那與大帥將來的嫡子如何相處？**

有這麼一個強大的母親，任是誰都會有想法的，而作為一個母親，豈有不為自己的兒子著想的道理？這就是**內鬥的源起**，不論是今後幾年或者更遙遠的未來，尚海波都不願意這種情況出現。

清風的統計調查司本身的實力就已經相當恐怖了，而她在軍中若有若無的影子，更是讓尚海波頭疼，水師鄧鵬是清風親自去勸降的，過山風早先便與清風有過合作，合力拿下復州，更是二人一明一密切合作的成果，有這些作基礎，兩人的交情自然不淺。

新任常勝營參將王琰更是清風招攬進定州的，雖然呂大兵一旦回來，便會重新執掌常勝營，但王琰已經如同一顆新星竄起是不爭的事實了，而現在，呂大臨也承了清風的人情，細算起來，定州大半軍隊居然都能看到清風的影子。也只有啟年師、楊一刀的選鋒營、姜奎的旋風營、馮國的磐石營，清風尚且無法對其施加影響。

看來自己必須與大帥當面鑼對鑼，鼓對鼓地談一次，**人無遠慮，必有近憂，**尚海波心裡想道，大帥的目光必須看得更遠才行！

提醒大帥是自己這位首席謀士的責任，即便大帥不喜，也必須要說，如果任由清風這樣發展下去，將來大帥的正妻、嫡子將無立足之地。

尚海波並不瞭解傾城公主，但他見識了清風那種潤物細無聲的滲透手段後，已在心裡認定傾城公主一定不會是清風的對手。**與其消極地等待將來可能發生的後果，還不如現在快刀斬亂麻，將一切可能的禍患消滅在襁褓之中。**

曲終人散，清風坐上馬車返回定州城，尚海波則暫時留在上林里，與呂大臨商討相關的軍事細節。

這輛馬車是匠師營奉李清的命令專門為清風打造的，其堅固程度不亞於李清的那一輛，外形上也幾乎一模一樣。

在這一點上，尚海波終是拗不過李清，李清振振有詞地對尚海波道：「拋開清風是他的女人不說，清風本身是定州的核心高層之一，而且一介女流，手無縛雞之力，倘若遇襲，後果不堪設想。」

尚海波無可奈何地選擇了退讓。

此時清風便坐在這輛全副武裝、機關重重的馬車裡，鍾靜衛護在一側。

清風今天很開心，多喝了幾杯，略有微醺，看著鍾靜道：「鍾靜，回去之後，我們便可以光明正大地擴充行動署了。」

鍾靜點點頭，「是啊，小姐，這次我們可以大大地擴編一番，尚先生肯定沒什麼好說的。」

清風搖搖頭，「不然，擴編規模不要太大，比以前稍強即可，否則會讓尚海波強力反彈，現在我們需要合力對外，先打敗蠻子再說，我不想過分刺激他。」

聽出清風話裡有話，鍾靜疑惑地看著清風，「小姐的意思是……」

「我準備在行動署外，**再秘密建立一支隊伍**。」

「啊？」鍾靜大吃一驚，小心翼翼地道：「小姐，這樣的話，大帥會不高興的，定州沒有什麼事能瞞得過大帥的。」

清風笑道：「為什麼要瞞著將軍，不必，我會親自向將軍說清楚這件事，這支隊伍也不會在定州或是復州建立，**我要把它建在中原的腹心。**」

鍾靜不解地看著清風。

清風笑著戳了一下鍾靜的腦袋瓜子，道：「你呀，打打殺殺的倒是一把好手，動起腦子來就是一團漿糊了。」

鍾靜笑了起來，「我本來就是照顧小姐安全的，打打殺殺正是本行呀！」

清風收斂起笑容，「鍾靜，你說將軍能打敗蠻子嗎？」

鍾靜肯定地道：「小姐，這是毫無疑問的。」

「我也這麼認為，雖然很可能過程會有一些起伏，但我始終認為勝利最終會屬於將軍，你想一想，當大帥平定草原，擁有了這個後院，再加上定復二州，你說將軍會劍指何方？」

鍾靜身體一抖，「小姐，您是說……」

清風點頭道：「中原大亂便在頃刻，大楚王朝搖搖欲墜，當將軍平定草原，最多需要兩到三年的恢復，便要劍指中原，逐鹿河山，**我需要在大楚的腹心預先埋下棋子**，鍾靜，你要知道，現在統計調查司已是令人矚目了，到那時，更會讓人盯得死死的，**如果我手裡沒有幾枚暗棋，到時如何為將軍的大業效力？**所以我要提前埋下釘子，鍾靜，你有一個師兄在秦州是吧？」

「嗯。」鍾靜點點頭。「不過小姐，我師兄是個獨行大盜啊！」

「這有什麼關係？回去之後，你去他那裡一趟，告訴他，如果他願意為我統計調查司效力，我可以為他抹去所有案底，讓他為我在秦州建立一支秘密隊伍，我會派人去作指導，當然，這一切都要在極秘密的情況下進行，他的隊伍在將軍進軍中原之前，我不會讓他們做任何事，一旦將軍挺進中原，便是他們行動的日子。」

鍾靜悚然動容，有些替清風抱屈地道：「小姐，你為大帥如此盡心竭力，可大帥現在卻有些不相信你了，設立軍情調查司便是明顯的分您的權嘛！」

清風搖搖頭，「不怪他，這是每一個上位者都會做的事，**我的人我的心都是將軍的，我所做的一切也都是為了將軍，我要保護我愛的人不受到任何傷害。**」

說到這裡，似乎觸起了她什麼傷心事，兩行淚水不由地流了下來，鍾靜忙掏出手帕，遞給清風。

「鍾靜，你知道我為什麼一直要你為我找避孕的藥物嗎？」清風問。

鍾靜搖搖頭，「小姐，這正是我不解的地方，若是您能為大帥誕下長子，地位豈不是會更穩固？」

清風嘴角露出一絲苦笑，「我不敢，鍾靜，我的手中握有太大的權力，如果真有了將軍的孩子，只怕將來連將軍也會防著我了，尚海波等人更是會將我置之死地而後快。將軍的勢力越大，這種可能性便越大，所以，我不敢。」

鍾靜勸道：「既然如此，小姐，為什麼您不乾脆退下來呢，做個單純的女人和母親不好麼？」

清風像是聽到了什麼笑話，大笑起來，「鍾靜啊，你可真天真！好吧，我問你，如果我退了下來，為將軍生孩子，安心地做個相夫教子的女人，但是有一天，我有什麼事要找你幫忙，你會幫我嗎？」

「當然會，只要小姐發話，我肯定會去做。」

清風點頭，「是啊，你一定會去做，同樣的，王琦、肖永雄、陳家權、何天宇等，甚至還包括紀思塵，這些統計調司的骨幹都會去做！我能退下來，這些人能退下來嗎？他們如果都退下來，統計調查司還能成為統計調查司嗎？他們如果沒有退下來，那統計調查司不還是我清風的嗎？」

鍾靜啞口無言。

「還有，鄧鵬與我有交情，過山風與我有交情，現在便連呂大臨也承了我的

人情，你說，我即便是退了下來，如果將來有一天，我有求於他們的時候，他們會拒絕嗎？就算拒絕，有些人也仍然不會放心。」清風幽幽地道。

「所以，**除非我死了，否則絕不能退下來，更不可能做一個相夫教子的好女人**，鍾靜，你希望我死嗎？」清風問。

鍾靜的頭搖得像撥浪鼓。

「我也不想死！」清風苦笑道：「**死過一次的人都不想死，所以我不敢有孩子，我也不必有孩子**，只有這樣，我才能**盡我最大的可能幫助將軍成就大業，同時也可以保護我想要保護的人**。」

「可是小姐，這樣下去便是一個無解的循環，何時才能是盡頭啊？」鍾靜有些悲哀地道。

清風搖頭，「你不懂，這不是無解的循環，只可惜，我唯一的妹妹、我最想保護的人現在恨我，將來會更恨我，好吧，便讓她恨我一輩子吧，我只想能有一天，當雲容長大了，她會明白，我所做的一切都是為了什麼。可惜，只怕當她明白的時候，我已經不在了，那時我希望她能去我的墳上燒上一炷清香，像以前那樣喊我一聲姐姐。我便知足了。」

「可是小姐，雲容小姐她……」

清風笑了起來，「鍾靜，你且看吧，有一天雲容一定會和我誓不兩立的，而我想要的，正是這種結果。」

「這是為什麼？」鍾靜震驚地道。「她是您唯一的妹妹，唯一的親人啊！」

「上善若水，柔弱不爭，唯其不爭，故莫能與之爭。」清風緩緩地道：「這是雲容要走的路，而我，卻是火，**一團能將人焚毀的火，一團讓人感到恐懼的火；**即將來到定州的傾城，**更是一團一觸即炸的烈火！**我料定，**京城在不久後將發生大亂，且看那時的傾城如何做吧。**」

鍾靜不解地看著清風，腦子裡一團亂麻，如何也理不出一個頭緒來，看到似乎胸有成竹的清風，嘴角雖然帶著笑，眼裡卻帶著一抹悲哀，一絲黯然。

上林里戰區在短暫的劍拔弩張之後，重歸於平靜，雙方似乎很有默契地隔著五十里地沉默相望，誰也無意挑起戰端。

狼奔軍大營日益堅固，物資在營中堆積如山，重型攻城器械也越造越多，但呂大臨冷笑以對，絲毫不在意虎赫的這些動作，造吧，造的越多，你們耗費的銀錢便越多，而這些器械實在是過於簡陋，對上林里完善的防禦體系來說，完全不構成威脅。

「想要攻破有足夠兵力防禦的上林里，便得拿人命來填，只有你的屍體堆得跟城牆一樣高的時候，只有城裡的士兵所剩無幾的時候，上林里才有可能被打破！」呂大臨在巡視上林里防禦體系時，很自豪地對部將道。

雖然兩軍對峙，但上林里的屯民們開始走出圍屋，去打理他們開墾的荒田。對於僅僅離此地五十里，騎兵不用一個時辰就可以趕到的狼奔，明顯地表示出了不屑的意思。

上林里是安靜的，但在定威一線，戰事卻日趨激烈了起來。

原先的黃部，現在的正黃旗、鑲黃旗兩旗兵力，多達四萬人對定遠展開了攻勢，這種攻勢在納吉被殺之後猝然間變得猛烈起來。

伯顏是巴雅爾的姻親，也是巴雅爾最堅定的支持者，其中便因納吉是伯顏女婿之故，巴雅爾登上帝位，將來最有可能繼位的便是納吉，巴雅爾的一連串安排，也是在為納吉鋪路，但現在納吉戰死，所有的計畫都成為泡影，有可能成為國丈的伯顏怒氣攻心，不僅僅是因為女兒失去了丈夫，外孫失去了父親，更因為他最大的一筆政治投資就此賠得一無所有。

狂怒下的他驅動手下四萬部卒，開始了對定遠城狂暴的進攻。

打前鋒的，當然不會是正黃鑲黃的主力軍，而是在巴雅爾整合草原部族之後，被併入兩旗的那些中小部落。

馬背上長大的士兵們下了馬，抬著一架架雲梯，冒著箭雨向定遠發起一波波的衝擊，蒙衝車、攻城車一架架地接近定遠城，衝撞上堅固的城牆，每一次撞擊，城牆似乎都會晃動一下。

獨臂的關興龍站在高高的城樓上，單臂舉著鼓槌，一下一下，有節奏地擊打著鼓點，絲毫不顧城下射上來的冷箭。

他的親衛舉著盾牌，替他遮擋箭雨，鼓聲不停，城上的士兵們在鼓聲中高聲吶喊著，與蟻附而上的蠻族士兵作著殊死的搏鬥。

關興龍不知道這一次的守城要堅持多久，所以，雖然定遠城裡物資器械準備得極為充足，但他仍然決定要省著用，蠻族大兵壓境，說不定什麼時候定遠就會成為汪洋中的一座孤島，當供應線被切斷之時，方才是定遠最為艱苦的時候。

在關興龍的這一理念之下，雖然定遠城上也配備了不少的百發弩，但直到現在為止，定州軍這種最有威懾力的武器還一次都沒有使用過。

「好鋼便要用在刀刃上！」關興龍如是說。

百發弩雖然威力奇大，但他的消耗也是驚人的，每一次的發射都是上百支箭，連續發射的話，貯備的弩箭將很快告罄，現在黃族的騎兵在飛馳的奔馬上向城上射箭，以對城上的遠端打擊形成壓制，在這種快速的移動當中，百發弩的命中率是不高的，所以關興龍的策略便是不理會這些騎兵，只對攻城的步卒給予致命的打擊。

關興龍敢如此做，也是因為定州軍的鎧甲精良，從城上射上來的箭只要不是命中要害，並不會形成致命的傷害，而定州完善的醫療體系也能使輕傷的士兵迅速恢復戰鬥力。

設置在城內的投石機，每隔一炷香的時間便發出砰的一聲響，一排排打磨得溜圓的石彈從城內高高飛起，所過之處，避之不及的士卒被撞得筋斷骨折，更有倒楣的被石彈硬生生地從身上碾過，整個人被壓到地裡。

「這石彈打磨起來雖然費功夫，但著實要得！」關興龍興奮地手舞足蹈，可惜城裡就只有十幾架投石機，而且發射龜速，不然這些蠻子還真不夠瞧的。

雲梯豎了起來，蠻兵們一手提著盾牌，一手扶著梯子，將刀咬在嘴裡，飛快地向上爬來，一里多長的定遠城城牆上，每隔不到十米遠便有一架雲梯豎起，而在梯子的下面，是累累堆積的屍骨。

城上的士兵站起來，手裡捧著石塊，大吼著向下砸去，檑木帶著繩索刷地落下，每一次起落，都是帶走數條人命。

更多的士兵手拿著推杆，叉著雲梯的梯頭，眾人合力，發一聲喊，便將雲梯遠遠地推開，眾人大笑著，看著雲梯上的蠻族要麼掉落空中，手舞足蹈地如同一塊石頭掉落下去，要麼死死地攀著雲梯，隨著雲梯一齊倒下，結局卻是一樣的。

一鍋鍋的沸油抬了上來，士兵們看也不看下面的情況，翻腕便倒下去，頃刻間，城下便響起不似人聲的慘嚎，滾燙的油脂裡加了糞便，被燙傷的人一般很難治癒。

改良過後的八牛弩一次能發射四支長弩，他們的目標是那些大型攻城器械，當眾人每每聽到那熟悉的嗡的一聲響時，便知道又有四支長弩射將了出去。

眼下的定遠城，所有百姓都被預先撤走，城裡只剩下五千名士兵，根據李清的要求，他們將一直堅守下去而不能撤退。雖然面對著數倍於自己的敵人，但關興龍卻絲毫不懼，敵人愈強，他愈興奮。雖然斷了一臂，再也挽不了弓，射不了箭，但他卻憑著堅韌的毅力，硬是掌握了僅憑雙腿控馬，單臂揮刀作戰的本領。上帝對他關閉了一扇門，卻又為他打開了另一扇窗戶。

「大帥給我們上課時曾說過，攻城者，十倍攻之，五倍圍之，否則很難破堅城，這伯顏不知吃錯了什麼藥，居然想如此強攻便能拿下我的定遠，哼哼，給他一點教訓，讓他安分安分。」

關興龍一邊冷笑著，一邊捶著面前的牛皮大鼓。

伯顏的投石機終於推到了射程之內，由於技術的原因，蠻族的投石機射程始終不如定州的射程遠，將投石機這種大型而又笨重的攻城武器送到如此近的距離，很可能遭到對方的重點打擊，但伯顏不在乎，他的投石機分佈在一里多長的攻擊面上。

而且這次草原蠻族的攻擊準備充分，工匠都隨帶在營中，一邊損失，一邊補充，他不怕損耗這些東西，只求這些東西能給定州一定的打擊，哪怕他只有機會打出一發石彈，但只要這發石彈落在城牆上，落在城上的士兵中，伯顏就覺得是值得的。

果然，當伯顏的投石機出現後，城上的八牛弩便將攻擊重點調整為打擊這些投石機，城內的投石機也調整射程，開始遠端攻擊這些能對定遠造成威脅的武器。

伯顏的這個策略立時奏效，雖然投石機對定遠城造成的威脅不大，卻有效地牽制了城內的反擊，攻城的士卒立時壓力大減，攻城車、蒙衝車紛紛衝到了城下。怪叫著的蠻族士兵飛快地沿著雲梯，順著攻城車跳上了城牆，蠻兵第一次攻上了城牆。

關興龍揮動令旗，他的第一支預備隊出現在城牆上，這些預備隊就是為了這個時刻準備的，士兵們揮舞著長矛鋼刀，飛快地撲上，哪裡出現險情，這些預備隊便出現在哪裡，槍戳刀砍，將立足未穩的蠻子又趕下城去。

能攻上城牆的都是各部的勇士，他們的單兵戰力極強，但定州兵從來都是強調集體作戰的力量，一排排的長槍集體戳出去，而且分工極為明確，上中下三路無所不包，任你三頭六臂也會被扎幾個洞眼，然後被幾把長槍挑起來，重重地摔在城上。

當最後一名攻上城的蠻子看著眼前密密麻麻的長槍時，他的眼中露出絕望之色，居然一個轉身，從高高的城牆上跳了下去，城牆下屍體疊得極高，如果運氣好，還有可能活下來，但被這些槍戳上幾眼的，那鐵定是沒有活路了。

一天的攻擊慘烈之極，城上城下，四處都是躺倒的屍體，雖然定州兵佔據著地利，武器也領先於對手極多，但面對這種強度的攻擊仍然付出了不少的傷亡，當太陽西沉，蠻族吹起收兵號角時，闞興龍終於鬆了一口氣，第一天，總算是過去了。

第一天無論是對於普通的士卒還是將領來說，都是最為緊張的，打過一仗，見過血，砍過人，菜鳥便迅速地開始蛻變。

由於白登山之敗，定州精銳損失慘重，重組常勝營與旋風營從下屬各營中抽調了不少的老兵，這讓定州軍下各營頭添了不少新兵，最不讓人放心的也就是這一批新兵了，通常來說，新兵的首戰也是他們最為危險的時候，極易折損在他們的處女之戰中。

關興龍在城頭四處巡視著，熬戰了一天的士卒大都已睡了，城牆上，橫七豎八地躺倒著合衣而臥的士兵，即便是在睡夢中，這些士兵也緊緊地握著手裡的武器。

睡夢中，有的咬牙切齒，有的臉露微笑，穿行在這些士兵當中，關興龍很容易能從中分辨出老兵新兵的差別，那些呼吸均勻，臉色平靜的大都是老兵，見慣了死人的他們已不會再為白天的苦戰而掛懷，所想的便是養足精神，讓自己醒來後能精神百倍地再一次投入到戰鬥當中，充足的體力能讓他們在下一次的戰鬥中為再次活下來增添一枚重重的砝碼。

新兵則不會這麼安靜，要麼興奮，要麼驚恐，即使在夢中，也會夢見血淋淋的戰場，看到這些士兵稚氣未脫的面孔，關興龍無聲地嘆了口氣，這一仗打下來，不知道還有多少人能活著走出定遠城。

走到城牆邊，遙望著不遠處的蠻族大營，關興龍本有些迷惘的眼神瞬間便又堅定起來，城牆上的火把時明時暗，映在關興龍的臉上，靠著八牛弩冰冷的弩身，撫摸著隱隱作痛的斷臂傷處，他心想：「眼前的犧牲都是值得的，為了定州的長治久安，為了子孫後代不再流血，那麼今天，我們的流血便是必不可少的。」

一隊巡邏的哨兵排著整齊的隊列，腳步鏗鏘地走了過來，看到這位他們尊敬的獨臂將軍，立即整齊地向他敬禮，關興龍微笑著還禮，目視著他們走過自己。

「將軍，三更了，你也累了一天，回去休息吧，明天想必又是一天的苦戰！」一名親衛關心地對關興龍道。

關興龍搖搖頭：「白天苦戰的是士兵們，我只不過敲了一天的鼓而已，走吧，我們再去傷兵那邊看看！」

傷兵營設在城內一家醫館內，自從定州開始實行官辦醫館之後，很多民間的大夫大都成了拿薪水的官家人，因為官辦醫館藥價極其低廉，私人根本無法與其競爭，但在定遠城內，這家「德仁堂」卻開了下來，而且比官辦醫館更興隆。

不為別的，就因為這是一家老字號，老大夫金喜來長年以來在定遠行醫，積累下了極隆的聲望，與官辦醫館一樣，他的德仁堂也極便宜，而且他的醫術高超，很多百姓更相信這位德藝雙馨的大夫。

由於預料到這場大戰的爆發，定遠的百姓早已撤走，金喜來當然也在後撤之列，但這位老大夫堅決不走，他的理由很簡單，定遠與蠻族打過無數次仗，每一仗他都沒有走過，他的醫術在這裡非常有用，最後，拗不過他的關興龍只得把他留了下來。

於是除了官辦醫館之外，德仁堂也成了傷兵收容營，受傷的士兵很快便被送到這裡，由醫館進行治療。

關興龍來到的時候，傷兵們都已處理完畢，進進出出的士兵們正抬著一些傷重不治的士兵屍體悲戚地走出來。

「關將軍，你來了！」金喜來看到關興龍，趕緊迎了出來。

「怎麼樣？」關興龍問道：「傷亡的人多麼？」

金喜來露出難過的神色，「關將軍，我已經盡力了。」

關興龍拍拍他的肩膀，安慰道：「金大夫費心了，戰事一開，這便是無可避免的事，總會有一些弟兄們離我們而去，但我們活著的人還是要勇敢地再次面對凶殘的蠻子，只要打勝了，所有的犧牲都是值得的。」

金喜來憂心地道：「關將軍，我不懂軍事，可是我看蠻子這麼瘋狂，我們守得住嗎？大帥會派援兵來嗎？」

關興龍笑容微微一滯，這涉及到軍事機密，就不便與金喜來講了，當下道：

「金大夫放心，我們定遠有五千兒郎，豈會被蠻子攻破！再說了，離這裡不遠的沙河鎮，大帥還帶著數萬精兵枕戈以待呢。」

兩人正說著話，一個青衣女子匆匆地跑了過來，一迭聲地道：「爹爹，快走，有一個斷了腿的兵哥突然發起燒來，胡話不斷，怕是不行了。」突地看到關興龍，不由一怔，向關興龍福了一福，「關將軍好！」

關興龍點點頭，「辛苦了，金姑娘！這些傷兵還要勞你照料了！」

這個女子是金喜來的獨生女兒金歡兒，金喜來一直無子息，老來得女，甚是寵愛，一身醫術盡數傳給了她，如果不是女兒身，都已可開堂坐診了。

金歡兒俏臉微微一紅，「這是我們應當做的，倒是關將軍辛苦了，白天要打仗，晚上還要四處巡視。」

關興龍正想回話，城上忽地響起一陣緊密的鼓聲，這是敵人偷襲的信號。來不及再說什麼，關興龍撒開大步，一手扶著刀柄，另一支空蕩蕩的袖子隨著他急促的步子前後飛舞，便向城牆那邊跑去。

金歡兒看著關興龍的背影有些出神，「爹，你說關將軍他斷了一臂，已是傷殘之人，為什麼還要到前線來浴血搏殺呢？我可是聽說大帥要將他調去訓練新兵，但被他拒絕了。」

金喜來撫著鬍鬚道：「這才是真漢子呢，關將軍那場奪旗之戰，那才是驚心動魄，關將軍也是因為這件事名震定州，這樣的漢子豈會窩在後方，看著戰友們殺敵而徒呼奈何?!戰場才是他的家。」

請續看《馬踏天下》6 紅粉干戈

馬踏天下 卷5 帝國崛起

作者：槍手一號
發行人：陳曉林
出版所：風雲時代出版股份有限公司
地址：10576台北市民生東路五段178號7樓之3
電話：(02) 2756-0949
傳真：(02) 2765-3799
執行主編：朱墨菲
美術設計：吳宗潔
行銷企劃：林安莉
業務總監：張瑋鳳

初版日期：2020年11月
版權授權：閱文集團
ISBN：978-986-352-887-6

風雲書網：http://www.eastbooks.com.tw
官方部落格：http://eastbooks.pixnet.net/blog
Facebook：http://www.facebook.com/h7560949
E-mail：h7560949@ms15.hinet.net
劃撥帳號：12043291
戶名：風雲時代出版股份有限公司

風雲發行所：33373桃園市龜山區公西村2鄰復興街304巷96號
電話：(03) 318-1378
傳真：(03) 318-1378
法律顧問：永然法律事務所 李永然律師
北辰著作權事務所 蕭雄淋律師

行政院新聞局局版台業字第3595號 營利事業統一編號22759935

定價：270元

國家圖書館出版品預行編目資料

馬踏天下 / 槍手一號著. -- 初版. -- 臺北市 :
風雲時代, 2020.07-2020.08 冊； 公分

ISBN 978-986-352-887-6（第5冊：平裝）--

857.7 109007434